Sperrgebiet

AF160450

Nadine Morgenbrink

Sperr-
gebiet

Roman

© 2016, Nadine Morgenbrink
Alle Rechte vorbehalten.
Herstellung und Verlag: BoD - Books On Demand,
Norderstedt.
ISBN: 9783743115750

1

Kein Mensch wollte bei diesem Wetter freiwillig in den Englischen Garten. Es war Mitte Juni und kalt. Viel zu kalt. Der Regen hatte die Wege in kleine Rinnsale verwandelt. Seit Tagen goss es in Strömen. Es hätten herrliche Sommerregen sein können, aber diese Kälte!

Gernot zog den Kragen seiner Jacke so hoch es ging um den Nacken zu schützen. Einen Schirm hatte er nicht bei sich. Er wurde nass. Überall. „Das Leben spüren", dachte er für sich und schüttelte unmerklich den Kopf. „Alles Scheiße", fügte er noch schnell an und bemerkte stumm, dass bei diesem *Dreckswetter* ausschließlich Hundebesitzer unterwegs waren. Mit seinen braunen, aufgeweichten Lederschuhen kickte er ab und an einen Ast aus seiner Laufbahn. „Ich fass' es einfach nicht", sagte er dann halblaut. Wenn ihn einer der Hundebesitzer oder einer seiner Freunde so gesehen hätte, sie hätten Mitleid gehabt. Ein Häuflein Elend dieser Mann.

Nasses, braunes Haar. Eine Brille, die beschlagen war und voller Wassertropfen, ihm die Sicht vernebelnd. Die Jeans dunkelblau und sicherlich bald auszuwringen. Vom aufgeweichten Schuhwerk war bereits die Rede. Seine Jacke hatte ihre besten Tage auch schon erlebt. „Unmodischer Schrott", hätte Sabine gesagt. Aber Sabine, das war nun Gernots Vergangenheit und fortan *emotionaler Schrott*. Seit eben. Sie war seine Vergangenheit und seine ruinierte Gegenwart und vermutlich auch noch seine ruinierte nahe Zukunft. Für alle Zeiten würde der Name Sabine für ihn nur mehr mit Unglück und Wut verbunden bleiben.

„Mies für die Harthauser Sabine", fiel ihm ein, „die Süße war an der Uni eigentlich immer ganz nett gewesen." Jetzt teilte die Kommilitonin von einst das Schicksal desselben Vornamens wie Sabine Grassl, geschiedene Markmeier. Und was würde aus ihm, Gernot Markmeier? Er war doch eigentlich nichts ohne Sabine. Aber es hatte so kommen müssen, das war ihm seit Monaten klar gewesen.

„Dreckswetter, Drecktstag, Drecksleben", fluchte er in die graue Luft hinein, kurz bevor er sich in der Mauerkircherstraße unter Bäumen etwas vor dem Regen schützen konnte. An einer kleinen Wohnanlage machte er Halt und rief laut aus: „Wegen dir, du blöde Kuh, verlier ich jetzt auch noch die Wohnung." Dann mischten sich unter die nassen Regentropfen auf seiner Haut salzig schmeckende Tränen der Wut, der Trauer und des Abschieds.

Der Schlüssel drehte sich im Schloss und Gernot hatte das schmerzhafte Gefühl, dass diese Wohnung bald seine Vergangenheit sein würde. Nur wohin? Job los, Frau fort. Wohnung verloren. Reif für die Schlafstatt unter der Isarbrücke? „Kann ich mich gleich zu den Bettelbanden an den Marienplatz setzen und einen Zettel ‚brauche Hilfe' vor mich stellen", krächzte er vor sich hin. Dann spürte er aber, dass nun der Moment gekommen war, aufzuhören, Selbstgespräche zu führen. „Reiß dich zusammen", doch noch ein weiteres Mal alleine zu sich.

Er wählte Teds Nummer. Ted hieß eigentlich Theo und wohnte in Bamberg. Sie hatten gemeinsam in Nürnberg studiert und waren einst dickste Freunde. Ted - am heutigen Tag womöglich ein böses Omen - war einmal mit Sabine Harthauser zusammen gewesen. Nur kurz und es war lange her und spielte auch in diesem Moment nicht wirklich eine besondere Rolle.

Warum er Ted anrief, war klar. Gernot hatte Nürnberg verlassen, weil Sabine Grassl, diese Überfrau, eine Stelle in München bekommen hatte. In einer Kanzlei. In *der* Kanzlei. Da musste ihr Freund natürlich mit. Sie heirateten. Keine Kinder. Aber Karriere. Ihre Karriere. Sie wurde immer und ausschließlich mit den interessanten Fällen betraut. Gernot blieb Anwalt für die kleinen Leute. Gartenzwergfälle - so nannten sie das. Gernot, das männliche Mauerblümchen aus der Mauerkircherstraße.

Dann kam dieser verpatzte Fall. Der feine Herr Wirtschaftsboss wollte raus aus der Nummer. Gernot sollte den Fall übernehmen. Steuerhinterziehung, Betrug und Bestechlichkeit. Eine ganz große Kiste. Aber Sabine wollte den Fall nicht übernehmen. „Der Kerl ist nichts für mich, Schatz", hatte sie gesagt. Der Alte, wie sie den gemeinsamen Chef nannten, stand bei ihm im Büro. „Markmeier, das ist Ihre Chance." Die Chance war so groß, dass am Ende bei jedem Verhandlungstag die Klatschpresse vor Ort war. Er vergeigte alles. Aber im tiefsten Inneren taten ihm die drei Jahre und elf Monate für den werten Herrn überhaupt nicht Leid. Der Alte aber bellte und ließ Gernot im Büro antanzen.

„Freispruch, Markmeier, Freispruch, das war unser Credo und jetzt kommen Sie daher und wollen mir weismachen, dass drei Jahre und elf Monate das maximal Mögliche waren." Er schüttelte verächtlich die grauen Haaren und fuhr fort: „Mit Vierzig kann man noch einmal durchstarten, lassen Sie sich das von einem Sechzigjährigen gesagt sein, aber man darf seine Chance nicht so kläglich vergeben."

Auch Sabine hatte ihn schief angesehen. Und dann übertrug der Alte ihr wieder einen so lukrativen Fall, dass Gernot seine Frau oft tagelang gar nicht mehr zu Gesicht bekam. Abends kam sie spät aus der Kanzlei, war müde und geschafft. Die Freizeit verbrachte sie im Fitnessstudio oder mit Tanja, ihrer besten Freundin. Gernot aß alleine. Gernot kaufte alleine ein und Gernot kümmerte sich alleine um die Gartenzwergfälle.

Eines Tages bemerkte er abends, dass das Handy seiner Frau vibrierte. Es lag da so einsam auf der Arbeitsplatte in der Küche, neben der Espressomaschine und vor der Saftpresse. Da, wo sonst nur Orangenschalen oder Kaffeebohnen lagen. Sabine war wieder einmal im Fitnessstudio. Es war schon kurz nach zehn. Gernot wischte in der Küche. Er warf nur einen kurzen Blick auf das Display. Es war eine Kurznachricht. „Lust noch auf ein wenig Bettsport? -JW-" Ihm blieb die Spucke weg. -JW- Josef Wachter. Der Alte. So kürzte der seinen Namen auf jedem Dokument ab. Auch die zwei Striche vor und nach dem Namen. Seine Sabine, neunundreißig Jahre jung, hatte etwas mit dem gemeinsamen Chef, dem Alten?

„Ich fass es nicht." Gernot musste sich setzen. Kippte zitternd etwas Rum in ein Glas. Brennend spürte Gernot den Alkohol die Kehle hinablaufen, langsam den brennenden Schmerz im Herz und die rasende Wut besänftigen.

Als Sabine nach Hause kam, nahm sie ihr Handy als wäre nichts. Sie roch frisch geduscht. Sah blendend aus. „Wie war's beim Sport", fragte Gernot etwas scheinheilig. „Wie immer" - die lapidare Antwort. Sie nahm eine Banane aus dem Kühlschrank, setzte sich aufs Sofa und legte die Beine hoch. Sie las etwas auf ihrem Handy. Es musste die Nachricht von - JW- sein. In Gernot stieg Wut hoch. Sie machte keine Anstalten, mit ihrem Mann ein Gespräch zu beginnen. Das war schon eine Weile so. Er schob es auf die viele Arbeit. Nun war er sich sicher, es war nicht der Job. Es war das Abstellgleis, auf dem er stand. Wie eine ausrangierte alte Dampflok. Aber seine Sabine setzte da auf eine noch viel ältere Dampflok aus dem Museum.

Sie tippte in ihr Handy. Gernot hielt es nicht mehr aus. „Schreibst du dem Chef, dass du dich gern von ihm noch flach legen hättest lassen, wenn du das Handy dabei gehabt hättest." Für ihn völlig überraschend und hart war ihre Antwort. Sie setzte sich kerzengerade auf. In ihrem Gesicht sah man sofort: da wurde jemand ertappt bei etwas sehr, sehr Unangenehmen. Aber sie blieb ruhig. Ganz die berechnende Anwältin. „Du hast mein Handy kontrolliert und meine Nachrichten gelesen", fuhr Sabine Gernot scharf an und machte dabei eine Handbewegung, die ihrem Mann in der Magengrube schmerzte und so verletzend war, dass er alleine deswegen hätte heulen können. Sie war mit nur einer Bemerkung von der Betrügerin zur Anklägerin geworden. Er kontrollierte also ihr Handy und damit war er schuldig im Sinne der Anklägerin. Was auch immer er da festgestellt hatte, es spielte schon keine Rolle mehr. Sie zischte sich in Rage, sprach von dreistem Vertrauensbruch und ließ ihm keine Luft zum Atmen. Was war bloß aus seiner Sabine geworden, aus der netten Studentin von einst? Mit der alten Sabine hatte er Pferde stehlen können. Die Sabine von heute war karrierebesessen und hatte ein Verhältnis mit dem gemeinsamen Chef.

Es kam wie es kommen musste. Sie entfernten sich immer weiter. Der Auszug aus der gemeinsamen Wohnung war der erste Schritt. Sabine ging. Sie war beleidigt. Immer fort mantra-artig die Wiederholung vom Vertrauensbruch. Allen gemeinsamen Freunden und Kollegen erzählte sie, dass Gernot sie heimlich auspionieren würde und Geschichten über sie verbreitet hätte. In der Kanzlei war es für ihn kaum mehr auszuhalten.

Wachter schnitt ihn noch mehr und seine abscheulich lüsternen Blicke auf Sabines Hintern waren nun für Gernot so offensichtlich, dass er jedes Mal schreien wollte: „Sag mal geht's noch, spannst du nicht, wie der Kerl tickt?" Aber er biss sich auf die Zunge, bearbeitete stumm seine Gartenzwergfälle und hielt still. Er spürte, dass er Sabine verloren hatte.

Als er sie eine Woche nach ihrem Auszug in der Kanzlei fragte, wo sie nun wohne, hieß es nur knapp: „Bei einem Mann, der mir vertraut und nicht mein Handy ausspioniert." Gernot platzte der Kragen und er schrie Sabine an. Laut, wütend, erbost, voller Enttäuschung. Mitten im Flur der Kanzlei. Vor den anderen. Alle bekamen es mit. Der Alte. Die Sekretärin. Conny und Friedrich, die anderen Anwälte. Professor Kramny auch, der nur ab und an in der Kanzlei war, weil er eigentlich in Berlin lebte und dort lehrte und sogar die Bundeskanzlerin beriet. Alle bekamen es mit. Sogar drei Mandanten, die gerade im Warteraum saßen und darauf warteten, ein Gespräch zu führen.

„Ich glaub, ich halt' das nicht mehr aus!", schrie er. „Du machst hier einen auf Unschuldslamm, tust so, als wärst du das Opfer meiner Spionage, dabei lag dein Handy auf dem Küchentisch, ich habe zufällig draufgeschaut und gesehen, dass unser gemeinsamer Chef fragt, ob du Bock auf einen Fick hättest. Kannst du mir erklären, wer da jetzt bitte der Arsch ist! Du oder ich?" Alles hielt inne. Die ganze Kanzlei wie gebannt. Die Mandanten sahen erschrocken auf. Die adrette

Frau im Kostüm, hübsch und sehr selbstbewusst, reagierte kühl und verletzend: „Du solltest dich ein wenig besser im Griff haben, Gernot, wenn du mir das Wasser reichen willst." Dann drehte sich Sabine einfach um und verschwand in ihrem Büro. Wachter folgte ihr und Gernot blieb alleine mit den Wartenden im Vorraum zurück. Er entschuldigte sich bei ihnen mit einem unverständlichen Murmeln und verzog sich dann in sein Büro.

Der Alte war auf dem Flur zu hören. Er lachte laut auf. Dann Sabine. Sie sprachen mit einander und Gernot wusste, sie sprachen über ihn. Er packte seine Aktenmappen zusammen. Heute hielt ihn hier nichts mehr.

Draußen bat ihn die Sekretärin zu sich. „Der Alte will sie dir nicht mal selbst geben, Gernot. Es tut mir so leid für dich." Es war die Kündigung. Fristlos mit sofortiger Wirkung wurde die Zusammenarbeit zwischen den Rechtsanwälten beendet. Wegen Rufschädigung und so weiter. Sein Verhalten trüge dazu bei, dass der gute Ruf der Kanzlei nachhaltig geschädigt werden könnte. Er stand ohne Job da. Ein Anwalt, der von einem auf den anderen Tag aus einer der einflussreichsten Kanzleien Münchens geflogen war, hatte keine Chance auf einen baldigen Neuanfang, wenn der

Chef der Kanzlei und seine Gespielin ihn systematisch schlecht redeten und das genau war der Fall.

Gernot setzte sich an einen Tisch in seinem Lieblingslokal, bestellte einen Grappa, ein Achtel Rotwein und eine doppelte Portion Panna Cotta. „Was ist los", wollte Franco, der Kellner, von seinem Kunden wissen. Und da ahnte Gernot schon, was kommen würde: „Franco, das Ende vom Lied ist, ich bin der Depp, der Schuldige und der Ausgespielte. Sabine ist fort, mit dem Alten durchgebrannt und ich bin entlassen worden. Schuldumkehr in besonders dreister Manier, aber ich bin chancenlos. Sie werden alle zusammenhalten. Der Alte kennt doch jeden Richter, jeden Staatsanwalt."

Der Kellner nickte und stellte ihm zu Grappa und Rotwein noch einen starken Espresso. Er kannte das ungleiche Paar lange genug. Und man hatte es ihnen angemerkt, an Körpersprache und Ausdruck: Sie ein wenig dominant und tonangebend, er der Untergebene.

*

Gernot ließ sich auf sein Sofa fallen. Ted ging nicht sofort an sein Telefon. Dann klackte es und er hörte die Stimme des alten Freundes. „Was gibt's, mein Guter", fragte Ted mit der üblichen guten Laune nach.

Es gab aber keine guten Nachrichten. Gernot fing an zu erzählen. Von den Schwierigkeiten gleich nach der Trennung hatte Gernot berichtet und auch, dass ihn der Alte aus der Kanzlei geworfen hatte. Ted war also im Bilde. Aber dass der Scheidungstermin nun so rasch anstand und dass man am Ende einen Schuldigen hatte, der als so eindeutiger Verlierer dastand, das war für Ted eine Überraschung. „Lass dir das doch nicht gefallen", forderte er seinen Kumpel auf, etwas gegen diese himmelschreiende Ungerechtigkeit zu tun. „Sabine ist fremdgegangen, hat dich ausgenutzt und obsiegt jetzt auf ganzer Linie, das kann es doch nicht sein!" Etwas resigniert fügte Gernot an: „Du solltest doch wissen, mein Lieber, dass man auf hoher See und vor Gericht..."

Weiter brauchte er nicht reden. Ted krächzte ein Rauchlachen durch die Leitung. „Du hast ja Recht, Gernot. Du hast wie immer Recht. Aber es nützt dir nichts, dass sie die guten Kontakte hat. Was sind deine Pläne jetzt?"

Gernot fasste seinen Plan kurz zusammen: Jobsuche intensivieren, Wohnung verkaufen und in eine kleinere Wohnung ziehen. Sabine auszahlen. Zwischendurch überlegte er ernsthaft, ob er sich nicht die Hilfe eines Therapeuten suchen sollte. „Ted, ich schlafe schlecht, ich träume wirre Scheiße. Sabine hat mein Leben ernsthaft durcheinander gebracht. Ich war nicht zufrieden. Aber ich war aufgeräumt. Hatte einen Job. War als Anwalt anerkannt, wenngleich ich nicht der Held war. Die Kanzlei hat einen guten Namen. Ich hatte eine Frau. Und jetzt ist alles weg. Frau weg. Wohnung fort. Du weißt schon, die schwarzen Löcher fressen ihre Umgebung einfach so auf und übrig bleibt unendliches Nichts." Ted schwieg eine Weile. „Du wirst dir aber nichts antun?", fragte er gerade heraus. „Dafür ist die Wut auf Sabine und -JW- viel zu groß", entgegnete Gernot sehr zur Erleichterung seines Freundes.

„Pass auf, mein Lieber, ich bin in zwei Wochen an einem Samstag in München. Da spielt der *Club* bei *1860* und das lasse ich mir nicht entgehen. Wir könnten nach dem Spiel noch etwas trinken gehen." Gernot nickte, der Plan seines Freundes war gut. Eine Gelegenheit zum Reden war immer gut und er würde in der Zwischenzeit auf Wohnungssuche gehen und sich um eine Arbeit kümmern.

Abends, wenn Gernot allein war, spürte er den Schmerz in sich. Er vergoss Tränen der Sorge um die Zukunft. Er fühlte die Leere um sich und was am Schlimmsten war, es brach alles auf einmal zusammen. „Nutzlos, ausgenutzt, zu nichts mehr fähig", hämmerte es dann in seinem Kopf. Er wollte dagegen ankämpfen, kam aber selten weiter als bis zum Kühlschrank. Bier und Erdnussflips. Wie einer, der sich nicht im Griff hat, sank er in sich zusammen. Es kostete unendliche Kraft, sich am Tage hinzusetzen und das Leben zu sortieren. „Du schreibst eine Bewerbung", trötete sein Gewissen. „Du suchst eine neue Wohnung", hauchte die Stimme aus dem *Off* in sein Ohr. „Du isst nicht nur dieses Zeugs", warnte ihn seine Vernunft. Und immer fort der gute Geist des Weitermachens: „Vergiss sie endlich! Vergiss die Vergangenheit, die Zukunft hat begonnen!" Dann erschien ihm im Traum aber immerfort die Richterin. Kurze Haare, mieses Lächeln. „Eine wahre Emanze", hatte er -JW- sagen hören und ihm still zugestimmt und sich mit dem Schicksal schon zu arrangieren begonnen, als sie den Fall „Markmeier gegen Grassl-Markmeier" aufrief. Dann fiel das Urteil und Sabine hatte gegrinst. Ein beinahe fieses Grinsen. Eine sanfte Bewegung ihrer Hand über Wachters Arm, die „Danke, mein Guter" signalisierte und dann noch das zustimmende Nicken des Alten in Richtung der Emanze. Gernot drückte sich aus dem Saal. Er hatte sich selbst vertreten, wollte sich das Geld sparen und wusste von Anfang an, dass kein Anwalt in dieser Stadt gegen den Alten angekommen wäre.

2

Ted klingelte an der Türe. Er hörte wie Gernot den Flur entlang kam und fluchte. Dann wurde die Türe geöffnet. Ted blieb vor dem Eingang stehen und streckte dem Freund die Hände entgegen um ihn zu mustern. Mit beiden Armen packte er ihn an den Schultern. „Siehst weniger übel aus, als ich vermutet hatte", flachste er und musste ein „Halt die Klappe. Wie hat der Club gespielt?" hinnehmen. (Das Spiel, so berichtete Ted, sei eine langweilige Nullnummer gewesen).

Nach einer kurzen weiteren Phase der Begrüßung trat Ted ein - in einen leeren Flur. In eine fast leere Wohnung. „Oh, da ist nicht mehr viel übrig außer ein paar Kisten", fügte er an.

„So ist es. Ich stolpere hier dauernd über die Kartons und stoße an jeder Ecke auf eine Dreckserinnerung an früher. Ich hab soviel fort geworfen, das glaubst du kaum." Ted nickte einfach schweigend und setzte sich auf einen Stuhl im Wohnzimmer. Zwei Klappstühle, ein mickriges Tischchen, das war geblieben. In der Ecke eine Matratze. Mehr war nicht mehr in der geräumigen Wohnung, in der es hallte, wenn man sprach. „Gemütlich ist was anderes", grinste Ted.

„Wo ziehst du hin?"

Gernot erzählte von den letzten zwei Wochen. Er werde ab sofort in einer kleinen Zweizimmerwohnung in der Schellingstraße leben. „Schön im Zentrum, viele Studenten um mich rum."

„Und die Jobsuche?"

„Auch erfolgreich abgeschlossen. Bin seit einer Woche bei einem Autovermieter als Hausjurist unter Vertrag. Nicht vergleichbar. Aber es passt und ich verdiene genug."

„Es geht also aufwärts", meinte Ted.

„Ja, aber Sabine..." Weiter ließ Ted den Freund nicht kommen. „Sabine ist für dich gestorben, mein Bester. Sie hat sich aus dem Staub gemacht und dich grob verarscht. Ich kenne keine Sabine", sagte er. Dann zwinkerte er und wollte wissen, was man denn nun mit dem gemeinsamen Abend anzufangen gedenke.

Gernot hatte nur einen Programmpunkt: Er wollte dem Freund die neue Wohnung zeigen. Also fuhren sie mit Teds Wagen in die Innenstadt, parkten im engen Innenhof des Wohnhauses. Was in der Mauerkircherstraße großzügig, modern und luxuriös war, hatte hier den Charme der bröckelnden Innenstadt. Alles wirkte etwas heruntergekommen, aber lebendig. Nichts war hier zu spüren von der aufgesetzten Sterilität der alten Wohnumgebung. Eine alte Frau, die ihr ganzes Leben in diesem Haus verbracht hatte, öffnete das Fenster als sie die beiden erblickte. „Sie sind der Neue, stimmt's?", rief sie den beiden zu. Gernot nickte. „Sie wohnen aber nicht mit einem Mann in der Wohnung, oder?", hakte sie neugierig nach. „Keine Sorge", grinste Ted. „Bin nur zu Besuch, ein Freund aus früheren Tagen." Die alte Frau lachte. „Wäre mir übrigens auch völlig egal, wenn's anders wäre."

Die Wohnung lag in einem Haus mit sechs Parteien. Gernot klärte Ted auf. Ein Studentenpärchen, die Alte, Witwe seit ein paar Jahren. Der Herr Eder, den alle immer fragten, ob er auch einen Pumuckl beherbergte. Ebenfalls Rentner. Seine Tochter kam einmal die Woche mit den Enkeln vorbei. Dann noch ein Ehepaar, das an der Universität arbeitete. Sehr belesen und intellektuell, freundlich, aber ein wenig reserviert. Zudem noch ein Alleinstehender, der viel unterwegs war. Der Eder hatte Gernot schon bei der ersten Begrüßung im Haus gesagt, dass „der Kerl eh nie daheim ist, weil er noch ein Haus irgendwo in Kolumbien hat. Ein Spinner ist das, wenn Sie mich fragen." Gernot hatte sofort gespürt, dass dieses Haus etwas morbid Charmantes hatte. Irgendwie verströmte es auch ein wenig Nostalgie. Alle in diesem Haus waren kauzig und liebenswürdig zugleich. Die alte Frau schimpfte auf den Eder. Der schimpfte auf die Studenten, weil die ihre Musik immer so laut hatten. Die aber trugen sowohl der Alten als auch dem Eder die Einkäufe nach oben und halfen ihnen auch so ab und an. Und wenn das Dozentenehepaar im Sommer auf dem Balkon saß und merkte, dass die Blumen auf dem Balkon nebenan verkamen, dann machte er die Arme lang und bedachte die grünen Sträucher und Gewächse auf dem Balkon des Kolumbianers mit einem Schluck Wasser.

Das Parkett knarzte. In der Wohnung hatte Gernot bereits einen Esstisch stehen und zwei Stühle. Auch das Sofa aus der alten Wohnung hatte einen netten Platz gefunden. Sonst merkte man sofort, dass hier einer erst dabei war sich häuslich einzurichten. Es standen noch überall Kisten herum und die Lampen fehlten; stattdessen hingen Birnen von der Decke.

Ted sah sich um und nickte immer wieder anerkennend. „Das sieht doch alles prima aus. Du wirst hier dein neues Leben beginnen. Und du wirst es nicht bereuen und irgendwann wirst du vergessen haben, was dich eigentlich hier her geführt hat." Gernot nickte und musste schmunzeln. „Du warst schon immer ein besessener Optimist."

Sie plauderten noch eine Weile ehe Ted fragte, was denn nun für den Abend geplant sei, denn er bekäme nun doch anständigen Hunger. Gernot hatte sich zwar nichts überlegt und schlug dann einfach ein afrikanisches Steakhaus in der Innenstadt vor. Da wollte er schon so lange einmal hin, aber die letzten Monate habe es eben nicht einmal einen geeigneten Anlass gegeben, sich auf zu machen um ein ordentliches Steak zu essen und den Appetit darauf hatte er auch nicht gehabt.

„Jetzt hast du ihn und wir gehen da hin!", meinte Ted und sie verließen die neue, leere Wohnung in Richtung U-Bahnstation. Es war mittlerweile auch wieder freundlicher. Die nasse Kälte, die für Juni so ungewöhnlich war, hatte München wieder verlassen und alles sah nach Frühsommer aus. Auch das machte es Gernot nun leichter, den Hauch von Leben, den er spürte, auch zu genießen.

Das Lokal war nicht groß, lag in einer Seitenstraße und war noch nicht wirklich voll. Ted blickte durchs Fenster und sah zwei besetzte Tische. „Haben die irgendwo eine Karte hängen", fragte er etwas skeptisch. Der Blick auf die aufgelisteten Steaks aber überzeugte ihn sofort. „Wow, Zebra, Kudu und Springbock, das klingt ja mal richtig exotisch."

Die beiden Männer ließen sich einen Tisch am Fenster zuweisen und studierten die Speisekarte. Sie orderten eine gemischte Vorspeisenplatte. Danach bestellte sich Ted ein Kudu-Steak, während es Gernot bei einem Steak vom namibischen Rind beließ. Dazu gab es Wein aus der Region Stellenbosch in Südafrika. „Afrika, das wäre mal was", meinte Ted, der wegen seiner Arbeit selten Urlaub machte und dessen Frau nicht viel Lust auf Fernreisen hatte. Für Gernot hatten lange Reisen bislang auch nicht auf der Tagesordnung gestanden. Sabine - wollte er diesen Namen nicht eigentlich vergessen? - bevorzugte die Schnellladung der ausgelaugten Batterien. Das funktionierte am besten in einem Spa-Hotel in Südtirol oder an der Adria. Sie waren zweimal in den USA und besuchten einen befreundeten türkischen Anwalt in Istanbul. Afrika, ja, das wäre auch etwas für Gernot. Aber war es da nicht gefährlich und lauerten da nicht überall Krankheiten und wilde Tiere?

In der Zwischenzeit hatte sich der Gastraum gut gefüllt und die Musik war kaum mehr zu vernehmen, stattdessen überall das Geschnatter der Samstagsabendgesellschaften. Lachen. Hüsteln. Flüstern. Und wieder Lachen. Der Vorspeisenteller überzeugte die beiden Herren und sie freuten sich auf den weiteren Gang. Das Gespräch war in der Zwischenzeit vom Fußball zu den längst vergangenen Tagen gewechselt. Damals. Im Studium. Weißt du noch? Wir. In den Kneipen.

Der Kellner kam zurück zu ihrem Tisch, im Schlepptau zwei Damen. „Wäre es eventuell möglich, dass sich die beiden Damen zu Ihnen setzen würden? Wir haben nur noch zwei Tische frei und die sind reserviert. Die Herrschaften müssten gleich auftauchen."

Während Gernot das im Grunde gar nicht passte, weil er in Ruhe mit Ted über die Vergangenheit quatschen wollte, scannte Ted die Damen in Windeseile und entschied ohne seinen Kumpel zu fragen: „Sehr gerne doch!" Und dann nahmen die beiden Frauen neben der Männergesellschaft Platz. Die eine, eine dunkelhaarige Schönheit, bedankte sich höflich und funkelte ein wenig mit den Augen, was Ted augenscheinlich sehr gut gefiel. Die beiden Damen waren etwa Anfang bis Mitte dreißig. Die Dunkelhaarige trug einen langen Rock und dicken Lippenstift, sie war etwas fülliger und wirkte alles in allem aufgesetzt. Die andere war sportlich, schlank, hatte schulterlanges, blondes, wildes Haar und ihre blauen Augen strahlten unbezähmbare Freiheit aus. Sie saß schräg gegenüber Gernot, der nun nicht mehr wusste, ob es sich gehörte, ein Gespräch mit den Damen zu beginnen oder ob dies vielleicht gar als aufdringlich empfunden worden wäre.

Die Dunkelhaarige übernahm das Kommando. „Gaby, hi, Jungs", sagte sie und Gernot war es fast unangenehm, von dieser Frau als *Junge* bezeichnet zu werden. Die Blonde nickte den beiden nur zu. Dann bestellten die Frauen *Windhoek Lager* Bier aus Namibia und Steaks. Bald begannen Gernot und Ted wieder ihr Gespräch über das Hier und Jetzt und das Damals und Dort fortzusetzen und sie kümmerten sich nicht weiter um die Ladies, die ebenfalls kaum Interesse an den beiden Männern hatten.

Dann, als sie alle mit ihren Steaks beschäftigt waren, fing die Brünette plötzlich ein Gespräch an.

„Und, schmecken euch die Steaks?"
„Klar", entgegnete Ted.
„Meine Freundin Mona kommt aus Namibia und findet, hier gibt's die besten Steaks der Stadt."
„Gib Ruhe, Gaby", sagte die eben Angesprochene.

Ted nickte zustimmend. „Das ist ja prima, Gernot und ich haben gerade über Afrika geredet. Dann kannst du uns ja sicher einiges über Afrika erzählen!", meinte Ted in Richtung der hübschen blonden Frau.

Sie blickte von ihrem Teller auf und lächelte die beiden Männer an. „Wo beginnen, wo enden?", fügte sie dann an. „Was wollt ihr denn wissen?"

Ted gab seinem Freund einen Kniff in die Seite. Gernot zuckte zusammen. Sollte das nun eine Aufforderung sein, dass er endlich ins Gespräch einsteigen sollte oder war es der unausgesprochene Hinweis, dass diese Frau ziemlich hübsch war? Aber dazu hätte es Teds Hieb in die Niere nicht gebraucht.

Mona begann von alleine zu erzählen. „Ich komme aus Namibia. Als ich geboren wurde, war es noch ein Teil von Südafrika. Wir sind also irgendwie auch Südafrikaner. Ich komme aus einem kleinen Dorf in der Nähe von Lüderitz. Schon mal gehört?"

Die beiden Männer zuckten mit der Schulter. Der Forschere aber tat sogleich, als wüsste er wenigstens halbwegs, wo diese Stadt liegen musste. „An der Küste?" Mona lächelte. „Ja, an der Küste." Sie rief nach dem Kellner und bat ihn, den Chef des Lokals zu holen. Dann sprach sie mit ihm auf Afrikaans. Es klang für Gernot und Ted wie eine sonderbare Mischung aus Holländisch und Deutsch. Sie verstanden kaum etwas und dennoch klang es sehr vertraut.

Der Manager verschwand in einem Nebenraum und kam mit einer Landkarte wieder hervor. „Bitte", sagte er dann auf deutsch. „Darf ich?", fragte Mona und breitete die Landkarte zwischen Steaks und Salat aus. Ihre Freundin Gaby wischte sich den Mund mit der Serviette ab und machte das eine, aufgerollte Ende der Karte mit einem Salatschälchen fest.

Ted beugte sich sogleich interessiert nach vorne und bestaunte die Landkarte. Gernot war dieses offensichtlich total übertriebene Interesse seines Freundes total peinlich. Er wollte schon fast etwas sagen, als Mona Gernot direkt ansprach: „Du hattest das Steak aus Namibia, richtig?" Gernot nickte nur.

Mona fuhr mit ihrem Finger zart über Landkarte und markierte ein Gebiet auf dem ausgebreiteten Papier. „Da gibt es die Farmen, auf denen die Rinder gezüchtet werden, von denen dieses Fleisch kommt", meinte sie. „Ist aber weit weg von meiner Heimat hier unten." Und wieder führte sie eine vorsichtige Bewegung auf dem Papier aus und tippte einen Fingerbreit neben der Stadt Lüderitz ins beige Nichts. „Da ist ja nur Wüste", sagte Gernot nun. „Fast nur Wüste, du hast Recht."

Ted wollte wissen, seit wann Mona in Deutschland lebte und ob Gaby auch aus Namibia stammte. „Ich bin aus Bochum und lebe erst seit acht Monaten in München", meinte Gaby und ergänzte für ihre Freundin: „Und Mona pendelt zwischen hier und Afrika hin und her. Ihre Eltern und ihr Bruder sind immer noch in Namibia."

„Ich habe Namibia nie wirklich ganz verlassen können", fügte Mona selbst nun an und wischte sich sanft mit der Serviette über den Mund, schob den Teller beiseite und wollte dann wissen, ob die beiden schon einmal in Afrika waren. Beide schüttelten wie Schuljungen die Köpfe und bekundeten sodann ihr Interesse mehr zu erfahren. Vor allem Gernot war wie von einem Feuer gepackt. Er hörte einen Löwen brüllen, fühlte den Wind der endlosen Weite wehen und führte das sogleich auf diese Frau zurück, die zauberhaft unnahbar und dennoch so anziehend auf ihn wirkte.

„Also Namibia und Südafrika, das ist wie ein ganzer Kontinent für sich. Wir haben in Namibia eine der ältesten Wüsten der Welt. Wir haben Berge und das eiskalte Meer. Bei uns gibt's Städte, die schauen aus, wie kleine Nordseebäder und wir haben im Norden Gegenden, da bist du tief im Busch." Das, was Mona mit einem Strahlen um die Augen erzählte, klang wie Werbung aus einem Tourismusprospekt, war aber mit der Sehnsucht nach der eigenen Heimat vorgetragen. „Was machst du dann hier in München, Mona?", fragte Gernot nun sichtlich aufgetaut und interessiert. „Ich arbeite in einem Architekturbüro und plane nebenbei noch Häuser in Windhoek und Swakopmund, da haben wir ein Partnerbüro." Wieder fuhr sie mit dem Finger über die Landkarte und zeigte den beiden Männern Swakopmund. „Da gibts Schwarzwälderkirschtorte und Sauerkraut direkt neben der Wüste und einem afrikanischen Markt. Das ist eine ganz seltsame Mischung, aber wunderschön", schwärmte sie.

Ted warf einen erneuten Blick auf die Landkarte. Er war nun auch interessiert an der Weite des Landes. Namibia schien vielversprechend vielfältig zu sein.

Etwas südlich des Ortes Lüderitz fiel ihm eine Markierung auf, die sich bis zur Grenze Südafrikas erstreckte. *Sperrgebiet.* Das klang spannend. „Da steht *Sperrgebiet,* was hat das zu bedeuten?", wollte er von Mona wissen.

„Das ist heute ein Nationalpark, früher war es hier kaum möglich rein zu kommen. In der Gegend werden Diamanten gewonnen. Seit 1908 kann man in diese Gegend Namibias ohne Genehmigung nicht einreisen. Nur die Straßen von und nach Lüderitz sind offen. Mittlerweile aber wird alles nicht mehr so streng gehandhabt."

Ted nickte und Gernot bohrte noch einmal nach. „Gibt es in Namibia noch viel Diamanten?"

Mona zuckte mit den Schultern. „Also in Oranjemund, da wo ein Teil meiner Familie lebt, lebten sie bis vor ein paar Jahren alle vom Diamantenabbau. Die ganze Stadt gehörte einem Konzern, der die Diamanten abbaute. Jetzt ist es eine normale, kleine Stadt. Ich glaube aber, Namibia verdient immer noch gut damit."

Mona warf ihre blonden Haare über die Schultern und schaute auf die Uhr. Es war bereits kurz vor neun. „Wollt ihr noch was trinken gehen?", fragte sie unvermittelt. Gernot war verblüfft über diese Frage. Bis eben war es eher Gaby, Monas Begleiterin, die den Eindruck erweckte, sie wäre auf Konversation aus. Dass nun Mona das Angebot machte, etwas zu unternehmen, war für ihn eine angenehme Überraschung. Aber er war sich nicht sicher, ob es klug war, sich darauf einzulassen.

Wie immer übernahmen andere für Gernot die Initiative. „Na klar, gerne doch!", sagte Ted und bestellte auch sogleich die Rechnung. Gaby, die ebenso überrascht schien, fügte an, dass sie nur mehr ein Stündchen mitkommen wolle, denn sie sei „hundemüde, meine Liebe." Mona nickte. „Ist ja gut, in einer Stunde schaffen wir ein Weinchen und gut ist's."

Der Kellner kam, man bezahlte und vor der Tür fragte man sich, wohin es nun gehen sollte. Gernot konnte den Blick kaum von Mona lassen. Sie gefiel ihm ausgesprochen gut. Alles an ihr fühlte sich nach Abenteuer und Freiheit an. Sie schien ihm wie die typische weiße Afrikanerin, die auf einer Farm täglich ihren Mann stand und dennoch unglaublich weiblich und attraktiv war.

Gaby schlug eine Bar vor, die nicht allzu weit entfernt lag und wo man sich immer noch ganz gut unterhalten konnte. Sie hatte bemerkt, dass Mona Interesse an einem der beiden Männer zu haben schien, war sich aber tatsächlich nicht ganz sicher, ob es der Forschere oder der Zurückhaltendere war. War Ted doch eher der Typ, den Frauen liebten, weil er Scherze machte, Komplimente verteilte und am Ende der Draufgänger wäre, war Gernot vielleicht eine Spur geheimnisvoller.

Sie nahmen an einem kleinen Tisch im Innenhof Platz. Es war noch immer angenehm mild und warm. Die Kneipe war eine Oase inmitten der großen Stadt. Überall standen Blumenkästen. Alles wirkte wunderbar stimmig und die vier fühlten sich sofort wohl. Gernot bemerkte, dass es „schade war, dass ich hier noch nie war." Er setzte sich neben Mona und Ted nahm gegenüber Platz.

Nach dem ersten Glas Whiskey bemerkten Gaby und Ted, dass sie nun eine Zigarette gebrauchen konnten, während Mona und Gernot betonten, dass sie nicht rauchten. Die beiden Raucher verschwanden nach draußen vor die Straße. Gernot fühlte sich tatsächlich für einen Moment unsicher, wie er das Gespräch mit der schönen Mona am Laufen halten sollte. Er, der Schüchterne, wie ein überrumpelter Schuljunge, saß gegenüber einer jungen attraktiven Frau und war verlegen.

„Was machst du beruflich?", fragte Mona nach. Gernot überlegte. Anwalt klang gut, aber verstaubt. Anwalt war er auch keiner mehr. Das hatte ihm Sabine versaut. -JW- hatte dafür gesorgt, dass er in München keinen Fuß mehr in eine Kanzlei setzen würde.

„Ich berate eine große Autofirma in Rechtsfragen." Mona nickte. Sie schien kein weiteres Interesse am Beruf ihres Gegenübers zu haben.

„Ich hoffe, es ist dir nicht zu direkt, aber bist du alleine?" Gernot empfand diese Frage tatsächlich als etwas aufdringlich, merkte aber sogleich, dass sie ihm auch schmeichelte, denn sie signalisierte Interesse an ihm. „Wieder", gab er zur Antwort, knapp und kurz. Sie nickte nur. „Du willst nichts davon erzählen, stimmt's?" merkte sie an.

„Es gibt nicht allzu viel zu erzählen. Ewigkeiten lang war ich mit einer Frau zusammen, wir waren verheiratet, haben zusammen in der gleichen Kanzlei gearbeitet. Sie wollte Karriere und ging dabei über Leichen beziehungsweise mit dem Chef ins Bett und ich blieb als Gelackmeierter auf der Strecke. Ganz einfach."

„Das ist eine miese Sache", sagte Mona und lächelte Gernot mit einem so verzaubernden Lachen an, dass er nicht wusste, ob er sofort glühendrot anlief oder nur das Gefühl hatte. Mona schien Interesse an Gernot zu haben und er genoss es sichtlich.

Er erfuhr noch viel über Afrika und die Weiten der Wüsten Namibias. Mona erzählte und erzählte. Nach dem zweiten Drink wurde es zudem lustiger und nach dem vierten Cocktail konnten Gernot und Mona nicht umhin, sich ihre uneingeschränkte Sympathie nun auch durch erste körperliche Zuneigungen zu zeigen. Gernot genoss es, dass Monas Hand sich vorsichtig auf seinen Oberschenkel tastete und auch er wurde forscher.

Die beiden merkten nicht mehr, dass Ted und Gaby auf einmal verschwunden waren. „Das sind erwachsene Leute", hatte Gaby zu Ted gesagt, der gegen Mitternacht aufbrechen wollte, um noch die lange

Strecke nach Hause anzutreten. Und auch Gaby war müde geworden. Die beiden verabschiedeten sich mit einem „War nett, dich kennengelernt zu haben" und einer freundlichen Umarmung. Dann ging jeder seiner Wege. Aber beide schienen noch denselben Gedanken gehabt zu haben. In ihren Autos sitzend, schrieben sie noch Nachrichten an Mona und Gernot, in denen sie sich verabschiedeten und den beiden noch viel Spaß wünschten.

*

Um ein Uhr morgens sperrte die Kneipe zu. Der freundliche Besitzer bat die beiden nun auch nach Hause zu gehen. Mona nahm Gernot an die Hand und fragte: „Zu dir?" Er nickte, merkte trotz des vernebelten Gefühls des Alkohols, dass er ihr aber etwas erklären musste. „Bin gerade erst umgezogen, sieht schrecklich aus." Mona legte ihm die Hand um die Schulter, zog ihn eng an sich heran und flüsterte ihm dann ins Ohr. „Werde heute Nacht keine Zeit mehr haben, deine Wohnung anzuschauen."

3

Die Sonne schien in das Schlafzimmer der noch leeren Wohnstatt. Gernot reckte seine Arme in die Luft. Er fühlte sich leicht und frei, gut, wie lange nicht mehr. „Morgen", hörte er von nebenan. Und sofort erinnerte er sich wieder an den Grund, warum es sich an diesem Tag lohnte, aufzustehen und warum er sich so leicht und frei fühlte. Neben ihm lag Mona. Ihre blonden Haare fielen ihr wirr ins strahlende Gesicht. Sie hatte sich auf einen Arm gestützt und sah Gernot an. Dabei schenkte sie ihm ein entlarvendes Lächeln, dem kein Mann der Welt hätte widerstehen können und einer wie Gernot, der die letzte Zeit in Liebesdingen wenig Anlass zur Freude hatte, schon gleich gar nicht.

Er schüttelte den Kopf. „Ich hab das noch nie in meinem Leben gemacht", sagte er und küsste sie sanft. „Was meinst du?", fragte Mona gespielt. „Eine Frau am ersten Abend abschleppen, mit nach Hause nehmen und die Nacht mit ihr verbringen?"

Gernot gab keine Antwort, stand leichtfüßig auf, ging in die provisorische Küche, klapperte ein wenig in einer der Umzugskisten herum. Dann hielt er zwei Kaffeetassen in den Händen. Ins Schlafzimmer rief er zurück: „Du sagst es und jetzt ist die richtige Zeit für einen Kaffee, was meinst du?" Aus dem Matratzenlager kam ein „ohne Milch und Zucker, schwarz wie die Seele der Nacht". Beide lachten und die Kaffeemaschine begann gurgelnd das allmorgendliche Lied zu grunzen.

Gegen Mittag verabschiedete sich Mona von Gernot. Es fiel ihm nicht leicht, sie wieder gehen zu lassen. Durch nur einen Abend und eine Nacht hatte er wieder Kraft getankt, Mut gefasst und gemerkt, wie Leben sich anfühlte.

An der Türe umarmte ihn Mona sanft. Ihr Kuss schmeckte süß und dauerte eine gefühlte Ewigkeit. „Ich ruf dich an!", sagte sie halb im Türrahmen. Zweimal noch drehte sie sich beim Gehen um und winkte.

Ted hatte bereits eine SMS geschrieben und wollte alle Details der vergangenen Nacht erfahren. Das aber war nicht Gernots Stil. Er schrieb ihm knapp und ehrlich zurück: *Ein Wahnsinn!* Mehr wollte er nicht schreiben, weniger drückte das Gefühlschaos in ihm aber auch nicht aus. Es war für ihn der Wahnsinn. Jahrelange Sicherheit neben Sabine. Von ihr gelenkt, geleitet und wohl auch manipuliert. Die eigenen Träume lagen begraben unter einem Haufen Akten. Dann diese schmutzige Trennung und nun? Eine Nacht, die alles veränderte. Mona hatte eine neue Seite in Gernot aufgetan. Er fühlte sich stark. Er fühlte sich zum ersten Mal seit Ewigkeiten gut und begehrt. Er fühlte sich wieder kraftvoll und ein wenig jugendlich.

*

Sie verbrachten viel Zeit miteinander. Der Sommer in München wurde doch noch sehr passabel. Überall drängten die Menschen nun in die Biergärten, lagen an den Seen und schlenderten durch den Englischen Garten. Und auch Gernot war nicht mehr der betrübte Mann, der gebeutelt von der bitteren Scheidung durch den Regen schlich. Er radelte oder joggte, er schnürte seine Inlineskates oder spielte wieder Tennis. Und an seiner Seite war sie: Mona. Sechs Jahre jünger als er, gönnte ihm keine Verschnaufpause. Mona wollte das Leben spüren. Jeden Tag. Beim Sport. Im Restaurant... im Bett. Sie war traumhaft schön und Gernot hatte sich Hals über Kopf in die blonde Mähne aus dem südlichen Afrika verliebt.

Sie verbrachten oft Stundenlang auf dem Balkon, leerten eine Flasche südafrikanischen Wein und träumten. Es war Ende Juli, als Mona abends kurz bevor sie vom Balkon ins Bett fallen wollten, Gernot fragte, ob er sie nach Namibia und Südafrika begleiten wolle. „Wir könnten Mitte August fahren", meinte sie voller Begeisterung. „Dann zeige ich dir meine Heimat und wir fahren von Namibia aus rüber nach Südafrika. Da gibt es eine Region, die heißt Namakwa-Land. Das ist eigentlich Wüste. Nichts Besonderes. Aber einmal im Jahr, dann, wenn die ersten Frühjahrsregen fallen, fängt die Wüste an zu blühen." Und sie beschrieb die Farben, das Leuchten der orangefarbenen Blüten und die endlose Weite des Blumenmeeres in so traumhaften Worten, dass Gernot keine Wahl blieb, sich sofort bereit zu erklären mitzukommen.

Er rief Ted an und erzählte ihm von Monas Plan. „Die geht aber ran. Ihr kennt euch gerade mal fünf, sechs Wochen und ihr fliegt schon zu ihrer Familie nach Namibia", veräppelte Ted seinen Kumpel am Telefon. „Nicht doch, ich hab nicht gesagt, dass wir ihre Familie besuchen. Sie will mir ihre Heimat zeigen, das hat sie gesagt", bog Gernot ernster Mine die Sache wieder gerade. Er schwärmte dem Freund sogleich vor, wie Mona mit ihrer sanften Stimme das Blütenmeer in Südafrika beschrieben hatte, das nur Ende August und Anfang September diesen Landstrich in eine Augenweide zu verwandeln schien. „Dann musst du da natürlich mit", lachte Ted.

Gernot überließ seiner Mona die Planungen. Sie wusste, wo man übernachten konnte. Es war ihre

Heimat. Er überwies das Geld für den Flug. Ansonsten ließ er sich überraschen, was in Afrika auf ihn warten würde.

Eines Abend, sie lagen bereits im nun wohnlich eingerichteten Schlafzimmer im Bett, kuschelte sich Mona nahe an Gernot heran und meinte: „Afrika ist weit und wir Afrikaner sind in euren Augen oftmals etwas kauzig. Ich hoffe, ich kann dir in Namibia aber das Gegenteil davon beweisen." Gernot nahm seine neue Freundin sanft in den Arm, zog sie eng an sich heran und flüsterte ihr ins Ohr, dass es dazu nicht mehr viel Überzeugungskraft bräuchte, denn schließlich sei Mona selbst ja ein Teil Afrikas.

Sie legten ihren Abflug auf den letzten Samstag im August fest und Mona kam mit einem ganzen Stapel Landkarten, Reiseführern und Büchern über Namibia und Südafrika zu Gernot. Wieder wurde auf dem Balkon eine Flasche Wein aus dem südafrikanischen Stellenbosch geleert – Gernot konnte sich daran gewöhnen. Sie aßen italienische Antipasti und wälzten die Reiseführer. „Hier fangen wir an, da landen wir", sagte Mona und deutete auf Windhoek, die Hauptstadt Namibias. „Es ist keine besonders hübsche Stadt, aber ein guter Ausgangspunkt. Gernot begriff, dass Entfernungen im südlichen Afrika eine andere Rolle spielten als hierzulande. Windhoek und Kaptstadt trennten nicht nur eine Staatsgrenze, sondern auch rund eintausendfünfhundert Kilometer.

Mona zeigte ihrem Freund in den Reiseführern die Sehenswürdigkeiten, die sie besichtigen wollte. Die Robben in Cape Cross, das Seebad in Swakopmund, die roten Dünen von Sossousvlei. Den Etosha-Nationalpark. „Eventuell", schlug sie vor, „können wir rauf fahren an den Okavango oder den Sambesi, dort ist es wirklich wie man sich Afrika vorstellt." Sie erzählte von den ruhigen Wasserläufen und den dort lebenden Krokodilen. Sie beschrieb die tiefen Rottöne, mit denen der Sonnenuntergang am Sambesi die Menschen seit Jahrtausenden begeisterte.

Gernot fieberte dem gemeinsamen Urlaub mittlerweile freudig entgegen. Sein neues Leben machte ihm Mut. Die Arbeit gefiel ihm. Er war in der neuen Firma zu einer geachteten und respektierten Person geworden - etwas, das seinem Selbstvertrauen guttat. Und die hübsche Frau an seiner Seite, die jünger war als er und nach der sich andere Männer umdrehten, wenn sie durch die Innenstadt schlenderten, tat ihr übriges.

*

Der letzte Samstag im August kam rasch. Die Julihitze war bereits wieder einem sanften Anflug des Münchner Herbsts gewichen, der aber lange nichts mit der hässlichen Fratze des feuchten Juni zu tun hatte. Milde Wärme durchzog die Straßen der Maxvorstadt, ein leichter Wind ließ alles erträglich erscheinen. Und die Aussicht noch an diesem Abend neben seiner Mona im Flugzeug nach Johannesburg zu sitzen, machte für Gernot alles noch viel leichter.

Er glitt die Stufen des Treppenhauses hinab als wäre es ein Schweben auf leisen Sohlen. Unten schnappte er sich sein Fahrrad und fuhr los in Richtung Innenstadt. Es gab noch einige Dinge zu besorgen. Ein Parfüm wollte er Mona kaufen. Sie hatte die erste gemeinsame Reise organisiert und dafür wollte er sich bei ihr bedanken. Sie hatten eine so wunderbare Zeit miteinander, da galt es, einmal Dankeschön zu sagen. Gernot hatte keine Ahnung, dass die Leichtigkeit des wolkenlosen Münchner Himmels bald tiefen Schatten weichen würde.

Am Telefon bezauberte Mona ihren Freund sogleich mit den warmen Tönen ihrer Stimme. Sie bat ihn, keine Umstände zu machen, sie würde sich über jedes Parfüm freuen, aber er solle doch nicht und müsse doch nicht... „Doch, doch, Schatz", sagte Gernot und bat seine Mona, ihm zu sagen, welchen Duft sie am liebsten hatte. „Bevor du mir am Ende 4711 kaufst, sag ich es dir", gab sie fröhlich Konter.

Nachdem diese Einkäufe erledigt waren, fuhr Gernot zurück nach Hause in die Schellingstraße. Er hatte noch soviel Zeit. Seine Reisetasche war gepackt. Er brauchte nicht viel. Sollte er seine Mona noch besuchen? Einen Überraschungsbesuch konnte er ihr abstatten. Ihr beim Packen helfen, aussuchen, welches Sommerkleid, welche Hose, welchen Rock sie einpacken sollte. Aber sie würden ohnehin nicht lange damit beschäftigt sein, zu packen. Dann würden sie auf dem Sofa oder im Bett landen und ihre Liebe auskosten, das Leben spüren wollen.

In diesem einen Moment fiel Gernot etwas auf, das sich wie eine graue Wolke vor den endlos blauen Himmel schob. Er war in all den Wochen dieser jungen Liebesbeziehung nicht ein einziges Mal bei Mona gewesen. Er kannte zwar ihre Adresse und wusste, dass sie nicht alleine, sondern mit einer Bekannten in einer Art WG lebte. Aber er war nie dort gewesen. Mona hatte ihn nie mehr gefragt: „Zu dir oder zu mir?" Sie hatte ihn nie zu sich eingeladen. Es war so selbstverständlich, dass man in seine neue Wohnung ging, sich auf den warmen Balkon setzte und das Leben inhalierte. Es war unwidersprochen klar gewesen, dass sein Bett durchwühlt wurde. Es war seine Dusche, unter die Mona sich stellte, wenn sie nach dem hitzigen Liebesspiel Erfrischung suchte und er sie voller Anbetung aus dem Schlafzimmer heraus beobachtete. Nun aber spürte er die Kraft dieses schwarzen Flecks. Warum? „Sie wird es nicht wollen, dass ich die kleine Bude sehe", dachte Gernot bei sich. Warum sollte man sich den Sonnenstrahlentag verderben, wenn es tausend Gründe geben konnte, warum Mona nicht wollte, dass man sich bei ihr traf. Vielleicht war ja auch diese Bekannte gegen Männerbesuch? Und außerdem war es auch angenehmer ungestört in einer Wohnung zu sein, wo man tun und lassen konnte, was man wollte. So blieb der atemberaubende Anblick einer entblößten Mona, die nur in ein dünnes Tuch gewickelt durchs Wohnzimmer schritt sein ganz intimer Schatz, den er vielleicht nicht erlebt hätte, wenn man sich in einer Wohnung getroffen hätte, die noch von jemandem anderen bewohnt wurde.

So konnte sich Gernot nun auf die gemeinsamen Wochen im südlichen Afrika freuen. Wie in einem kitschigen Werbetrailer für eine Safaritour durchliefen hunderte Bilder seine Gedanken während er beim Radeln die Münchner Luft einatmete. Einmal sah er aus einem Jeep heraus Elefanten, einmal hörte er Löwen brüllen. Sah in der Ferne afrikanische Schirmakazien im Licht des Sonnenuntergangs scharfe Kontraste bilden. Dabei hielt er seine Mona fest im

Arm, spürte ihre Blicke, fühlte ihre Umarmungen und schmeckte ihre Küsse auf der Haut. Alles war perfekt.

Dieser eine Abend mit Ted hatte alles verändert. Die Scheidung von Sabine... ein früheres Leben. Das Fahrrad verschwand im Mülltonnenhaus, festgeschlossen an einem Holzpfahl. Dann klingelte Gernot beim Eder. Er hatte sich bereit erklärt, die Blumen zu gießen und die Post aus dem Kasten zu nehmen. „Solang ich nicht putzen muss", knatterte der Rentner sein Münchner Lachen, nahm Gernot den Schlüssel ab und verabschiedete ihn in einen „schönen Urlaub." Und noch: „Kommen Sie mir gesund und heil wieder, damit ich nicht in alle Ewigkeit auf ihr Zeug aufpassen muss", lachte er weiter. Als ob er eine ferne Ahnung gehabt hätte.

Gernot zog die Tür im Hausflur hinter sich zu und lief schlendernd zur U-Bahn-Haltestelle *Universität*. Er merkte, dass es unpraktisch war, eine Reisetasche ohne Rollen zu haben und ärgerte sich, dass er nicht auf Monas Rat gehört und sich keinen Rucksack mit vielen Taschen und Fächern gekauft hatte.

In der U-Bahn war es stickig und heiß. Aber bald würde er die Luft der endlosen Weiten Afrikas atmen. In der Nase kitzelte schon die flirrende Luft der Wüste. Die Bilder waren so vielversprechend.

„Nächster Halt Scheidplatz", krächzte wieder im Hier und Jetzt angekommen die Stimme eines unfreundlich gereizten U-Bahnfahrers. Zeit um umzusteigen. In Feldmoching wechselte Gernot in die S-Bahn zum Flughafen und spürte wie allmählich innere Unruhe aufkam. Eine wohlige Spannung. Es war die Vorfreude auf eine gemeinsame Reise mit seiner Mona in eine vollkommen fremde Welt. Afrika. Er kicherte wie ein kleines Kind. Alles hatte mit dieser Idee, ein Steak essen zu gehen begonnen.

Während er auf die S-Bahn Richtung Flughafen wartete, blickte er auf sein Handy. Zwei Nachrichten. Eine von Ted. „Wünsch dir eine herrliche Zeit bei den Wilden in Afrika. Lass es krachen und komm gesund wieder." Gernot schüttelte den Kopf. „... bei den Wilden", las er erneut. Welche Vorstellungen der Freund von Afrika hatte. Mona war Teil dieses Afrikas und sie war wild. Aber auf eine ganz anziehende Art und Weise. Aber das hatte Ted sicherlich nicht gemeint. Mona hatte in den letzten Wochen viel über ihre Heimat Namibia gesprochen. Sie hatte Gernot vom Leben dort erzählt und auch von Südafrika. Sie hatte die Region rund um Kapstadt beschrieben. Da war nichts Wildes. Sie hatte die Weinregion rund um Stellenbosch in sanften Farben gemalt, weiche Töne angeschlagen als sie die Senken rund um die Farmen ansprach. Mona hatte in feinem Singsang von den

Früchten an den Bäumen von Citrusdal gesprochen. Da war kein Raum für das wilde Afrika gewesen, das man sich als Europäer so gerne ausmalte und wie man es in manchen Filmen auch präsentiert bekam.

Die zweite Nachricht war von Mona und kurz und knapp: „Kann es kaum erwarten. Kuss." Mehr stand da nicht. Und es sagte doch so vieles aus. Gernot fuhr mit dem Finger vorsichtig über das Display als könnte er die Nachricht so noch bedeutender für ihn machen.

Am Flughafen herrschte abendliche Betriebsamkeit. Lange war Gernot nicht mehr geflogen. Er suchte den Schalter für den Flug nach Johannesburg. Dort wollte Mona auf ihn warten. Zwei Stunden vor dem Abflug. Er fand sie aber nicht in der Abflughalle. Aufgeregt wählte er Monas Nummer. Sie war die Pünktlichkeit in der Person. Und er war es auch. Auch wenn der abgemachte Zeitpunkt gerade einmal ein paar Minuten verstrichen war, war es absolut untypisch für Mona. „Schatz, ich steh am Schalter von *South African Airways*, wo bist du?", wollte er wissen. Mona klang etwas angespannt. „Gleich bei dir, gib mir zwei Minuten", gab sie zurück. Wie aus dem Nichts tauchte sie nur wenige Augenblicke später auf. Einen weißen Sommerhut auf dem Kopf. Die Lippen leicht rot gefärbt. Eine weiße enge Hose. Weiße Bluse. Alles an dieser Frau war umwerfend, dachte sich Gernot als er sie in die Arme schloss und den Duft ihres Parfüms wahrnahm. Sie küssten sich. „Hast du schon eingecheckt?", wollte Mona wissen. Er schüttelte heftig den Kopf. „Natürlich nicht, das machen wir gemeinsam", sagte er und sie stellten sich in die Schlange.

Zwei Stunden später kuschelten sich die beiden eng aneinander und hörten die Motoren des Flugzeugs surren. Die Reise konnte beginnen. Sanft bohrte sich der Airbus in den Himmel und durchflog eine klare Nacht. Gernots Gedanken schwirrten hin und her. Einerseits freute er sich wahnsinnig auf die kommenden Wochen, andererseits fühlte er eine innere Anspannung, war ihm Afrika doch noch so unglaublich fremd.

Mona schien in Gedanken verloren. Sie blickte aus dem Fenster und sah zu wie die Lichter unter ihr langsam vorbeizogen. Dann gab sie Gernot einen Kuss. „Das wird schön", lächelte sie ihn an und schlief dann alsbald ein, während Gernot den ganzen Flug über keine Ruhe fand.

4

Heiß war es nicht gerade. Windig dagegen sehr. Die Ankunftshalle war klein und überschaubar. Gernot war hundemüde, wohingegen seine Freundin nun wieder hellwach schien. Sie hatten zwei Stunden in Johannesburg gewartet, waren dann mit einem kleinen Flugzeug nach Windhoek geflogen, wo sie nun angekommen waren und auf ihr Gepäck warteten. Mona hatte mit dem Grenzer geschertzt. Gernot hatte sie zum ersten Mal Afrikaans sprechen hören und es klang lustig in seinen Ohren. Eine Mischung aus Deutsch und Holländisch und doch ganz eigen. Verstanden hatte er davon nicht viel. Es war zwar ein nicht unbedingt vollkommen fremd klingender Singsang, aber es war kaum möglich einzelne Wörter herauszuhören. „Warte erst mal bis du die Nama sprechen hörst", gab Mona auf ihr Afrikaans angesprochen zurück. „Deren Sprache kennt Klicklaute, die klingen so, als stammten sie nicht vom Menschen. Dieses Volk ist in der Lage Töne zu produzieren, die für unsere Ohren fremd und wunderbar klingen", fügte sie an. Gernot missfiel der Tonfall wie Mona das sagte. Es klang fast ein wenig von oben herab. Die Weißen stellten in Namibia eine Minderheit dar, beherrschten aber immer noch das Land wirtschaftlich. Politisch war ihr Einfluss gesunken, das machte aber nichts, denn sie besaßen das weite Farmland und übten so ihre Macht aus. Mona schien mit dem Augenblick der Ankunft in ihrer Heimat etwas härter geworden zu sein. Ihre Stimme verlor in Gernots Ohren plötzlich an Sanftheit. Ihre ganze Haltung war - trotz ihrer Energie - etwas steifer.

Vor dem Gebäude wartete ein weißer Pickup auf die beiden. Darin saß ein Mann, vielleicht Ende dreißig, Anfang vierzig. Als er Mona erkannte, stieg er aus und ging auf die beiden zu. Er war groß und hatte breite Schultern, braungegerbte Haut und struppiges, kräftiges Haar. Er begrüßte Mona mit einer herzlichen Umarmung und einem breiten Lachen. „Schwesterherz, wie schön!" fügte er an. Dann gab er Gernot die Hand. Ein kräftiger Händedruck, fast schmerzhaft. *Zupackende Hände*, dachte sich Gernot und versuchte jeden Gesichtszug zu vermeiden, der Schmerz verraten hätte. „Freut mich, dich kennenzulernen und herzlich willkommen in Namibia", sagte der Mann zu Gernot und nahm den beiden die Taschen ab um sie hinten auf den Toyota Hillux zu wuchten.

„Wie geht es Mom und Dad, mein lieber Peter?", erkundigte sich Mona bei ihrem Bruder nach der Familie. Sein Deutsch klang in Gernots Ohren etwas antiquiert. „Es geht ihnen gut, Honey", meinte Peter und trat aufs Gas. „Ihr wollt die erste Nacht wirklich in Windhoek bleiben?", fragte er ungläubig nach. „Ja, ich denke, Gernot wird noch früh und lange genug Zeit haben, die Familie kennenzulernen." Peter nickte. „Business as usual", lachte er seine Schwester an und Gernot grübelte, was er mit diesem Satz anzufangen hatte. Machte Mona das nicht zum ersten Mal? Waren die Beteuerungen der großen Liebe nur eine Schau? Es durchfuhr ihn die Angst, hier einem riesigen Irrtum aufzusitzen. Aber auf der anderen Seite konnte dieses *business as usual* auch einfach heißen, dass Peter wusste, was auf Mona und ihren Freund warten würde, wenn sie bei ihren Eltern ankamen. Und Mona schien Gernots fragenden Blick erkannt zu haben. „Jetzt hast du ihn total verwirrt, Bruderherz", scherzte sie und legte Gernot liebevoll den Arm um die Schulter. Sie gab ihm einen zärtlichen Kuss auf die Wange und stellte klar: „Nicht, dass du am Ende glaubst, ich mache das hier häufiger - meinen Eltern fremde, neue Männer vorstellen." Sie lachte. „Oh, Gott bewahre", lachte nun auch Peter. „Ich meinte mit *business as usual* eher das Drama mit Mom und Dad, wenn die verloren gegangene Tochter wieder heimkehrt. Monalein ist ja mittlerweile mehr in Deutschland unterwegs als hier zu Hause in Afrika." Gernot nickte. „Puh, da bin ich aber beruhigt", fügte er an und grinste nun auch.

Draußen zog staubiges Grasland vorbei. Bald hatten sie Windhoek erreicht. „Noch was bei Joe essen oder trinken, Kleines?", hakte Peter nach. Mona nickte nur, hielt eine kurze Weile inne und meinte dann: „Na klar, das muss sein."

Joe hatte eine Kneipe, die man durchaus als speziell bezeichnen konnte. Inmitten der Stadt eine Art afrikanisch-deutscher Biergarten. Es gab deutsches Bier und deutsches Essen und doch war hier alles irgendwie afrikanisch. Man sprach Englisch, hörte aber auch Afrikaans und nur ab und an ein paar deutsche Sätze.

Gernot fühlte sich zwar müde und ausgelaugt, freute sich aber über den kühlen Schluck Bier. Er ließ sich in einen Sitz fallen und beobachtete die Leute um sich herum. Viele waren Geschäftsleute, die einen Businesslunch einnahmen. Dazwischen ein paar Touristen mit ihren Khaki-Hosen und Trekkingsandalen. An einem Tisch zwei Gestrandete mit verfilzten Haaren und lumpigen Hosen. Was auch immer sie in diese Kneipe verschlagen haben mochte, Gernot empfand es als eine interessante Mischung und so ganz und gar nicht afrikanisch in diesem Augenblick.

Mona nahm ihr Handy und stand auf. „Ich geh mir mal schnell die Hände waschen", sagte sie und verschwand in einem Nebenraum. „Schwesterchen wird immer mehr wie ein Deutschländer", flachste Peter und schlug Gernot kräftig auf die Schultern. „Wir

Deutschnamibier sind nicht immer gar so reinlich wie ihr. Wir desinfizieren uns nicht dreimal am Tag die Hände", krächzte er ein breites Lachen und brachte Gernot in Verlegenheit, wie und ob man auf diesen Scherz nun reagieren sollte.

Nach dem Essen in Joes Kneipe fuhr man in eine Pension in der Innenstadt. So ganz und gar untypisch afrikanisch. Gernot hatte ganz andere Vorstellungen von Afrika gehabt. Laut. Klappernd. Hupend. Rastlos. Hektisch. Voller Menschen. Gedränge. Laute Musik. Wilde Gerüche. Nichts dergleichen. An Sonntagen wie diesem glich das Innere Windhoeks einer ausgestorbenen Stadt. *Geisterstadt*, dachte Gernot für sich. Kaum Menschen auf der Straße. Selten Autos. Fast herrschte eine beängstigende Stille. „Ist heute ein besonderer Feiertag?", wollte er von Mona wissen. Die schüttelte lachend den Kopf. „Nö", sagte sie, „in Windhoek Downtown ist sonntags um diese Zeit nie etwas los."

Sie traten ein. Es war duster und wenig einladend. Mona erklärte ihrem Freund, dass es nur für die erste Nacht sei und sie Kareen, der die Pension gehöre, ganz gut kenne. Eine Rothaarige kam aus einem Hinterzimmer an den kleinen Tresen und begann ein lautes, lachendes Gespräch auf Afrikaans. Gernot verstand nur Bahnhof, strengte sich dann aber an, wenigstens einige Brocken herauszuhören. Es schien um ihn zu gehen und um die Anreise nach Namibia. *Goeie vlug* konnte er aufschnappen, ebenso wie *Mooi man jou Gernot*. Da würde er nachfragen müssen, was das bedeute. Die mollige Kareen legte einen Schlüssel auf den Tresen, wandte sich dann an Gernot und bat ihn auf bestem Deutsch, im Laufe des Abends noch seinen Pass abzugeben.

Das Zimmer war einfach eingerichtet mit einem speckigen, massiven Bett. Ein Tischchen, ein alter Ohrensessel und ein klappriger Schrank. Nichts Aufregendes, aber nicht versifft und gar dreckig. Das war das Wichtigste. Mona warf ihr Gepäck in die Ecke und ließ sich ins Bett fallen. „Ne Runde schlafen, duschen und dann Windhoek erobern?", fragte sie und grinste Gernot an. „Richtig schlafen?", meinte nun auch er verschmitzt grinsend. Sie schüttelte den Kopf, schloss die Tür des Zimmers hinter sich ab und verschwand kurz im Bad. Da war sie wieder, diese wunderbare Frau, die Gernot mit allem betörte, was sie sagte, wie sie sich bewegte und wie sie ihn berührte. Sie wandte sich in seinen Armen voller Hingebung und trieb ihren Freund an, den Urlaub mit einer schweißtreibenden Liebe zu beginnen um die ihn viele beneiden würden. Es kam nicht von ungefähr, dass er genau in diesen Momenten an seine Ex-Frau denken musste und ein gewisses Gefühl der Genugtuung empfand. Schwer atmend ließ Mona von ihm ab, wandte sich ein wenig zur Seite und meinte: „Ganz schön anstrengend, so ein Urlaub mit dir." Er grinste. „Bin aber doch schon so viel älter als du, was soll ich da sagen?" Sie küsste ihn sanft auf den Bauch und schlief schon wenige Momente später ein. Gernot sah sich aufgekratzt und dennoch erschöpft im Zimmer um. Eine hässliche Landschaftsmalerei an der Wand zog seine Aufmerksamkeit auf sich. Das Bild hing neben dem Spiegel gegenüber des Betts, zeigte einen klassischen deutschen Wald mit Bachlauf, Reh und allerlei Nadelbäumen. Darunter stand in zackigen Lettern: „In deutschen Wäldern". Gernot schüttelte sachte den Kopf und musste schmunzeln. Hier lebte man einen Traum der Vergangenheit weiter, der zu Hause so schon Jahrzehnte nicht mehr en vogue war.

*

Es war Monas Handy, das Gernot aus einem sanften Nachmittagsschlaf riss. Mona hingegen drehte sich nur müde murmelnd etwas zur Seite ohne Anstalten zu machen, das Gespräch annehmen zu wollen oder wegzudrücken. Gernot war nun wieder vollkommen wach. Auf dem Display war ein Name zu erkennen: Viktor. Gernot hatte keine Ahnung, wer dieser Viktor war. Mona hatte ihm gegenüber den Namen nie erwähnt. Das Klingeln verstummte alsbald. Gernot betrachtete seine Partnerin still. Sie war in das Laken gehüllt und schlief ihren süßen Nachmittagsschlaf. Es dauerte allerdings keine fünf Minuten, als das Handy erneut fiepte. Wieder war *Viktor* zu lesen. Wieder verstummte das Telefon nach äußerst kurzer Zeit. Und wieder drehte sich Mona nur ein wenig zur Seite. Sie schien nun auch Schlaf nachholen zu müssen. „Dass sie gar nicht den Anschein macht, davon wach zu werden?", wunderte sich Gernot halblaut.

Als nach fünf weiteren Minuten das Handy ein drittes Mal klingelte, griff Gernot über seine schlafende Freundin und nahm es zu sich, wischte darüber und flüsterte *Yes* in das Gerät. In der Leitung knackte es. Er hörte eine entfernte Stimme zweimal *Mona, Mona* rufen. Dann Stille. „Nein, ihr Freund, Gernot", sagte der nun und dachte sich, dass dieser Viktor wohl kein Deutsch konnte. Also wiederholte Gernot: „No, not Mona, her friend Gernot!". Stille am anderen Ende der Leitung. Dort ertönte nun eine dumpfe, donnernde Männerstimme, die Afrikaans sprach. Es waren unverständliche Worte für Gernot, aber sie klangen alles andere als freundlich. Er flüsterte noch einmal „sorry, Mona is not here" ins Gerät und wartete, ob der andere Gesprächsteilnehmer auch antworten würde. Er erhielt aber erneut nur einen Schwall von unverständlichen, gebellten Wörtern auf Afrikaans. Am Ende lediglich zwei verständliche englische Wörter, die Gernot klar machten, dass der Anrufer mächtig erbost war. „Fucking bitch!" Das galt seiner Mona und das gab Gernot gewaltig zu denken. Was hatte diese junge, unschuldig neben ihm schlummernde Frau einem anderen getan, dass dieser sie derart beleidigte?

Irritiert legte er das Telefon beiseite. Er nahm den Namibia-Reiseführer und begann zu lesen. Von Zeit zu Zeit sah er seiner Mona beim Schlafen zu und grübelte über den Anruf nach. Sobald sie wach würde, musste er sie fragen.

Gernot wollte mehr über die Gegend erfahren, in der sie sich aufhalten würden. Südnamibia. Die Küste, der *Namib Naukluft Nationalpark* und die Grenzregion zu Südafrika. Er fuhr mit dem Finger über die Landkarte wie Mona einst in dem Lokal, in dem sie sich kennengelernt hatten. Und irgendwo südlich des *Richterveld Nationalpark* würden sie die Grenze zu Südafrika dann überqueren. Von dort aus waren es noch etwa hundertzwanzig Kilometer bis nach Springbok. Dort war das Namakwa-Land mit seinem Blumenmeer. Da wollten sie hin. Das Liebespaar versunken in einem Ozean aus orangefarbenen Blüten. Die Vorstellung gefiel ihm sehr und wieder musste er Mona einfach nur ansehen um sich glücklich zu fühlen.

Er schien sie mit seinen Blicken aus dem Schlaf zu holen, denn allmählich kam Mona zu sich. Sie blinzelte und schlug die Augen auf. Es folgte ein liebevolles Lächeln, das alleine ausreichte, Gernot in den siebten Himmel zu befördern.

„Dein Handy hat geklingelt. Mehrfach", sagte Gernot und spürte, dass Mona plötzlich hellwach schien. „Bist du dran gegangen?", wollte sie fast ein wenig besorgt wissen. „Ja", fügte Gernot an, „weil es so penetrant war. Auf dem Display stand Viktor. Er hat dich beschimpft. Wer ist dieser Kerl?"

Gernot sah sie eindringlich an. Mona schien diese Frage unangenehm zu sein. Sie zögerte einen Augenblick. „Ein Arbeitskollege aus dem Architekturbüro in Swakopmund", sagte sie trocken. „Ein Alkoholiker, ein aggressiver, aufbrausender Kerl, der mal etwas von mir wollte und heute noch immer alleine ist." Gernot war beruhigt. Dass ein Mann etwas von Mona wollte, schien ihm das Normalste auf der Welt, denn jeder Mann, der diese Frau nicht für sich haben wollte, war entweder nicht an Frauen interessiert oder hatte Gernots Meinung nach keine Augen im Kopf. Daher war es für ihn nur allzu verständlich, dass dieser Kerl angefressen war, dass Mona - seine Mona! - nichts von ihm wollte und stattdessen mit einem anderen auf Reisen war. Und wenn er zudem ein Alkoholiker war, dann musste er schon dreimal keinen Gedanken daran verschwenden, was dieser Viktor von Mona wissen wollte.

„Wollen wir zu Abend etwas außerhalb von Windhoek in einer Lodge essen? Ich kenne eine kleine Lodge, nur ein paar Kilometer südlich und da gibt es die besten Steaks der ganzen Region", sagte Mona und ließ Gernot keine Wahl. Gerne stimmte er zu und Mona verschwand im Bad. Er hörte wie sie ihr Handy als Radio benutzte und dazu leise summte. Er legte sich wieder aufs Bett und las noch einmal im Reiseführer nach, suchte nach einem Kapitel über die namibische Küche. Irgendwann merkte er, dass Monas Summen zu einem Reden geworden war. Sprach sie mit sich selbst? Es klang leise. Genuschelt und kaum mehr als der Singsang ihrer Stimme war zu vernehmen. Musik war keine mehr zu hören.

„Redest du mit mir", rief Gernot ins Badezimmer, weil er neugierig und zugleich ein wenig verwirrt war. Mona riss die Türe auf. Es drang heißer Dampf aus der Dusche ins Zimmer. Nackt trat Mona in den Raum, ein Handtuch in der Hand. „Hast du was gesagt?", fragte sie. „Ich dachte, du würdest mit mir sprechen oder telefonieren." Mona starrte ihn an. „Wie kommst du denn darauf?", fuhr sie ihn an. „Ich hab vor mich hin gesungen. Das ist alles", sagte sie dann etwas ruhiger und ging wieder ins Badezimmer.

Gernot spürte, dass Mona ihn angelogen hatte. Der Blick! So wie sie ihn angestarrt hatte, als er sie fragte, ob sie telefoniere -das sprach Bände. Sie musste sich ertappt gefühlt haben. Hatte sie am Ende doch diesen ominösen Viktor angerufen? Lief da etwas? War es vielleicht gar ihr Freund hier in Namibia und Mona spielte ein großes Spiel? Von wegen *die Liebe ihres Lebens.* Gernot fühlte sich beunruhigt. Und Mona spürte das als sie wieder im Zimmer war.

Sie zog sich rasch eine Stoffhose an und machte sich fertig zum Gehen. „Alles gut, mein Schatz", sagte sie sanft.

„Du hattest schon richtig gehört, ich habe telefoniert."

„Warum sagst du das nicht sofort?"

„Ich dachte, es ärgert dich vielleicht, dass ich diesen Viktor anrufe. Habe ihn zur Rede gestellt und gebeten, mich in Ruhe zu lassen", fügte sie an, kramte ihr Handy aus der Hosentasche und zeigte Gernot das Display mit den gewählten Nummern. „Du musst mir das nicht zeigen, Liebling, ich glaube dir!", ergänzte Gernot.

Sie stiegen die Treppe hinunter und Mona bat die mollige Kareen um einen Gefallen. „Können wir heute Abend dein Auto ausleihen? Nur um raus zur

Lodge von Klaus und Gerti zu fahren." Kareen nickte. „Keine Kratzer und Dellen und wenn du ihn mir morgen wieder nachtankst, wäre das spitzenklasse", lachte die Dicke und ließ ihre füllige Brust beben. „Sie hat schlechte Erfahrungen mit mir gemacht", gab Mona zu und warf ihre Haare in den Nacken. Dieses Lachen... Gernot war wieder tief berührt von Monas Schönheit, hatte die ganze Geschichte mit dem seltsamen Anrufer - auch dank Monas klarer Erklärungen - schon wieder vergessen und freute sich nun einfach auf einen schönen Abend mit seiner Freundin.

Gernot fiel auf, dass es das erste Mal war, dass er in einem Auto saß, das Mona steuerte. In München war entweder immer er gefahren oder sie waren mit der U-Bahn, der Tram oder dem Bus unterwegs. Oder sie waren geradelt. Oft auch einfach nur zu Fuß geschlendert.

Sie fuhr schrecklich schnell und riskant. „Das Rasen sagt man doch sonst nur uns Männern nach", zischte er in ihre Richtung, hielt sich an der Türe fest und wagte kaum einen Blick nach draußen. Dort zog wüstenhafte Landschaft an ihnen vorbei. Es begann dunkel zu werden und der Himmel hatte sich kräftig rot gefärbt. Ein Traumbild für einen jeden Urlaubsfotografen. Nur war Gernot nicht in der Lage, all dies zu genießen, weil Mona Vollgas gab und keine Kurve ihr zu eng schien. „Weißt du, ich wohne in einer Gegend, wo der nächste Supermarkt schon mal sechzig Kilometer entfernt sein kann, da musst du etwas offensiver an die Sache rangehen", lachte sie und machte sich fortan über jedes Zucken Gernots lustig. Bald schien es, als machte es ihr Freude, nun nach den Schlaglöchern zu suchen.

Die Lodge war sanft erleuchtet und strahlte Ruhe und Gediegenheit aus. Gernot fühlte sich sofort wohl. Schwere schwarze Möbel - das typische Flair von Kolonialstil. Eine junge Frau, vermutlich die Tochter der Besitzer, führte die beiden an ihren Tisch. Sie kannte Mona. Dann kam die Besitzerin und legte zwei Speisekarten auf den Tisch. „Wie geht's, Mona?", wollte sie wissen. Gernots Freundin schien überall bekannt, machte aber keine Anstalten ihn in all diese Bekanntschaften einzuweihen. So wie sie bereits zuvor kaum ein Wort über ihr Verhältnis zur dicken Kareen verloren hatte, schwieg sie sich nun auch darüber aus, woher sie die Besitzer der Lodge kannte. Man kennt sich eben, das sollte für Gernot scheinbar reichen. Es machte ihn aber nicht glücklich, denn seit sie in Namibia angekommen waren, fühlte er sich ein wenig außen vor. Es war ihre Heimat, es waren natürlich auch ihre Bekannte. Aber welche Rolle spielte er? Er war doch ihr neuer Partner und dem sollte man doch immer detailliert erzählen, wer sich hinter den Namen und Gesichtern genau verbarg. Und dann blieb da dieser Anruf von Viktor, der ihn nach wie vor nicht in Ruhe ließ. „Nimm ein Kudu-Steak, Schatz", sagte sie sanft, griff nach Gernots Hand und fügte an: „Du denkst schon wieder über irgendwas nach, stimmt's?" Er nickte nur und schwieg. „Was ist es, das dich so bekümmert?", wollte Mona wissen. Er fühlte sich ertappt und das machte ihn noch weniger froh. Sie schien seine leicht düsteren Gedanken immer zu bemerken und in seinem Gesicht alles ablesen zu können. Vorsichtig zog Gernot seine Hand zurück. „Nichts", flunkerte er. „Alles ist gut. Ich bin müde vom anstrengenden Flug und möchte nun einfach das Essen genießen." Mona fuhr ihm erneut sachte über die Hand und sah ihn so liebevoll an, dass er sich schon wieder selbst schämte. In diesem Moment kam ein Kellner und brachte den Wein, eine Flasche Wasser und einen Salat.

Das Kudu-Steak schmeckte hervorragend und wenn Gernot nicht gewusst hätte, dass er das Fleisch eines Wildtieres aß, wäre es für ihn auch als zartes Rind durchgegangen. Plötzlich vibrierte es in Monas Handtasche. Sie sah auf das Display. „Ja hört das denn heute gar nicht mehr auf?", schimpfte sie ein wenig. „Entschuldige bitte, es ist meine Mutter." Sie stand auf und ging aus dem Raum. Auf Afrikaans begrüßte sie die Mutter. Gernot aß weiter. „Solange es nicht wieder dieser Typ, dieser Viktor, ist, soll es mir egal sein, mit wem sie telefoniert", dachte er sich. Vor dem Fenster konnte er Mona auf und ab laufen sehen. Ihre hübsche Silhouette wandelte im Dunkel hin und her, nur angestrahlt von dem diffusen Licht zweier Gartenfackeln, die für eine wunderbare Stimmung sorgten. Unweit des Hauptgebäudes der Lodge war ein Swimmingpool, der tiefblau erleuchtet war und einen herrlich frischen Kontrast zum Orange der Fackeln bot. Dazwischen wehten sanft Monas lange blonde Haare. Gernot konnte nicht anders als seine Freundin immer zu zu beobachten. Alles an ihr faszinierte ihn. Aber er konnte an ihren Bewegungen auch erkennen, dass das Gespräch mit der Mutter alles andere als fröhlich zu sein schien. Mona gestikulierte mit den Händen. Warf die Haare nun wild nach hinten. Schien aufzulachen oder zu schimpfen. Schüttelte den Kopf. Ihre Haltung hatte nun etwas Angriffslustiges. So hatte er sie noch nicht gesehen. Seine Mona war eigentlich sanft wie eine Wildkatze, nicht reizbar und liebenswert. Die Frau, die vor der Lodge telefonierte, schien aggressiv zu sein, angriffslustig und in Rage. Es dauerte eine Ewigkeit, bis Mona zurückkehrte. Allerdings musste sie in der Zwischenzeit noch auf der Toilette gewesen sein, denn Gernot hatte sie schon Minuten zuvor von der Terrasse her ins Gebäude gehen sehen - ohne dass sie an seinen Tisch kam.

„Es tut mir leid, mein Schatz", sagte sie sofort. „Meine Mutter ist sauer, dass wir nicht gleich zu ihnen gekommen sind. Ich habe versucht ihr das zu erklären, aber sie ist alt und starrsinnig."

Gernot nickte. „Aber wenn es für dich so wichtig ist, dann hätten wir wirklich auch gleich nach Oranjemund fahren können." Mona lachte. „Da willst du aber sicherlich nicht länger als ein paar Tage bleiben, mein Liebling", flüsterte sie. „Es gibt nicht viel zu sehen. Staub und Sand und ein paar wilde Tiere vielleicht. Außerdem ist es von Windhoek aus eine Fahrt von rund achthundert Kilometern", fügte sie fast ein wenig belehrend an. Gernot überlegte, wie sie es überhaupt bis Kapstadt schaffen wollten. Mona hatte vorgeschlagen zuvor noch in den Norden zu fahren an den Okavango und dann erst in den Süden. „Wie weit ist denn unsere gesamte Strecke?", wollte er wissen.

„Etwas über dreitausend Kilometer", sagte Mona schnell. So schnell, dass Gernot klar war, dass sie sich doch Gedanken über die Tour gemacht hatte. „Wow, das ist viel", meinte er. „Und wann kriegen wir unser Auto?", wollte er dann wissen. „Wir nehmen Peters Auto", sagte sie vorsichtig. „Und das können wir solange ausborgen", wunderte sich Gernot. „Klar doch. Ich hab das alles schon mit ihm besprochen. Wir treffen uns dann mit ihm in Oranjemund wieder." Gernot nickte. Er war zufrieden. Die Sorge, dass sich Mona über die Reise noch keine Gedanken gemacht hatte und ins Blaue hinein losgezogen war, schien unbegründet gewesen. Das war wichtig. Sie zahlten und machten sich in Kareens Auto auf den Weg zurück in ihre Pension. „Und wie kommen wir von Oranjemund nach Kapstadt?" wollte Gernot wissen.

„Darüber haben wir doch in München schonmal gesprochen", klang Mona liebevoll genervt. „Also ein alter Bekannter von mir, der wohnt in der Nähe von Oranjemund, er hat eine Schwester in Kapstadt. Wir leihen sein Auto aus. Er will in ein paar Wochen ohnehin nach Kapstadt. Und anstatt beide Strecken zu fliegen, fährt er zurück eben mit dem Auto." Gernot nickte. Er erinnerte sich, dass sie darüber gesprochen hatten.

*

Müde rollte er sich in seinem Bett zusammen. Draußen hörte er die Stimmen zweier Männer. Das Timbre ihrer Stimme war dunkel und tief. Sie sprachen in einer ihm fremden Sprache. Es war weder das europäisch anmutende Afrikaans noch Englisch. Aber es klang in Gernots Ohren weich und melodisch. Dieses Afrika, so empfand er es jedenfalls, war angenehm offen, leuchtete in warmen Farben, strömte freundliche Wärme aus, keine brutale Hitze. Er küsste Mona sanft auf den Mund. „Mir gefällt deine Heimat", sagte er und schlief alsbald ein.

5

Draußen war es noch dunkel, als Gernot aufwachte. Er fröstelte. Das dünne Laken hatte nicht gereicht, ihn zu wärmen. Er atmete die frische Luft des Morgens ein und spürte einen Stich an seinen Nieren. „Mist", dachte er sich. „Das kommt von der Luft im Flieger." Er hatte sich etwas verkühlt. Sanft drehte er sich nach rechts. Mona? Wo war Mona? Das Bett neben ihm war leer. Schlagartig war Gernot hellwach. Er griff nach seinem Mobiltelefon und drückte auf den Knopf an der Seite. Das Display leuchtete hell auf und blendete ihn. Fünf Uhr Achtundzwanzig. „Verdammt, wo steckt die Mitten in der Nacht?", dachte Gernot bei sich. Er drehte sich noch einmal nach rechts, um in Richtung Badezimmer zu blinzeln. Auch dort: Stille. Gernot stand auf. Nochmals dachte er bei sich: „Verflixt, wo ist Mona?"

Er ging leise ins Bad. Da war sie nicht. Gernot spürte, wie sein Herz allmählich schneller zu schlagen begann. Irgendwas passte nicht. Seit sie in Namibia angekommen waren, fühlte es sich seltsam an. Diese Anrufe von diesem Viktor. Irgendwas schien Mona vor Gernot zu verbergen. Hatte es mit ihrer Familie zu tun? Gernot fand keine raschen Antworten und war sich zudem auch nicht wirklich sicher, ob er sich nicht am Ende einfach alles nur einbildete und Mona schlicht und ergreifend etwas gestresst war, weil ihre Eltern unbedingt den neuen Freund kennenlernen wollten.

Gernot zog sich eine Short an und schlüpfte in seine Flipflops. Dann öffnete er langsam die Türe. Im Treppenhaus herrschte Totenstille. Von der dicken Kareen war nichts zu hören und ob noch andere Gäste in der Pension wohnten, wusste er nicht. Sacht zog er die Zimmertüre hinter sich zu und stieg vorsichtig die Treppe hinab. Klipp, klapp, klipp, klapperten die Flipflops auf der Holzstiege.

Im Vorraum der Rezeption war es stickig und roch nach speckigem Leder, was an der abgesessenen Ledercouch dort gelegen haben mochte. Gernot fühlte sich plötzlich nicht mehr wohl in dieser Pension. Warum war Mona nicht im Zimmer - um gerade einmal halb sechs Uhr morgens?

Er zog die Türe nach draußen auf. Sie klemmte ein wenig und quietschte. Gernot wollte keinen Lärm machen und andere Gäste wecken. Draußen war es angenehm kühl. Es tat gut und ließ Gernot die stickige Luft der Rezeption sofort vergessen. Eine gewisse Leichtigkeit umspülte ihn. Er blickte nach rechts und sah: eine ausgestorbene morgendliche Straße inmitten der namibischen Hauptstadt Windhoek. Zwar begann es allmählich hell zu werden, aber von regem Treiben war hier nichts zu spüren. In der Ferne sah er ein, zwei Menschen gehen. Erste Morgenlieferungen an Geschäfte, dachte er bei sich als er einen Lieferwagen vorbeifahren sah. Es war angenehm still. Aber von Mona war ebenfalls keine Spur zu erkennen.

Plötzlich hörte er eine Stimme leise sprechen. Es war der sanfte Singsang Monas. Aber es klang gedämpft und etwas gepresst. Gernot ging ein wenig die Straße hinab. Im nächsten Hauseingang blieb er wie angewurzelt stehen. Dort saß Mona auf einer Stufe, mit der Hand die blonden Haare nach hinten haltend, genervt. Sie schüttelte den Kopf und wirkte sichtlich erschrocken als sie Gernot sah. „One moment", fauchte sie ins Telefon. „Was machst du denn um diese Uhrzeit auf der Straße?", blökte sie Gernot nicht gerade freundlich an. „Dasselbe wollte ich dich auch gerade fragen", gab er zurück. „Ich telefoniere. Siehst du doch." Sie stand auf und lief nun aus dem Hauseingang in Richtung Straße, ließ ihren Freund einfach stehen. Er brauchte einen Moment, sich von diesem Schock zu erholen, um ihr dann doch zu folgen. „Fuck off, I told you, it is not that easy, Vik", hörte er Mona sagen. Telefonierte sie am Ende wieder mit diesem Kerl vom Vortag? Er musste sie zur Rede stellen. „Ist das wieder dieser Viktor? Sag ihm doch einfach, er soll dich in Ruhe lassen!"

„Lass mich doch bitte zwei Minuten alleine telefonieren, ich muss etwas klären", zischte Mona nervös und aggressiv. Gernot fühlte sich wie ein Schulbub zurückgewiesen. Gekränkt und im Stolz verletzt, zudem sichtlich unwohl und alleine. Er schlich zurück zur Pension. „Sie ist mir eine Erklärung schuldig", sagte er halblaut als er die Eingangstüre diesmal mit einem heftigen Ruck aufriss. „Na nu, schon wach?", fragte eine Stimme hinter dem Tresen. Kareen sprach wieder Deutsch mit ihm. Gernot wunderte sich, woher Kareen auf einmal kam. „Ja, weil Mona draußen auf der Straße rumläuft und telefoniert", sagte er trocken und stapfte die Treppen nach oben.

Es dauerte keine zwei Minuten, da ging die Türe auf und Mona stand im Raum. Sie hatte ihre blonde Mähne wieder gebändigt und wirkte gefasst. Er war gespannt, was sie ihm erzählen würde. „Ja, es war wieder Viktor", sollte sie sagen. Und: „Schatz, es tut mir leid, dass ich einfach rausgerannt bin." Oder: „Dieser Kerl geht mir auf die Nerven, er hat in der Nacht dreimal angerufen und war besoffen." Aber nichts von dem. Sie setzte sich auf die Bettkante, überlegte. „Hey, darf ich nicht mal alleine kurz telefonieren?", machte sie Gernot einen kleinen Vorwurf. „Oh doch, aber ich war eben verwundert. War es wieder dieser Viktor?", wollte er dann doch wissen. „Ja, das ist alles nicht so einfach hier in Namibia. Sie wollen nicht, dass wir zwei nur Urlaub machen. Ich soll einen Auftrag annehmen, will das aber nicht." Sie wirkte nun plötzlich wieder sanft und so liebevoll anziehend, dass Gernot keine Möglichkeit hatte, als sie zu verstehen. „Du musst ablehnen, wenn du dich nicht auffressen lassen willst." Mona lachte milde, kroch zu ihm unter die Decke und krallte sich an ihm fest. „Ich fress' jetzt erst einmal etwas ganz anderes auf, mein Schatz. Einen wunderschönen guten Morgen in Namibia."

Als Gernot wieder erwachte, leuchtete die Sonne hell durch das kleine Fenster. Er fühlte sich verschwitzt, aber ausgeschlafen. Er lag noch immer eng an seine Mona geschmiegt und fühlte sich nun viel besser. Sie hatte ihn mit ihrer Liebe überschüttet und damit vergessen lassen, dass ihn ihr frühmorgendlicher Ausflug auf die Straße gewaltig irritiert hatte. Es fühlte sich einfach wunderbar an in ihrer Nähe. Er roch ihre Haare, fühlte die warme, nackte Haut und war plötzlich leicht und frei - so wie am ersten Abend in der Münchner Kneipe.

„Aufstehen, Schatz, es wird Zeit", wisperte sie vorsichtig in sein Ohr und begann ihn sanft zu kraulen. Gernot brauchte einen Moment um wach zu werden, genoss den warmen Sonnenstrahl, der ins Zimmer fiel und sprang dann rasch ins Bad. „Nach der Dusche will ich endlich was von diesem Land sehen", zischte es zwischen einer Zahnbürste und einem Rasierapparat hervor.

Mona schlüpfte in ein enges T-Shirt und zog ihre beige Trekkinghose an. „Erstmal was Ordentliches frühstücken", gab sie zurück. Das gefiel Gernot so an seiner Freundin. Sie hätte die schönste aller Schönheiten auf einer afrikanischen Farm sein können, wenn sie nicht in München und Namibia als Architektin gearbeitet hätte. Etwas Ordentliches frühstücken, das hieß Speck und Eier. Er sah ihr zu, wie sie den krossen Speck im Mund knacken ließ und beide mussten lachen. „An was denkst du gerade?", fragte sie gespielt neugierig.

„Willst du nicht wissen?"

„Doch, will ich", zeigte sie sich unnachgiebig.

„An meine Ex!"

„An deine Ex?", zischte Mona zwischen einem Schluck Orangensaft. „Was haben deine Ex und ich gemeinsam, außer dass wir Teil deines Lebens waren beziehungsweise sind?"

„Meine Ex hatte mir oft vorgerechnet wie ungesund Eier und Speck am frühen Morgen waren. Sie aß meist irgendwelches Körnerzeugs, getrocknetes Obst oder etwas Frischkäse mit Honig." Mona nickte, schmierte sich dick Butter und Marmelade auf einen kross gebackenen Toast, biss herzhaft hinein und schob den Rest in Richtung Gernots Mund.

„Und was hat sie von ihrem Wahn?"

Gernot schüttelte den Kopf. „Was?", wollte er dann wissen. „Sie muss sich jetzt mit einem steinalten Rechtsverdreherpimmel abgeben, während du mit der hübschesten afrikanischen Maid in Namibia sämtliche Matratzen zerfetzt." Beide lachten laut. „Eingebildet bist du ja gar nicht", zog Gernot Mona auf, obgleich er ihr vollkommen recht gab. Für ihn gab es keine perfektere Frau als seine Mona. Und die grauen Schatten auf dem ersten halben Tag in Namibia machte dieser Morgen sofort wieder vergessen. „Alles gut?", wollte sie wissen, als er gedankenverloren durch den Frühstücksraum blickte. „Alles perfekt", gab er zurück.

Eine Stunde später stand Peter vor der Türe. „Traut sich dein Sportsfreund auch mal ans Steuer?", feixte er und übergab Mona die Schlüssel. „Das werde ich wohl oder übel müssen, denn deine Schwester ist die verdammt schrecklichste Autofahrerin auf diesem Kontinent", bellte Gernot lachend in Richtung Monas Bruder. „Da muss ich dem Kerl das erste Mal zustimmen", lachte Peter und nahm seine Schwester in den Arm. „Wir sehen uns bei Mom. Denk dran, sie wartet sehnsüchtig darauf, dass sie deinen Alten endlich kennenlernen kann." Gernot zuckte. Was war das denn für ein Ausdruck. Mona schüttelte sich vor Lachen. „Hast du den Gesichtsausdruck gesehen, Bruderherz?" Peter aber blieb regungslos stehen. „Hab ich was Falsches gesagt?", wollte er wissen. Gernot blieb immer noch fassungslos am Auto stehen, überlegte kurz, sich grußlos zu setzen oder sich gleich über diesen Rüpel zu beschweren, ihm die Knochen zu brechen und klar zu machen, dass er Rechtsanwalt war und sich schon zu helfen wusste, wie man mit Möchtegernnaturburschen fertig würde. *Deinen Alten!* hatte er gesagt, dieser Peter. War ihm von Anfang an unsympathisch. *Frechheit!*

Mona durchbrach die Sekunden währende, betretene Stille, die nur durch ihr Lachen erträglich blieb. „Also pass auf, Schatz, bei uns Deutschnamibiern ist eine *Alte* einfach nur eine feste Freundin, auch die Ehefrau wird so genannt. Und der *Alte* ist demnach der Ehemann oder der Lebensgefährte. Aber während das bei euch was furchtbar Abwertendes ist, darf man das hier ganz normal sagen. Es ist weder beleidigend gemeint noch sonst was."

„Ach Gottchen", sagte nun Peter und machte es nicht besser. „Ist da einer etwas empfindlich?" Gernot schüttelte den Kopf. „Nein, aber es klingt in unseren Ohren schon arg seltsam. Aber dann ist es ja gut." Mona grinste. „Gut, dass du mich als Übersetzerin hast. Deutsch ist eben nicht gleich Deutsch. Und jetzt setz dich rein, wir fahren los."

Sie legte wieder ihren rasanten Fahrstil an den Tag. Aber bald hatten sie die Innenstadt hinter sich gelassen und bretterten eine breite Landstraße in Richtung Norden. Dort war es nicht mehr so gefährlich, dachte Gernot. Dreimal passierten sie Polizeikontrollen. Dreimal schien Mona genau zu wissen, wann sie abbremsen musste um nicht schneller als die erlaubten einhundertzwanzig zu fahren. Die Beamten am Straßenrand, mal Weiße, mal Schwarze, winkten immer freundlich und signalisierten so: Alles prima, fahrt weiter. Gernot wunderte sich. „Du kennst aber auch jeden Kontrollposten, Liebling?" Mona nickte und drehte das Radio auf. „Home, sweet home, Honey", lächelte sie ihn mit ihrem bezaubernden Strahlen an.

Draußen zogen Wüstenlandschaften vorbei. Der Busch war flach und ewig weit. Bis zum Horizont erstreckte sich das weite Nichts. In der Ferne erblickte Gernot sanfte Wellen am Himmel. Es waren die ockerfarbenen geschwungenen Ausläufer irgendwelcher Berge. *Das ist nun also Afrika,* hämmerte es Gernot immer wieder durch den Kopf.

Plötzlich trat Mona heftig in die Eisen. „Schon wieder Polizei am Straßenrand?", lachte Gernot heftig. „Quatsch, wenn die Polizei sich auf die Lauer legt, geb ich normalerweise erst richtig Gas. Schau mal!", deutete sie aufgeregt nach draußen. Am Straßenrand schlängelten sich quiekend eine Warzenschweinmama samt putzigem Gefolge durchs Gras. „Hübsche Sau", meinte Gernot. „Freilandzoo Namibia", grinste Mona und öffnete die Tür. Gernot stieg aus und knipste ein paar Bilder. Dann meinte Mona, wenn sie bis zum Mittagessen in Otjiwarongo sein wollten, hieß es nun aber wieder Gas geben. Und das tat sie dann auch. Gernot klemmte die Beine fest auf den Boden des Wagens um das subjektive Gefühl der Sicherheit im Auto zu erhöhen - völliger Quatsch, aber menschliches Verhalten. „Rast du in München auch so?", wollte er von Mona wissen, die gerade beschäftigt war, einen abgelutschten ABBA-Song aus voller Inbrunst mitzusingen. Sie drehte sich lächelnd zu Gernot um und flötete: „Isch abe gar kein Auuutooo." Beide lachten und Gernot hatte nun das sichere Gefühl, dass dieser Urlaub doch wunderschön werden würde.

Otjiwarongo war mit seinen rund dreißigtausend Einwohnern gerade mal so groß wie ein mittelmäßiger Vorort von München. Aber auf jeden Fall war es hier zigmal spannender. Rindvieh weidete auf den Feldern vor den Stadttoren. Die Kleinstadt war ein Anlaufpunkt für die umliegenden Farmen. Man spürte im Stadtzentrum an einer großen Kreuzung, dass hier das ganze Umland einkaufen kam und andere Erledigungen machte.

Mona hakte sich unter. „Komm, gehen wir essen", sagte sie bestimmt und zog Gernot vorwärts. Der Wagen blieb am Straßenrand geparkt und wurde von einem hageren Schwarzen beaufsichtigt, der eine gelbe Warnweste trug, was ihm Wichtigkeit und Legitimität verlieh. Die Ärmsten der Armen suchten sich Jobs wie diese. Gernot fühlte sich beim Anblick dieser offensichtlichen Armut nicht wohl. „Das wird dir im Norden noch öfters begegnen", bemerkte Mona sofort den leicht skeptischen Blick ihres Freundes. „Rassismus wird hier offen ausgelebt, aber auf eine so brutale nonverbale Art und Weise, dass die wenigsten ihn als Rassismus überhaupt wahrnehmen würden. Hier schimpft keiner auf die Neger. Sie sind ja die Mehrheit im Land. Hier werden sie einfach an den Rand gedrängt. Aber ich kann dich beruhigen, die Reichen unter den Schwarzen machen da munter mit bei dieser Ausgrenzung." Mona klang sarkastisch und abgebrüht.

In dem Lokal mit deutschem Namen war es stickig und die Luft zum Schneiden. Alles sah aus wie aus einem Film der fünfziger Jahre. Und selbst die Leute redeten so. Eine hübsch angezogene afrikanische Kellnerin sprach die beiden in makellosem Deutsch and und nahm die Bestellung auf. Sie trug eine weiße

Kappe auf dem Kopf und eine viel zu große Schleife zierte ihre Spitzenschürze und war auf dem Rücken gebunden.

Mona nahm Leber mit Röstzwiebeln und Kartoffelbrei. Gernot staunte nicht schlecht über dieses Namibia, das so wenig afrikanisch schien und dafür umso deutscher war. Brühwürstchen mit Kartoffelsalat und Brot, darauf fiel seine Wahl.

„Wie weit müssen wir heute noch fahren?", wollte er von Mona wissen, während er das Bockwürstchen mit den Fingern vertilgte und dabei etwas Senf auf seine Hose kleckerte. „Bis zu unserer Lodge in der Mitte des Etosha-Nationalparks sind es schon nochmal drei Stunden Fahrt", meinte Mona grinsend. „Puh, das sind Entfernungen", hüstelte Gernot und rubbelte das kleine gelbgrüne Fleckchen von der Hose.

Es wurde ihm wieder bewusst, dass in Afrika Entfernungen eine andere Dimension hatten als zu Hause in München. Drei Stunden Fahrt waren für Mona ein Katzensprung. Wenn man schnell war, schaffte man also in gut drei Stunden die Entfernung München - Frankfurt. Eine Strecke, die man zu Hause nicht einfach so mal eben schnell nach dem Mittagessen in Angriff nehmen würde. Da riskierte man schon eher einen Blick auf den Flugplan. Hier waren drei

Stunden Autofahrt einfach das Normalste von der Welt.

Die Kellnerin räumte die Teller ab. „Ich hätte gern noch einen Espresso", bestellte Gernot den obligatorischen Abschluss eines gelungen Essens. Die Kellnerin zuckte mit den Schultern. „Filterkaffee hätten wir oder einen Milchkaffee." Den wollte Gernot aber nicht trinken.

„Espresso gibt es in Namibia nur an wenigen Orten. Vielleicht in Swakopmund oder Walvis Bay oder in den modernen Lodges", belehrte Mona ihren Partner liebevoll. „Weiß du, Schatz, in Deutschland gab's den Italienerkaffee in den fünfziger Jahren ja auch noch nicht." Fünfziger Jahre. Da war es wieder, dieses Einfallstor in die Zeitmaschine, rückwärts. Gernot nickte. *Back to the roots*, ich hab es mir schon mehrfach gedacht, seit wir in diesen Laden gekommen sind. „Es ist so, als ob ich direkt in die Wohnküche meiner eigenen Großmutter geplumpst wäre."

Mona verlangte nach der Rechnung und wollte noch schnell auf die Toilette gehen, die über dem Hof war. Gernot sollte in der Zwischenzeit bezahlen.

Monas Handy lag ihm gegenüber. Es vibrierte plötzlich und auf dem Display erschien eine Nachricht. Gernot schämte sich für die Neugier, aber nachdem die Nachricht direkt auf dem Display zu erkennen war, musste er nichts drücken. Er brauchte nur genau zu lesen, was da kopfüber stand. „Nachricht von +264.85.100.102.991 Hi M. Onthou: Op die Garip R. M. 28°34'37.2"S 16°28'06.0"E Stiptelik." Gernot verstand nur Bahnhof. Es war klar, dass es eine SMS auf Afrikaans war und dass die Nummer nicht in ihrem Telefonbuch eingespeichert war. Außerdem waren da diese seltsamen Zahlen. Aber ehe er genauer drauf schauen konnte, ging das Display aus und die Nachricht verschwand. Um sie wieder auf den kleinen Bildschirm zu zaubern, hätte er das Handy entsperren und die Nachrichten aufrufen müssen. Da er aber Monas PIN nicht kannte, unterließ er es. Und außerdem hätte er es sich auch nicht getraut. Einfach im Handy des Partners nachzuspionieren, das gehörte sich nicht.

Mona kam zurück.
„Los, wollen wir?"
„Gern! Dein Handy hat vibriert."
„Ah", sagte sie und betrachtete das Display.
„Wer ist es?"
Sie sah ihn ernst an.
„Du bist neugierig!"
„Peter. Er wollte uns eine gute Fahrt wünschen. Und sagen, dass bei uns zu Hause eine Straße gesperrt ist."

„Aha", meinte Gernot und ergänzte: „da haben wir ja noch eine Weile hin." Mona nickte, fuhr Gernot sanft über den Rücken und ging nach ihm aus dem kleinen Lokal in Otjiwarongo.

In Gernot kam eine seltsame Schwere auf. Eine Bleiweste legte sich auf seine Schultern. Ein süßlich-bitteres Gefühl der Einsamkeit überkam ihn. Er glaubte Mona nicht. Irgendwas lief falsch. Peters Nummer hätte sie eingespeichert gehabt. Und diese seltsamen Zahlen hatten doch nichts mit einer Straße zu tun, oder? Sollte er Mona fragen? Sollte er offenbaren, dass er ihre Nachricht gelesen hatte? Er entschied sich zu schweigen. Es ging ihn nichts an. Es war ihre Sache.

Die Fahrt führte monoton über eine schnurgerade Straße nach Norden. Links und rechts zogen sanfte Hügel am Horizont vorbei. Nur selten begegneten sie einem anderen Auto und Gernot begann, müde zu werden. Er fiel in einen sanften Schlaf. Das beruhigende Vibrieren des Wagens tat sein Übriges. In einem wirren Traum begegneten Gernot Löwen und Geparden. Mona war in der Mitte einer Herde wilder Tiere, die alle ihre Mäuler weit aufgerissen hatten und Gernot die Zähne zeigten. Sie brüllten ein wildes Konzert. Er stand abseits und wunderte sich, warum Mona so ruhig und gelassen in der Mitte dieser wilden Tiere verharrte und dabei sogar selig lächelte. *Bleib!* rief sie ihm zu. *Komm nicht näher!* ergänzte sie. Gernot blieb regungslos stehen. Er roch die Aggression der Löwen. Er hörte die Wildheit der Geparden und spüre die Entschlossenheit des Nilpferds. Sie alle schienen sich um Mona wie um eine Urmutter zu scharen. *Sie tun dir nichts, solange du mir aufs Wort folgst,* hörte er seine Freundin sagen. *Ich will nicht, dass sie mich fressen, noch nicht,* bettelte Gernot kleinlaut, fast weinerlich und jammernd.

Mona packte ihn an der Schulter. „Warum solltest du gefressen werden und von wem?" Gernot versuchte sich zu sammeln. Er kam wieder zu sich. „Bin kurz eingenickt und hab von wilden Tieren geträumt." Mona lachte. „Und lass mich raten, ich war die wildeste Raubkatze von allen." Wieder durchfuhr es Gernot. Mona erkannte immer und immer wieder seine Gedanken und nun schien sie selbst seine Träume lesen zu können. „Du warst in diesem Traum quasi wie eine Mutter für die Löwen und Geparden. Auch Nashörner waren dabei. Sie haben gebrüllt und mir mit weit aufgerissenen Mäulern ihre Stärke und Entschlossenheit gezeigt."

Mona streichelte ihn kurz an der Wange. „Das ist sicherlich ein gutes Zeichen, dass wir in Etosha die big five zu sehen bekommen."

Kurz hinter Outjo, einem anderen Provinznest, kamen sie erneut in eine Polizeikontrolle. Zwei Polizeimotorräder blockierten die Fahrbahn und hielten einzelne Autos auf. „Ganz schon fleißig, eure Polizei", meinte Gernot. „Und wie!", entgegnete Mona fast sarkastisch. Sie fuhr langsam an den Polizisten heran. Er war hager und trug dunkle Lederstiefel. Einerseits wirkte er in seiner Uniform stattlich und wichtig, andererseits machte alles einen etwas abgetragenen Eindruck und Gernot hatte das Gefühl, die beiden Beamten hatten einfach nichts zu tun. Er sah wie der zweite Beamte rund um den Wagen ging und ihn misstrauisch unter die Lupe nahm.

Mona kurbelte das Fenster herunter, sprach den Beamten auf Afrikaans an. Sie schien zu erklären, dass Gernot aus Deutschland sei, denn der Polizist nickte in seine Richtung und sagte: „Happy holidays in Namibia, Sir!" Gernot bedankte sich und nickte.

Mona streckte ihre Papiere durchs geöffnete Fenster und versuchte ein kurzes Gespräch mit dem schwarzen Beamten, der aber mit den Papieren zu seinem Kumpel verschwand hinter dem Auto. Es knackte ein Funkgerät und Gernot verstand nicht ganz, warum sie nun so lange mit Monas Papieren herumtaten.

„Get out, please!", sagte er zu Mona. Sie zuckte mit den Schultern und stieg aus. Auch Gernot wollte es ihr gleichtun. Aber die Beamten machten durch unmissverständliche Zeichen klar, dass er sitzenbleiben solle. Vor der Türe des Wagens begannen die beiden Polizisten auf Afrikaans und Englisch ein lautes Streitgespräch mit Mona. Ihre Haare hüpften. Sie wippte mal auf, mal ab, warf die Haare in den Nacken, strich sie sich aus dem Gesicht. Lachte dann fast schrill. Es dauerte eine Weile, bis sie völlig entnervt wieder in den Innenraum des Wagens zurückkehrte, den Zündschlüssel umdrehte und wort- und grußlos weiter donnerte. „Hab ich das grad richtig gesehen, du hast dem einen Geld zugeschoben?", bemerkte Gernot fast nebenläufig? Mona fühlte sich ertappt.

„Manchmal muss man ein wenig nachhelfen", grinste sie breit.

Gernot nickte und erinnerte sich an die Zeilen im Reiseführer, die er am Vortag gelesen hatte. Hatte dort nicht gestanden, dass Korruption im öffentlichen Raum keine große Rolle spielte und Polizisten sich gegenüber Touristen immer korrekt verhielten. Er beließ es dabei, wunderte sich aber dennoch über Monas Verhalten.

Der Geländewagen rumpelte weiter über die schnurgerade Straße in Richtung Etosha-Nationalpark. Gernot musste erneut eingenickt sein, denn als er die Augen wieder aufschlug, stand der Wagen. *Schon wieder Polizei*, dachte er bei sich. Aber ein großes Einfahrtstor, breite Zäune und ein riesiges Holzschild verrieten: Sie waren am Ziel der Tagesetappe: *Etosha*. Dahinter befanden sich nun auf rund zweiundzwanzigtausend Quadratkilometern all die Tiere, die er in Afrika zu sehen bekommen wollte: Löwen, Elefanten, Zebras, Gnus, Springböcke, Vögel, Giraffen, Warzenschweine, … diese Liste erschien ihm unendlich lange. „Wir sind in deinem Safari-Paradies angekommen", lächelte Mona ihn an und streckte dem Ranger ein paar Geldscheine hin. Diesmal wunderte sich Gernot freilich nicht, denn es galt das Eintrittsgeld und die Tagespauschale für den Wagen zu bezahlen. Und dann waren sie drin.

„In der Mitte des Parks liegt die eigentliche Etosha-Pfanne", erklärte Mona. „Das ist ein ausgetrockneter See sozusagen. Und dieser See ist riesig, größer noch als Mallorca. Dort gibt es einen feuchten, salzhaltigen Boden und deswegen kommen die Tiere so gerne hier her.", fügte sie an und Gernot nickte eifrig. „Hab ich schon im Reiseführer gelesen", ergänzte er etwas kleinlaut. „Fleißig", gab sie Konter. „Dann weißt du sicher auch, dass Etosha bei den Ovambo sowas wie *großer, weißer Fleck* heißt." Gernot nickte wieder.

„Und sie ist groß und weiß ist sie auch. Ohne Sonnenbrille kriegst du dort rasch Kopfschmerzen", meinte Mona noch. „Ganz anders als dann die Gegend rund um Springbok im Süden wo wir die Blumenpracht bestaunen werden."

Sie fuhren gemächlich über die staubigen Sandwege in Richtung ihres Camps in *Halali*. „Da!", rief Mona aufgeregt und zeigte mit dem Finger aus dem geöffneten Autofenster. An einem Busch, etwa fünfzig Meter von ihnen entfernt, machten sich ein paar Giraffen über die trockenen Blätter her.

Gernot lehnte sich aus dem Fenster und knipste ein paar Bilder von den grazilen Giganten mit dem verschmitzten Lächeln im Gesicht. Sanft wandten sie sich ab und trotteten tief in den Busch hinein. „Wow", sagte Gernot, „das ist ja atemberaubend schön hier."

Mona lächelte sanft. „Auch das ferne und gefährliche Afrika hat seine Sonnenseite", meinte sie und schien glücklich zu sein.

„Es freut mich so, dass dir meine Heimat gefällt", fügte sie pathetisch an und legte ihren Arm um seine Schulter.

Abends saßen sie auf der Terrasse ihres Bungalows, der Teil eines ganzen Camps war. Sie hatten im Restaurant ein saftiges Steak gegessen und bei einem *Windhoek Lager* angestoßen und darauf getrunken, dass es am nächsten Tag noch mehr wilde Tiere zu sehen geben würde.

Die Sonne war bereits verschwunden und es war finstere Nacht. „Du weißt ja, wir gehen früh ins Bett in Namibia, weil es früh dunkel und früh wieder hell wird. Lass uns reingehen", schlug Mona vor.

Gernot aber wollte noch ein wenig bleiben. Ihm gefiel die Kakophonie unterschiedlicher Geräusche. Das Klacken und Knarzen im Busch übte eine seltsame Magie auf ihn aus. Irgendwo zirpten Zikaden, da flatterten große Vögel durch den Busch und schrien einen kreischenden Gesang in die Ferne der Nacht. Es raschelte im Sand. Es knirschte zwischen den Steinen. Leise hörte man Stimmen von Menschen, die im Haupthaus saßen und noch einen letzten Drink bestellten.

Afrika, das war für Gernot nunmehr ein paradiesischer Kontinent, den er davor voll und ganz verkannt hatte. Er entdeckte immer neue, herrliche Seiten. All die Bilder von Kindersoldaten, aufgeblähten Hungerbäuchen, Kriegsherrn in dreckigen Uniformen, abgeschlachteten Menschenaffen im Urwald, all diese hässlichen Fratzen des unbekannten Kontinents überlagerte er nun mit einer dicken Schicht Touristenkitsch aus dem Safari-Katalog. Ein kühler Drink, wilde, aber für ihn ungefährliche Tiere. Exzellentes Essen, unendliche Weiten und die kaum zu bremsende Freiheit. Und dazu natürlich das Wunder der Liebe zu einer Frau, die aus genau diesem Land stammte. Gernot fühlte sich frei, leicht und umklammerte das pralle Leben am Hals einer Bierflasche, leise und zufrieden lächelnd.

Er hörte wie Mona die Türe des Bungalows hinter sich zuzog und ihm noch ein „Ich warte auf dich" hinter rief. Er nickte stumm.

Gernot musst kurz eingenickt sein, denn als er auf die Uhr blickte, war es kurz nach zehn. Die Lichter im Haupthaus waren erloschen und er fühlte nun ein wenig die nächtliche Kälte von seinem Körper Besitz ergreifen. Mona würde sicherlich schon schlafen, dachte er und schlich leise zurück ins Zimmer.

Die Türe knackte leise. Mona saß auf dem Bett und hatte ihr Handy am Ohr. „Tell you later, thanks", sagte sie und drückte den Anruf weg. „Da bist du ja endlich", meinte sie strahlend und zog Gernot zu sich heran. „Du bist ja dauernd am Telefonieren", motzte

Gernot halb gespielt, halb ernst. Aber Mona wiegelte ab. „Ich kenn hier einen Ranger, der hat mir gesagt, wo wir morgen vielleicht Löwen beobachten können."

Das freute Gernot. „Kommt er mit?"
„Leider nein, hat selbst eine Touristengruppe aus Deutschland, die er führen muss."
„Schade."

Mona schlug ihre Arme um Gernots Hals und zog ihn aufs Bett. „Jetzt wird es Zeit zu schlafen", hauchte sie ihm ins Ohr und begann ihn sanft zu küssen.

6

Die Tage vergingen so schnell. Gernot wollte sie festhalten und wünschte sich, dass sie nie mehr aufhören sollten. Sie hatten im Etosha-Nationalpark noch zahllose Elefanten und Zebras gesehen, leider aber doch keine Löwen. Der Ranger, den Mona kannte, musste sich getäuscht haben.

Stattdessen entdeckte Gernot viele kleine, unscheinbare, aber liebenswürdige Tierchen. Besonders hatten es ihm die putzigen Klippschliefer angetan, die abends in zahlreichen Lodges herumtollten. Sie sahen aus wie unförmige Murmeltiere, waren aber kleine Verwandte der riesigen Elefanten. Das wollte Gernot seiner Mona anfangs gar nicht glauben. Aber ein Farmer bestätigte Monas Behauptung und Gernot gab klein bei. Abends feierte Mona dann ihren Wissenssieg bei einem Sundowner am Okavango. Es war der grandioseste Sonnenuntergang, den Gernot je in seinem Leben gesehen hatte.

Auf der Kitschpostkarte waren die Farbtupfen intensiv und übertrieben dick aufgetragen worden. Der Kontrast zwischen dem Orangerot des glühenden Himmels und den schwarzen Bäumen auf der anderen, der angolanischen Seite des Flusses, war atemberaubend. Gernot glaubte an eine Inszenierung durch einen Regisseur, der normal für seichte Abendunterhaltung zuständig war. Es fehlte an nichts. Das Drehbuch war nahezu perfekt. Katzen, Schildkröten, ein Hund und mehrere zahme Erdmännchen tollten durch einen paradiesischen Garten am Fluss. Dort schaukelten sanft die Aussichtsboote der Lodge und silbern glänzten die Wassertropfen, die aufstoben, wenn Reiher steil ins Wasser eintauchten.

Der Drink schmeckte süß und leicht nach Rum oder Gin, der Zuckerrand am Glas ließ die Lust auf die Liebe steigen. Monas luftiges Abendkleid machte es Gernot schwer, sich auf die atemberaubende Schönheit der Natur zu konzentrieren. Er hätte stundenlang einfach nur Monas Schönheit anblicken wollen. Der Kitsch-Regisseur hätte ihn dann seichtwabernde Liebesschwüre sagen lassen. Er aber hielt lieber schweigend ihre Hand und starrte wie gebannt auf das leise fließende Wasser des Okavango. Hörte die zarten Rufe der Vögel aus dem Paradies und weil der Kinomacher nur unweit von ihnen im Gebüsch versteckt sein musste, hörte er eine Gruppe Menschen auf der anderen Seite des Flusses trommeln und exotische Lieder singen. Diese Reise war perfekt.

Nach einem wunderbaren Essen in einem ebenso herrlichen Restaurant, das Teil der Lodge war, durfte er Monas Kleid schließlich auf den Koffer werfen und sie gab sich ganz seiner Verführungskunst hin.

Nach einigen Tagen erreichten sie die Küste. Ein gänzlich anderes Bild erwartete Gernot hier. Fröstelnd und bibbernd stand er in Cape Cross am Strand und verstand sein eigenes Wort nicht mehr. Kaum mehr als fünf Grad über Null ließen ihm die Glieder schlottern und das tosende Gebrüll einer ganzen Robbenkolonie war ohrenbetäubend. „Die Viecher stinken ja bestialisch", merkte er an und Mona lachte ihr süßestes Unschuldigemädchengrinsen: „Aber so nah kommst du in freier Wildbahn kaum an sie ran", entgegnete sie kichernd, sich die Windjacke tief ins Gesicht ziehend.

Dieses Namibia war voller Überraschungen. Abends aßen sie in einem Steakhouse im kleinen Fischerstädtchen Henties Bay. Das Steak war riesig und Gernot freute sich. „Dieses Namibia ist ein Paradies für Fleischesser", giggelte er fröhlich und schob sich noch eine Gabel in den Mund. „Das ist wohl wahr", meinte Mona, die sich ebenfalls ein Steak bestellt hatte. In einem Eck stand ein Kachelofen und verströmte eine angenehme Wärme. Waren sie tags zuvor noch in der Wüste gewesen, hatten die rot glänzenden Dünen bestaunt und kleine krabbelnde Wüsteninsekten inspiziert, so bibberten sie nun am Atlantik. Und das

Mitten im August. „Du darfst aber auch nicht vergessen, Schatz, dass hier gerade Winter ist", fügte Mona an, als Gernot ihr zu verstehen gab, dass er fror.

„Morgen fahren wir in den Süden, dann wird es wieder etwas wärmer. In Richtung meines Heimatorts. Dann lernst du endlich meine Eltern kennen." Gernot war sich noch nicht sicher, ob er sich auf diese Begegnung freuen oder sie fürchten sollte. Es vermittelte etwas Ernstes und Gernot war alles andere als sicher, ob er so kurz nach der Scheidung von seiner Ex-Frau wirklich schon wieder bereit für etwas Ernsthaftes war. Er fühlte sich im Moment frei und leicht. Mona gab ihm das Gefühl, das Leben spüren zu können. Tag für Tag und Nacht um Nacht. Das machte ihn lebendig und ließ ihn sich jung fühlen. Das war es, was er nach der Zeit der Trauer um die Vergangenheit brauchte. Job weg, Frau weg und dennoch wieder glücklich, frei und leicht. Besser hatte er es nicht treffen können. Da war er sich nicht sicher, ob ein steifes Kaffeekränzchen bei einer deutschnamibischen Familie in Oranjemund wirklich etwas Gutes darstellen konnte.

*

Die Fahrt führte sie durch karge Landschaften. Irgendwo in der Ferne türmten sich Berge auf. Das Licht war gleißend hell und ohne Sonnenbrille hätten die Augen gebrannt. Mona steuerte den Wagen ruhig und gelassen, wirkte aber irgendwie angespannt. Gernot führte ihre leichte Gereiztheit auf das anstehende Treffen mit ihren Eltern zurück. Im Radio lief ein deutscher Sender, der moderne englische und deutsche Lieder spielte. Die Sonne brannte heiß auf den Wagen nieder und Gernot war müde und etwas abgeschlagen. Autofahren konnte selbst als Beifahrer sehr anstrengend sein. Schon bald nickte er ein.

Erst das leise Vibrieren von Monas Handy machte ihn wach. „Hörst du nicht, dass dein Handy wummert", sagte er und merkte, dass Mona fast abwesend geradeaus starrte. Sie schien ebenfalls jede Sekunde einzuschlafen. „Mona!", schrie Gernot seine Freundin an. Sie zuckte zusammen, riss das Steuer ein wenig nach links und drohte den Wagen fast in den Straßengraben zu setzen.

„Meine Güte, das ist mir ja noch nie passiert", gab sie zu. „Das war knapp." Gernot empfahl dringend eine Pause, aber Mona meinte, sie wäre nun wieder hellwach, hätte Herzklopfen und es könne weitergehen. „Dein Handy hat vibriert", meinte Gernot nur kurz und knapp. Mona riss das Telefon aus der Mittelkonsole und meinte nur barsch „warum sagst du das nicht gleich?" Er schaute seine Freundin etwas verdutzt an. „Weil wir fast in den Graben gedonnert wären?" Sie nickte kurz. „Ist ja schon gut." Gernot blickte kurz auf das Display. +264.85.100.... mehr konnte er nicht erspähen. Als Mona merkte, dass er zu ihr herübersah, drehte sie das Handy zu sich. War das nicht dieselbe Nummer, von der aus man ihr neulich bereits eine SMS-Nachricht geschickt hatte.

„Wer wollte dich denn erreichen?", fragte Gernot interessiert nach.

„Dürfte Peter gewesen sein", gab Mona zurück. „Kennst du seine Nummer nicht?", hakte Gernot hartnäckig nach, weil er sich sicher war, dass es nicht Peter war. „Doch schon, aber manchmal nutzt er das Handy seines Chefs. Und die Nummer hab ich nicht eingespeichert." Gernot nickte, klang alles verständlich und nachvollziehbar und dennoch spürte er, dass es Mona absolut unangenehm war, darüber zu sprechen.

Gernot rätselte, ob wieder dieser Viktor hinter dem Anruf steckte oder ganz jemand anderes. Er wusste ja auch nicht, wer Mona neulich diese seltsame Nachricht hatte zukommen lassen.

Er wollte sich aber auch nicht unnötig einen Kopf machen. Es war offensichtlich, dass seine Freundin nicht mit ihm darüber reden wollte, was sie da umtrieb und wer sie da ab und an zu erreichen versuchte. Und solange es nichts mit ihm zu tun hatte und die

Reise nicht darunter litt, sollte sie eben ein paar Nachrichten bekommen. Dieser Viktor würde schon nicht aufkreuzen und ihr eine Szene machen.

Es war stockfinster und fast mitten in der Nacht, als sie Lüderitz erreichten. Es war ihre letzte Station vor Oranjemund. Und immer noch fast fünf Stunden Fahrtzeit lagen am nächsten Tag vor ihnen.

Nun aber fielen sie beide müde in die Betten einer kleinen Pension. Gernot hatte gedacht, sie würden die Strecke durchfahren. Mona schien den ganzen Nachmittag in Gedanken verloren gewesen zu sein. Schwieg viel. Summte ab und an ein Lied im Radio mit, sprach aber nur wenig und wenn antwortete sie einsilbig.

Von Lüderitz konnte Gernot nichts erkennen. Es war frisch draußen und außer einem übellaunigen alten Kauz, der Mona scheinbar kannte und die Türe zum Zimmer knarzend aufsperrte, gab es weit und breit nichts und niemanden. Ein lauer Wind strich durch die Straßen und machte die Nacht erträglich.

Gernot kuschelte sich an Mona und spürte, dass sie unruhig schlief. *Die lange Fahrt muss sie ganz schön geschlaucht haben,* dachte er bei sich, ehe auch er einschlief.

7

Mona parkte den Wagen auf einem staubigen Platz gegenüber der kleinen Stadtzeile Oranjemunds. Da standen drei oder vier Häuser eng aneinander gebaut. Reetgedeckte Dächer, weißgetünchte Wände. An der norddeutschen Küste musste es ähnlich aussehen, dachte Gernot, der noch nie in seinem Leben ganz oben an der Küste war.

Mona legte ihrem Gernot den Arm um die Taille und zog ihn nah an sich heran, drückte ihm einen Kuss auf die Wange. „Hier in der Nähe bin ich groß geworden", sagte sie.

Die Sonne machte die letzten Übungen des Tages und Gernot war bereits etwas müde. Sie waren spät aufgestanden und hatten ausgiebig gefrühstückt. Mona wollte zwar zu ihren Eltern fahren, hatte dann aber einen Anruf erhalten, dass es ihrem Vater nicht besonders gut ginge. Sie entschieden sich noch einen Tag zu warten. Gernot war das gar nicht ungelegen gekommen. Mona schlug vor im nahegelegenen Golfclub eine Runde Golf zu spielen. Gernot fühlte sich anfangs sehr unsicher, aber seine Freundin nahm ihm die Sorgen. So sehr Gernot dachte, dass es beim Golf elitär zuging und man gerne unter sich blieb, so sehr wurde er positiv überrascht. Viele Leute in diesem Club kannten Mona und alle waren ausgesprochen freundlich zu Gernot. Viele sprachen Deutsch und waren neugierig auf den deutschen Mann, den Mona da angeschleppt hatte. Sie verziehen es Gernot, dass er die Golfbälle meilenweit neben das Loch setzte und auch bei einer Entfernung von wenigen Zentimetern vom Loch noch drei, vier oder fünf Anläufe brauchte um zu treffen. „Minigolf auf Elba - sorry, auf mehr Erfahrung kann ich nicht zurückgreifen", grinste er nach einem Fehlversuch breit.

Ein befreundetes Paar, das Mona sehr gut zu kennen schien, lachte. Uwe und seine aus Südafrika stammende Frau Anita klopften Gernot auf die Schulter. „Doesn't matter", sagte Anita. Und Mona nahm ihren Freund zwischen zwei Löchern beiseite, küsste ihn kurz. „Du musst dich wirklich nicht rechtfertigen, dass du als Anwalt kein Golf spielen kannst. Aber es wundert mich, wo doch deine Ex so versessen war auf das Dabeisein in der High Society." Gernot schüttelte den Gedanken an Sabine ab und trappte weiter über den Platz, der nicht nur aus dem üblichen Grün bestand, sondern auch wüstenhaft sandige Stellen bot.

Und abends standen sie vor einem Lokal in der kleinen Innenstadt von Oranjemund. Gernot hatte mächtig Hunger. Im Gastraum gab es nur drei Tische und einen Bartresen mit vier Hockern. Gernot ließ den Blick schweifen. Ein Mittfünfziger lehnte über dem Tresen, hatte ein Bier fest umklammert. Sein Blick war bereits etwas trüb, es konnte nicht das erste Bier des jungen Abends gewesen sein. Hinter dem Tresen stand eine mollige schwarze Frau, um die fünfzig, voller Lebensfreude und Fröhlichkeit. Ihr *Hey Folks* galt Mona und Gernot und sie winkte Mona zu. An einem der drei Tische saßen zwei Männer. Sie sahen aus als wären sie nicht von hier, sondern auf Montage. Vor sich türmten sich Berge von Fleisch, Salat und Pommes auf einem Teller. Gernot bekam Hunger.

Ganz außen am Tresen saß eine junge blonde Frau, die in Gedanken verloren mit ihrem Handy spielte und dem gemächlichen Treiben in der Kneipe keinerlei Beachtung zu schenken schien. Sie trug eine beige Safarihose und eine weite Bluse. Gernot dachte nur ganz kurz: *Hübsch, das Mädel, aber warum ist sie allein hier?*

Dann widmete er sich wieder seiner Mona, die die mollige Barkeeperin zu kennen schien, weil sie Lucy beim Namen nannte und die Speisekarte orderte. Sie ließen sich auf den speckigen Ledersitzen an einem Tisch nieder. Gernot konnte von dort aus wunderbar aus dem Fenster den Sonnenuntergang beobachten.

Die klaren Kontraste der Wüste mit den kräftigen Rottönen suchte man hier vergeblich. Aber dennoch schimmerte der Himmel in allen Schattierungen von Orange bis Rot und der Sonnenuntergang war wunderbar. Der afrikanische Winter aber zeigte sich frisch und kühl. Gernot war froh, dass in einer Ecke des Lokals in einem offenen Kamin Flammen züngelten. Davor standen zwei Sessel. Ebenso Kolonialstil. Abgesessen. Wie aus einer anderen Zeit.

Mona bestellte *Windhoek Lager* und ein Steak mit Pfefferrahmsoße und dazu einen riesigen Salat. „Salat ist Luxus hier", fügte sie an. Gernot war eher nach einem guten Glas Wein. „Haben die hier Wein?", wollte er wissen. Mona lächelte ihn sanft an, legte ihre Hand mit den feinen Fingern, die Gernot so liebte, auf seinen Arm und meinte fast gütig: „Wir leben in Oranjemund zwar fast hinter dem Mond, aber Wein und Bier und Schnaps, das haben wir hier sehr wohl und wenn du dir Gerry da drüben anschaust, dann haben wir das Zeug sogar im Überfluss." Gerry musste der Typ am Tresen gewesen sein, der in diesem Moment bei der fröhlichen Lucy das nächste Bier orderte.

Gernot blieb in der Speisekarte bei einem ganz besonderen Gericht hängen: *Schutztruppen-Mix.* „Das nehme ich", rief er aus. Impalasteak mit Pfifferlingsoße, Karotten-Erbsen-Gemüse und Spätzle. Gernot war fasziniert. Das war nicht für Touristen auf die Karte genommen worden, das war das Essen der Einheimischen. Er war gespannt auf die Art und Weise wie die Afrikaner Spätzle machen würden. Mona bremste Gernot aber gleich ein wenig ein: „Die Pfifferlinge sind aber sicherlich aus der Dose."

„Das macht doch nichts." In der Zwischenzeit hatte Lucy eine Flasche Roséwein aus dem Weingut Spier auf den Tisch gestellt. „Best South African wine, darling", sagte sie zu Mona und zwinkerte Gernot dabei zu.

Nach ein paar Minuten klingelte Monas Handy. Gernot fühlte sich davon mittlerweile fast verfolgt. Fast schon ein wenig trotzig sagte er: „Bestimmt wieder dieser Viktor." Mona wies Gernot barsch zurück.

„So ein Quatsch. Mein Bruder. Warte kurz!"

Dann verschwand sie aus dem Lokal. Und wieder gestikulierte sie wild herum. Wieder schien sie sehr angespannt zu sein und wieder wunderte sich Gernot, wieso Mona mit ihrem Bruder nicht einfach so telefonieren konnte. Immer verschwand sie vor die Türe. Ihre Haare flogen durch den Wind. Ihre schlanke Erscheinung bewegte sich schnell auf und ab wie eine Wildkatze in einem Käfig. Grazil und dennoch getrieben. Sie schien irgendeine sehr schlechte Nachricht erfahren zu haben, schüttelte den Kopf, hielt die Hände gestikulierend in die Höhe als könnte der Gesprächspartner etwas davon sehen.

Dann stampfte sie fast trotzig wie ein kleines Kind auf und kam zurück in den Speiseraum. Sie ging direkt auf Gernot zu, blieb neben ihm stehen, setzte sich nicht wieder hin.

„Meinem Vater geht es sehr schlecht", sagte sie ruhig und fast etwas unterkühlt. „Ich muss schnell zu ihm."
„Was heißt schnell?"
„Ich komme dich hier wieder abholen", erklärte sie und schob noch ein „Mach dir bitte keine Sorgen" hinterher.

Sie nahm den Wagenschlüssel und verließ mit einem kurzen Kuss auf Gernots Wange das Lokal.

Nur ein paar Augenblicke später kam Lucy und stellte Imapalasteak samt Spätzle sowie das Pfeffersteak auf den Tisch. Gernot gab ihr das Essen von Mona wieder mit. „She will be back later." Lucy nickte und meinte gespielt verärgert „Damn business women." Dabei lachte sie ein krächzendes Raucherlachen, das nur eine afrikanische Frau zustandebringen konnte, die Jahrzehnte geraucht hatte und sich für den Gospelchor die herrlichste Stimme bewahrte.

Gernot stocherte in seinem Essen herum. Es schmeckte plötzlich nicht mehr. Die Urlaubsstimmung war dahin. Seine Mona war zu ihrem Vater verschwunden und der war schlimm krank.

Es vergingen zwei Stunden, Gernot hatte in der Zwischenzeit die halbe Flasche Wein geleert, einen Rock Shandy bestellt, eine kleine Flasche Wasser und nach dem Impalasteak auch noch irgendeinen südafrikanischen süßen Pudding gegessen. Von Mona keine Spur. Er hatte zweimal probiert sie anzurufen. Mailbox. Sie hatte das Handy entweder ausgeschaltet oder war irgendwo unterwegs, wo es keinen Empfang gab.

Plötzlich fragte jemand, ob er sich setzen durfte. Gernot erschrak. Er blickte in das Gesicht der jungen Frau, die bereits den ganzen Abend an der Bar gesessen hatte. Sie war vielleicht Anfang, Mitte zwanzig, hübsch und sie sprach deutsch mit ihm.

„Belinda", stellte sie sich kurz vor. „Belinda Oosthuizen. Und wer bist du?"
„Gernot", sagte er kurz und knapp, weil ihm eigentlich nicht nach Konversation zumute war.

„Die Leute hier sind ein wenig kauzig. Sie kommt schon noch", erklärte Belinda, die wohl genau mitbekommen hatte, was vorgefallen war.

„Bist du auch von hier?", wollte Gernot wissen.

„Nein, mein Papa ist aus Kapstadt, meine Mama aus der Nähe von Bonn. Ich bin aber in Kapstadt großgeworden und habe auch dort studiert."

„Was machst du dann hier in dieser gottverlassenen Ecke von Namibia?", wollte Gernot - nun doch neugierig geworden - von Belinda wissen.

„Ich habe Hotelfach und Gastronomie studiert. Meine Eltern haben ein Hotel in Simon's Town in der Nähe von Kapstadt. Bevor ich dort einsteige und Juniorchefin werden darf, sollte ich noch in drei Betrieben arbeiten. Ich war schon acht Wochen auf einer Luxuslodge im Krüger Nationalpark und sechs Wochen in einem Restaurant in Victoria Falls. Und jetzt bin ich noch einmal sechs Wochen hier in diesem Golfclub, in dem ihr heute gespielt habt."

„Du hattest uns gesehen?"

„Hier kennt jeder jeden und jeder, der unbekannt ist, wird zum Gespräch. Mich kannte anfangs auch niemand und daher weiß ich, wie das ist."

Gernot nickte.

„Verstehe. Ist das nicht langweilig hier?"

„Ich gebe zu, es ist manchmal schon hart. Aber es sind sechs Wochen und die sind übermorgen auch schon wieder rum. Dann fliege ich heim nach Kapstadt."

Gernot empfand die Unterhaltung mit der jungen Frau mittlerweile als eine angenehme Art, das Warten auf Mona zu verkürzen und bohrte weiter nach.

„Wo gefällt es dir besser? Kapstadt, Namibia, Krüger oder in Victoria Falls?"

„Jeder Fleck hat was. In Kapstadt bin ich aufgewachsen. Also in der Nähe davon. In einer kleinen Stadt namens Simon's Town. Das ist Heimat für mich. Geborgenheit. Meine Mutter hat immer wieder mal Heimweh nach Deutschland gehabt. Dann ist sie für drei Wochen zu meiner Oma nach Bonn. In den Ferien durfte ich ab und an mit ihr fliegen. Jetzt weiß ich was für ein Gefühl das für sie sein muss. Im Krüger Nationalpark hatten wir viel mit Safarigästen aus aller Welt zu tun. Das war nicht wirklich familiär, aber sehr luxuriös. Ich habe all die wilden Tiere erlebt und tausendmal den schönsten Sonnenuntergang der Welt. In Simbabwe war es nicht so einfach. Die Menschen sind reservierter dort. Das Leben ist hart. Ich habe in einem

Restaurant außerhalb von Victoria Falls gearbeitet. Als Oberkellnerin. Die Burschen haben selten auf das junge, weiße Mädel aus Südafrika gehört. Kennengelernt habe ich dort eine junge Irin, die ihre große Liebe in der Gegend gefunden hat. Sie und ihr Mann betreiben eine Farm auf dem Land. Abgeschieden im Nichts. Das könnte ich nicht. Sie haben mich ab und an besucht und ich war einmal bei ihnen auf der Farm. Es ist malerisch und einsam dort. Aber es ist nichts für einen Stadtmenschen wie mich. Ihr Mann hatte auch Wurzeln in Kapstadt. Wir haben uns immer wieder darüber unterhalten wie herrlich dieser Flecken Erde doch ist. Also du siehst, ich gerate ins Schwärmen..."

„Dann ist es ja gut, dass unsere Reise in Kapstadt enden soll."

„Wow, ihr wollt runter bis ans Kap?" bohrte Belinda nach.

„Mona möchte mir noch den Blütenzauber des Namakwa-Lands zeigen und dann wollen wir ans Kap."

„Das ist großartig. Kommt mich in Simon's Town unbedingt besuchen! Und das Namakwa-Land ist einfach nicht von dieser Welt wenn dort die Blütezeit ist. Überall ist der Boden bedeckt mit einem kräftigen Orange. Es blendet dich. Es zieht dich in seinen Bann und du wirst nicht mehr loskommen. Jetzt ist die beste Zeit dorthin zu fahren."

Gernot nickte. „Hat Mona auch gesagt."
„Dagegen ist das Sperrgebiet hier eine triste Mondlandschaft", fügte Belinda noch an.

„Deine Mona ist aber wirklich lange fort."
„Ich habe noch nicht einmal einen Schlüssel für das Hotelzimmer."

In diesem Augenblick kam Lucy an den Tisch. Gernot hatte nicht bemerkt, dass es bereits viertel nach zehn war. Um diese Uhrzeit war in Namibia nichts mehr los. Nachtleben gab es nur in Windhoek. Hier galt der übliche Spruch, dass neun Uhr Farmers Mitternacht sei. Lucy hatte den Tresen gewischt und die anderen Tische gereinigt. „Ich sperr jetzt zu, Honey", sagte sie mehr an Belinda gerichtet als an Gernot. „Kommst du morgen nochmal?", wollte sie von Belinda wissen. Die nickte nur und sprach kurz auf Afrikaans mit ihr. Lucy antwortete mit „tipies Mona", was Gernot als *typisch Mona* übersetzte. Er fühlte sich mit einem Schlag einsam und verlassen. In seiner Magengrube entwickelte sich ein Gefühl der Ablehnung gegenüber diesem Fleckchen Erde, auch wenn das nichts für dieses Gefühl konnte. Aber hier hatte ihn Mona einfach sitzenlassen und war zu ihren Eltern. Das demütigte ihn. Das Sperrgebiet war bereits jetzt aus der Liste der *hundert Orte, die man gesehen haben muss* gestrichen worden. *Geht mir am Arsch vorbei*, dachte er bei sich. Viel lieber als hier herumzusitzen und auf Mona zu warten, wäre er sofort nach Südafrika gefahren um sich das Blütenmeer des Namakwa-Lands anzusehen oder das scheinbar so pulsierende Kapstadt. Stattdessen aber saß er in Lucys Kneipe. Die wollte zusperren. Er hatte keinen Schlüssel für sein Hotelzimmer und war nun ein Klotz am Bein der jungen Belinda Oosthuizen.

„Komm schon", forderte sie Gernot auf, „ich fahre dich in deine Pension und wir sehen dort weiter. Irgendwie werden wir deine Mona schon erreichen", sagte Belinda und es fühlte sich für Gernot fast mütterlich an, obwohl die junge Frau sicherlich gut fünfzehn Jahre jünger war als er selbst.

An der Rezeption saß ein müder junger Mann, der mit seinem Handy spielte. Er bestätigte, dass die Lady aus dem Zimmer kurz dort war, dann aber wieder aufgebrochen sei. Und das sei mittlerweile auch schon ein paar Stunden her.

Er war bereit Gernot das Zimmer aufzuschließen. „Hab den Gentleman ja schon ein paar mal gesehen heute", fügte er erklärend an, warum er diese Gefälligkeit tun wolle.

Belinda nickte Gernot zu. Ehe sie sich zum Gehen umdrehte, sprach sie mit dem jungen Mann an der Rezeption. Er reichte ihr einen kleinen Notizzettel. Darauf schrieb sie etwas und reichte den Zettel Gernot. *0027-78-129-288-2 Belinda Oosthuizen, the girl from Oranjemund...*Gernot überflog das Geschriebene schnell. Er war müde und ausgelaugt und schob den Zettel in seine Hosentasche, sagte nur schnell dankeschön. Belinda legte ihm kurz die Hand auf die Schulter. Sie verstand, dass er etwas aufgewühlt war und fügte an: „Wenn etwas sein sollte und du Hilfe brauchst oder ihr mich in Kapstadt besuchen kommen wollt..." Gernot nickte. Sagte nochmals *Danke* und schlich dann hinter dem jungen Mann her, der die Treppe nach oben stieg, um ihm die Zimmertüre zu öffnen.

Belinda ging nach draußen, zündete sich auf der Straße eine Zigarette an und lehnte sich an den Wagen. Sie schüttelte den Kopf. „Arme Sau", sagte sie halblaut zu sich selbst. „Was auch immer diese Mona treibt, der Kerl kann einem Leid tun." Sie zog den Rauch der Zigarette ein und spürte die Kälte der Nacht in sich aufsteigen. Es war Zeit nach Hause zu fahren, denn sie würde noch packen müssen. „Nach Hause", dachte sie sich noch, ehe sie die Zigarette ausdrückte, einstieg und davonfuhr. In einem Zimmer oben ging das Licht an. Es musste Gernot gewesen sein.

8

Es war nach drei als die Türe knarzte. Gernot war in der Zwischenzeit eingeschlafen. Es war ein unruhiger Schlaf. Achtzehnmal hatte er bei Mona versucht anzurufen. Die ersten acht Mal klingelte es noch, die letzten zehn Mal sprang sofort die Mailbox an. Als sie nun kam, war er stinksauer und erleichtert zu gleich.

Mona kroch sofort zu ihm ans Bett, küsste ihn sanft auf die Wange. „Sorry, Schatz, tausendmal sorry." Sie sah mitgenommen und angespannt aus. „Schlaf weiter", sagte sie zu ihm, „ich erklär dir in der Früh alles." Aber Gernot war nun wieder hellwach, raffte sich auf und saß kerzengerade im Bett.

„Wo warst du so lange? Warum bist du nicht an dein Handy?", wollte er wissen. Mona erkannte in seiner Stimme Verärgerung und Missmut darüber, dass er den ganzen Abend über alleine in der Kneipe gesessen hatte und nicht wusste, was los war.

„Wir mussten meinen Vater ins Krankenhaus bringen. Und hier in Oranjemund gibt es nur ein kleines privates Krankenhaus. Es war nicht klar, ob wir ihn per Luftrettung sofort nach Windhoek fliegen lassen müssen."

„Was fehlt deinem Dad denn?", hakte Gernot nach.

„Sein Herz ist schwach", sagte Mona seltsam knapp und kühl.

„Oh, der Arme."

Mona verschwand im Bad. Gernot hörte, wie sie sich duschte. Nackt und schön wie sie war kehrte sie zurück. „Ich hätte gern noch ein wenig Ablenkung von all diesem Mist, den ich heute Abend durchgemacht habe", sagte sie. Gernot wunderte sich, dass sie bei den Sorgen um ihren Vater und dem Stress, den sie in der Nacht gehabt hatte, nun daran dachte, noch Spaß im Bett zu haben. Aber er freute sich, dass Mona wieder bei ihm war, streckte die Arme nach ihr aus und zog sie nahe zu sich heran.

Bald schliefen beide Arm in Arm ein und Gernots Groll über den einsamen Abend war fast wieder vergessen. *Arme Mona.*

Am nächsten Morgen weckte ein wolkenloser Himmel die beiden. Zwar war es frisch und ohne Pullover würde Gernot heute frieren. Aber die klare Luft und die herrliche Frische des Morgens gefielen ihm sehr. Die Landschaft war atemberaubend. Sanfte

Sanddünen erhoben sich hinter der Pension. Sie schimmerten rötlich, glänzten mal golden, blitzten orange auf und trieben kupfern davon.

Mona ließ sich lange Zeit im Bad. „Geh schon mal runter und bestell mir ein paar Eier mit Speck, bitte", bat sie Gernot.

Er stolperte noch etwas übermüdet die Treppe hinab und nickte dem jungen Mann zu, der ihn am Abend in sein Zimmer hatte gelangen lassen. „Good Morning, Sir!"

Gernot nahm an einem Tischchen Platz. Alles wirkte etwas abgelebt und vergilbt. Die Bilder an der Wand des kleinen Speisesaals zeigten namibische Landschaften in schwarzweiß. „Diese herrliche Dünenlandschaft macht doch in schwarzweiß nichts her", dachte er bei sich, bestellte einen Rotbusch-Tee und einen Kaffee, zwei Orangensaft sowie die Eier für Mona.

Vor dem kleinen Speisesaal tummelten sich ein paar Vögel und pickten im staubigen Sand. Sie spielten ein undurchsichtiges Spiel. Niemand schien den Takt anzugeben und doch flogen sie fast immer zeitgleich in die Höhe um sich nur wenige Augenblicke später wieder auf dem Boden oder einer Sitzbank und einem

Mülleimer niederzulassen. Das Schauspiel wiederholte sich mehrmals. Solange, bis ein in einem blauen Overall gekleideter Mann kam und den Mülleimer leerte. Er hatte graue Haarstoppeln und trug eine ziemlich ramponierte Plastiksonnenbrille. Sein dunkles Gesicht und die grauen Haare bildeten einen interessanten Kontrast. Gernot nippte an seinem Kaffee und bestrich einen Toast mit Butter und Marmelade. „Schon wieder lässt sie mich alleine sitzen", grummelte er ein wenig angefressen.

Wie als hätte sie es gehört, kam Mona die Treppe herunter. Es war ein Auftritt nach Maß. Wie für die Kinoleinwand konstruiert. Schwungvoll und mit Leichtigkeit. Kurze Hose, sportliches Top, die Turnschuhe in sanftem Rosa und ohne jeden Makel. Gernot war sofort wieder in Monas Bann gezogen. „Guten Morgen, Schatz!", sagte sie, setzte sich und sah ihn lange an.

„Es tut mir leid, dass es solange gedauert hat. Es gibt schlechte Nachrichten."

Gernot wusste nicht wieso, aber er hatte es geahnt. Irgendwie hatte er beim Beobachten des flatternden Spiels vor der Fensterfront den Gedanken gehabt, dass er auch den Tag alleine verbringen würde.

„Was für schlechte Nachrichten?", wollte er wissen.

„Ich habe gerade noch einmal mit meinem Bruder telefoniert und dann auch mit meiner Mutter."

„Und? Lass dir doch nicht alles aus der Nase ziehen?"

Mona wirkte nun wieder etwas gereizt.

„Ist ja schon gut", fuhr sie Gernot an.

„Meinem Vater geht es schlechter. Sie werden ihn wohl doch mit dem Flugzeug nach Windhoek verlegen. Peter wird mich hier zusammen mit Mom abholen und wir fahren dann ins Krankenhaus."

„Und was mache ich solange hier allein?", wollte Gernot wissen.

„Ich habe lange überlegt, was am besten ist", sagte Mona und biss in ihren Toast.

„Und was ist am besten für mich", klang Gernot nun etwas beleidigt wie ein kleines Kind, dem man das Pausenbrot bereiten musste.

„Du fährst einfach mit Peters Wagen alleine vor ins Namakwa-Land."

Das saß. Gernot hätte sich fast an seinem Orangensaft verschluckt. Mit einem Mal war aus der Kühle des Morgens eine selbst in diesem Raum spürbare eisige Kälte geworden, die sich frostig um seinen ganzen Körper legte und ihn unbeweglich zu machen schien.

„Wir wollten gemeinsam Urlaub machen, du wolltest mir deine Heimat zeigen. Du wolltest mir diese Blütenpracht vorführen! Und nun sitzt du hier in der Wüste fest und schickst mich alleine in den Süden? Ich kenne mich nicht aus in Afrika, war noch nie hier. Ich bin noch nie im Linksverkehr gefahren. Spreche nur schlecht Englisch und Null Komma Null Afrikaans. Erst ruft dich dieser beschissene Viktor dauernd an, dann telefonierst du dauernd mit deiner Familie und gestern hast du mich den ganzen Abend in der Kneipe versauern lassen. Und nun? Jetzt kommst du mir mit der Idee, ich soll einfach - einfach! - was ist daran einfach? - für mich nichts - einfach soll ich in den Süden vorfahren."

Mona legte ihre Hand auf die seinige um so seinen aufgebrachten Monolog zu unterbrechen. „Ich weiß, dass es keine tolle Idee ist, aber was ist die Alternative? Meine Mom will nicht, dass du mit uns nach Windhoek kommst. Mein Dad schwebt zwischen Leben und Tod. Du könntest hier bleiben. Aber dann kann es sein, dass du drei oder vier Tage in diesem Kaff bleiben musst. So sind es gut drei Stunden Fahrt bis Springbok. Da buche ich dir ein Zimmer in einer netten Pension. Die werden dir alle möglichen Tipps geben und morgen fährst du in den Namakwa-Nationalpark. Dort gibt es dieses unglaubliche Blütenmeer zu sehen. Du wirst es dein Leben lang nicht mehr vergessen. Es ist so umwerfend schön."

„Aber genau deswegen will ich es mit *dir* erleben", warf Gernot trotzig dazwischen.

„Wenn wir absehen können, dass mein Dad durchkommt, fahre ich mit Moms Wagen sofort hinterher. Dann treffen wir uns in zwei, drei Tagen in Springbok. Wenn es länger dauert, dann fährst du einfach schon in den Süden nach Citrusdal zum Beispiel. Da wachsen die herrlichen südafrikanischen Orangen, die man auch bei uns in München am Viktualienmarkt kaufen kann."

„Und da setz' ich mich dann unter einen Orangenbaum, futter' den ganzen Tag Orangen und warte auf meine Mona oder wie?", ätzte Gernot angefressen.

„Mensch Maus, jetzt mach es mir doch nicht ganz so schwer. Glaubst du, mir macht das Spaß? Ich hab' mir das doch auch ganz anders gewünscht. Wenn alles nach Plan gelaufen wäre, wären wir gestern oder heute bei meinen Eltern auf dem Sofa gesessen und du hättest dir die Fragen gefallen lassen müssen, ob du nun endlich der Richtige seist. So aber ist nunmal alles anders."

Gernot merkte, dass er Mona zu harsch angegangen war, entschuldigte sich bei ihr und beugte sich über den kleinen Tisch um sie zu küssen.

„Vielleicht ist es wirklich das Beste, wenn wir es so machen", sagte er dann. „Aber du sagst mir genau, wie ich fahren muss." Mona nickte, wirkte erleichtert und biss noch einmal kräftig in ihren Toast.

Dann nahm sie ihr Handy. „Rufe schnell bei Peter an, dass er mich abholen kann. Aber vorher helfe ich dir einpacken und wir checken gemeinsam aus."

Sie redete plötzlich Afrikaans mit ihrem Burder. Gernot verstand nicht viel. Mona wirkte alles andere als besorgt. Vielmehr hatte Gernot das Gefühl sie war erleichtert.

Nachdem sie aufgelegt hatte, fragte er sie wieso sie Afrikaans mit Peter gesprochen hatte. „Es war gar nicht Peter dran, sondern die Hausangestellte", konterte Mona rasch. Gernot nickte. „Peter ist mit Moms Auto schon unterwegs", fügte Mona erklärend an.

„Was für ein Verhältnis hast du eigentlich zu deinen Eltern?", wollte er wissen, als sie die Treppe hinaufstiegen.

„Oh, schwieriges Kapitel", grinste Mona.
„Sie haben mir nie ganz verziehen, dass ich das Weite gesucht und in München eine zweite Heimat gefunden habe. Mein Vater ist mir zu konservativ, zu sehr Südwestler. Mit Mom hab ich ein ganz gutes Verhältnis und für Peter bin ich einfach nur die durchgeknallte Schwester aus Deutschland."

Gernot wusste außer einem *Aha* nichts anzufügen, packte seine Sachen in die Tasche und half Mona ebenfalls zu packen. Sie hielt das Parfüm in der Hand, das Gernot ihr vor dem Abflug geschenkt hatte und nahm ein wenig davon.

Am Auto gab Mona Gernot einen innigen Kuss. „Du fährst jetzt erstmal ein kleines Stück in den Süden. Folge einfach den Schildern Richtung Alexander Bay. Das ist der Grenzübergang nach Südafrika. Du sollst da keine Schwierigkeiten haben. Zeig einfach deinen Pass vor."

Gernot war verunsichert. „Schwierigkeiten?"
„Auf der anderen Seite, also bei uns hier in Namibia, liegt ja das Sperrgebiet und da darf man ohne

Genehmigung nicht reinfahren. Aber raus schon. Und mit einem Kennzeichen aus Oranjemund ist es alles kein Problem. Mach dir keine Sorgen."

Gernot nickte nur, auch wenn er sich tatsächlich sehr sorgte. Er würde gleich alleine durch Namibia und Südafrika fahren. Das erste Mal außerhalb Europas einen Wagen steuern. Das erste Mal seit der Ankunft auf dem afrikanischen Kontinent länger ohne Mona sein.

„Die Straßen sind nicht besonders gut, aber du schaffst das", meinte Mona.

Noch einmal küsste sie Gernot, flüsterte ihm ein gehauchtes *Ich liebe dich* ins Ohr und winkte ihm dann nach.

9

Nach kurzer Fahrt kam Gernot an einem kleinen Supermarkt vorbei. Er hatte sich noch nicht an das Fahren mit dem großen Wagen gewöhnt. Links zu fahren war schon schwer genug, aber dann auch noch mit einem so großen Allradauto, das machte ihm zu schaffen.

Er kletterte aus dem Wagen und ging in den kleinen Laden. Neben seiner Kreditkarte hatte er namibische Dollar im Gegenwert von rund hundertfünfzig Euro im Geldbeutel.

Der Laden war klein, stickig und die Auswahl schien sehr begrenzt zu sein. An der hinteren Wand stand ein Kühlschrank. Darin befanden sich kalte Softdrinks und Bier. Nach einem kühlen *Windhoek Lager* war ihm gerade überhaupt nicht zumute. Er kaufte stattdessen fünf kleine Flaschen Wasser und zwei Dosen Cola zum Wachbleiben. Für alle Fälle. Außerdem eine Dose Corned Beef, eine Packung Toastbrot und trockene Kekse. Das würde alles nicht schmelzen, wenn die Sonne dann ihre ganze Kraft entfalten sollte.

Alsbald setzte er sich wieder ans Steuer und fuhr weiter. Nach kurzer Fahrt kam er an die Stelle, vor der die meiste Sorge hatte: der Grenzposten zwischen Namibia und Südafrika. Ohne seine Mona bei sich zu haben, fühlte er sich unsicher. Gernot hatte das Gefühl, alleine zu sein und wollte nach Hause.

Vor einer Brücke standen ein paar Baracken. Davor wehte die namibische Flagge stolz im mittlerweile heißen Wind. Durfte man hier einfach durchfahren? Gernot war sich unsicher. Zu Hause fuhr er einfach über die Grenze nach Österreich oder Italien. Aber hier war ein richtiger Grenzposten. Bewaffnete Polizisten standen herum. Er parkte den Wagen und stieg aus.

Eine junge weiße Beamtin kam zu ihm herüber und sprach ihn auf Afrikaans an. „Sorry, I am from Germany", antwortete Gernot und die Polizeibeamtin wechselte die Sprache. Sie sprach sogar ausreichend gut Deutsch um sich mit Gernot zu verständigen.

„Wo wollen Sie denn hin?", fragte sie ihn.
„Nach Springbok", sagte Gernot.
„Das ist aber kein Leihwagen", bohrte die Dame nach und zeigte auf das geparkte Auto von Monas Bruder Peter.
„Nein, der Wagen gehört dem Bruder meiner Lebensgefährtin."
„Sie ist aus Namibia?"

Gernot fühlte sich nicht wohl bei all den Nachfragen, wusste er doch nicht, warum hier so hartnäckig nachgefragt wurde. „Ihre Familie kommt aus Oranjemund."

„Warum ist ihre Partnerin nicht mit Ihnen unterwegs", wollte die Grenzbeamtin wissen, der mittlerweile ein älterer Polizist zur Seite geeilt war um Gernots Pass zu untersuchen.

„Sie muss mit ihrer Mutter und ihrem Bruder nach Windhoek zu ihrem Vater, der ist krank."

„Und warum sind Sie dann nicht mit ihnen gefahren?"

Gernot platzte nun doch der Kragen und er erlaubte sich eine Gegenfrage: „Ist das ein Verhör?"

„Wir wollen nur auf Nummer Sicher gehen, dass hier nicht etwa ein Wagen aus Namibia ausgeführt wird, dessen Eigentümer gar nichts davon weiß", lächelte die Beamtin.

„Ach so", gab sich Gernot kleinlaut.

„Nein, nein. Meine Lebensgefährtin kommt in zwei, drei Tagen nach. Wir wollen uns das Namakwa-Land ansehen."

„Das Blütenmeer ist wirklich wunderbar", zeigte sich die Grenzerin von ihrer scheinbar einfühlsamsten Art. Der ältere Polizist kehrte mit dem Pass zurück, nickte ihr zu und gab ihr den Pass. „Passen Sie auf sich auf", sagte sie und gab Gernot den Pass zurück. „Und haben Sie eine schöne Zeit im Namakwa-Land."

„Danke", sagte Gernot. Dann fiel ihm wieder ein, dass Mona etwas davon gesagt hatte, dass man nach Alexander Bay nicht ohne Weiteres einreisen durfte. Er hakte also nach. „Gibt es bei der Einreise nach Südafrika Probleme?", wollte er wissen. „Sie kommen ja schon aus dem Sperrgebiet. Mit dem Oranjemund-Kennzeichen am Auto wird man Sie schon reinlassen", lachte die Beamtin jetzt auf einmal ganz freundlich. „Sie bleiben ja nicht, sondern fahren weiter Richtung Steinkopf und Springbok." Richtig, das war sein Plan. Gernot hatte auf dem Beifahrersitz die Karte liegen und deutete mit dem Finger noch einmal auf Springbok. Dann startete er den Motor und fuhr wieder los.

Über den Orange River verlief eine Brücke. Die Straße war gut ausgebaut. Und kurz danach erreichte Gernot wieder eine Grenzanlage. Diesmal waren es mehrere kleine beigefarbene Häuschen mit grünen Dächern, die sich sanft in die wüstenhafte Landschaft schmiegten. Vor einem Gebäude war ein kleiner Parkplatz. Und auch hier rekelte sich eine Fahne im Wind. Nur diesmal war es die Flagge Südafrikas.

Gernot folgte einem Lastwagenfahrer, der seinen Lieferwagen auch auf dem Parkplatz abgestellt hatte ins Innere eines der kleinen Gebäude. Dort saßen drei Grenzbeamte hinter ihren Schreibtischen und wirkten alles andere als hektisch. Sie hatten Zeit. Sie lachten. Sie scherzten und sie trällerten ein Lied. Einer nahm sich den Lastwagenfahrer vor, der andere kümmerte sich um Gernot. Ein freundlicher Beamter fragte Gernot nach dem Ziel der Reise und der antwortete knapp mit „Namakwa-Land". Der Grenzer nickte. „You want to see the flowers?" Gernot nickte. „With my girlfriend but she had to stay in Namibia for a couple of days", fügte er als Erklärung an. Diesmal nickte er Grenzer wortlos. Er wirkte nun etwas genervt. Dann knallte er einen Stempel in den Pass und reichte ihn zurück an Gernot. Er durfte weiterfahren. Das war alles! Eine kurze Prozedur und schon war Gernot im Nachbarland angekommen.

Vor dem Gebäude traf er den LKW-Fahrer wieder. Gernot überlegte kurz, dann nahm er all seinen Mut zusammen und sprach ihn an. Er wolle nach Springbok. Wie weit das sei, wollte Gernot wissen. Der Fahrer lachte. „Wow, arme Socke, von Namibia aus haste da mal die falsche Route genommen." Das war die falsche Antwort des kernigen Typen, der gerade seinen Lieferwagen aufgesperrt hatte und Gernot wurde ganz anders zumute. Hatte seine Mona nicht genau diese Strecke empfohlen? Dann strich sich der Lasterfahrer mit dem Handrücken durch den rötlich in der aufkommenden Hitze des Vormittags flimmernden Bart: „Also pass auf, du fährst jetzt mal gute achtzig Kilometer in den Süden nach Port Nolloth. Die Straße ist beschissen schlecht, aber man kommt durch. Ich muss da mit meinem Lorry auch lang, also packst du es mit deiner Kiste erst recht. Da isst'e dann bei Anita eine kräftige Portion Muscheln. Dann bist'e fit für die zweite Strecke. Nimm die etwas längere Route über Steinkopf. Die Straße da is deutlich besser. Und von Steinkopf kannst'e die N7 in den Süden nehmen. Das is ne echt gute Straße. Wo kommst'e denn her?"

„Aus München", sagte Gernot kurz, knapp und immer noch schockiert, dass der Lasterfahrer ihm ursprünglich scheinbar eine ganz andere Route vorschlagen wollte. „München. Germany. Autoland. Na dann bist'e ja bei uns ganz richtig. Aber wie gesagt, ich wär von Namibia aus die B1 runtergefahren."

Gernot gab dem Fahrer die Straßenkarte, die er auf seinem Beifahrersitz liegen hatte. „Da!", sagte er und zeigte auf die Straße, die er meinte. „Aber das ist ja ein Riesenumweg", entfuhr es Gernot. „Wo kommst'e denn gerade her?", wollte der Fahrer wissen. „Aus Oranjemund." Mitleidig schaute der Südafrikaner nun den Deutschen an. „Was machst'e denn in Oranjemund, da leben ja nur Diamantenschmuggler und Durchgeknallte?" Ein verraucht rasselndes Lachen donnerte hinterher. Der Lasterfahrer schüttelte sich und wiederholte noch ein paar Mal. „Oranjemund?" Gernot sah sich gezwungen, dem Lasterfahrer den Grund zu erklären, warum er alleine von Oranjemund nach Springbok fuhr.

„... Und da blieb mir ja nichts anderes übrig, als nun alleine loszufahren."

„Du glaubst doch nich im Ernst, dass dein Baby in zwei, drei Tagen nachkommt." Wieder schüttelte sich der LKW-Fahrer vor Lachen. Jetzt aber meinte Gernot etwas Gehässiges in diesem Lachen zu erkennen.

„Wieso denn nicht?", fragte Gernot entgeistert nach.

„Wie gesagt, in Oranjemund leben viele einsame Durchgeknallte. Und Diamantenschmuggler. Pass auf auf dich, Kumpel!"

Gernot fühlte sich verunsichert. Die Sonne brannte nun vom Himmel. Der Rasselrauchlacher aus dem Bauch des Lasterfahrers machte ihn wütend und noch viel wütender machte ihn, dass der Typ an Mona zweifelte. „Ruf sie doch jetzt von hier aus an und sag ihr, dass'de in Südafrika bist. Ich wette, se wird nich rangehen."

Gernot holte sein Handy hervor. Jetzt wollte er es dem Typen zeigen. Er hatte eine SMS-Nachricht auf dem Display. Mona hatte geschrieben. *Na, Schatz, schon auf der anderen Seite der Grenze?* Er übersetzte für den Fahrer. Der nickte zustimmend. „Also is sie ne Diamantenschmugglerin, die dir was untergejubelt hat und nur sichergehen wollte, dass'de das Zeug auch heile auf die südafrikanische Seite geschafft hast." Wieder lachte der Typ fies und dreckig, rasselig und so gemein.

„Es reicht jetzt", sagte Gernot trocken. „Danke für die Info, ich werde jetzt nach Port Nolloth fahren und dann weiter nach Süden über Steinkopf nach Springbok. So wie Sie gesagt haben. Und dann werde ich in zwei, drei Tagen Mona die Geschichte vom miesen, kleinen Lorryfahrer an der Grenze von Alexander Bay erzählen."

Der Fahrer grinste breit und noch etwas breiter. Seine weißen Zähne blinkten im schwarzen Gesicht frech und angriffslustig. „Das machst'e mal und dann pflückst'e ihr ein paar Blümchen im Namakwa-Nationalpark. Träumer..."

Der Fahrer stieg in seinen Lieferwagen und brauste in einem Affenzahn davon, dass Gernot nach Sekunden klar wurde, dass er keine Chance haben würde, sich an seine Fersen zu heften.

Die Straße war tatsächlich schlecht und Schlagloch reihte sich an Schlagloch. Er versuchte ihnen auszuweichen, scheiterte aber oft genug und landete krachend in den tiefen Löchern. „Sorry, Peter!", rief er einmal. „Sorry, Mona!", rief er ein weiteres mal. Dann mischte sich auch noch ein Gefühl von schlechtem Gewissen mit in dieses lapidare *Sorry*. Er war doch nur deswegen so ungehalten gewesen, weil er Angst hatte, der Lasterfahrer könnte am Ende richtig liegen. Mona eine Kriminelle? Nie im Leben! Er liebte diese Frau und sie liebte ihn. Sie war in einer dummen Lage, ihr Vater war schwer krank. Sie musste ihm beistehen und mit Mutter und Bruder nach Windhoek. Und er, Gernot? Hatte nichts anderes im Sinn als sich durch einen irren LKW-Fahrer verrückt machen zu lassen.

Die Straße wurde von Kilometer zu Kilometer schlechter. Die Sonne brannte nun heiß vom Himmel. Draußen zog eintönig flaches Land vorbei. Hätte Gernot in einem ratternden Zug gesessen, er wäre sicherlich schon eingenickt. So aber hielt er das Lenkrad fest in der Hand und hielt den Blick stur auf die Straße geheftet. Wieder und wieder krachte er in Schlaglöcher, sah sich gezwungen Sandeinwehungen auszuweichen oder entdeckte große Vögel auf der Straße, die sich niedergelassen hatten, weil Verkehr eher die Ausnahme war. Seit Gernot Alexander Bay verlassen hatte, waren ihm nur eine Handvoll Autos entgegen gekommen und zwei Pritschenwagen hatten ihn überholt - alle in einer atemberaubenden Geschwindigkeit. Er hatte das Vorurteil, der Lasterfahrer vom Grenzübergang musste ein vollkommen durchgeknallter Selbstmörder gewesen sein, schnell über Bord geworfen. Alle Autofahrer in dieser Gegend fuhren so wahnsinnig. Ähnlich schrecklich wie Mona.

Kurz vor Port Nolloth leerte er eine Flasche Wasser und blickte auf die Uhr. Es war bereits kurz vor ein Uhr mittags. Die Eintönigkeit der Landschaft hatte ihn müde gemacht. Gernot ließ die Augen an der gleißend leuchtenden Dünenlandschaft entlang gleiten, hatte ein Spiel daraus gemacht, dem Stromkabel an der Seite der Straße zu folgen. Manchmal sank es zu Boden, manchmal fehlte es zeitweise komplett.

Dann erreichte er den Ortseingang von Port Nolloth. Eine Stunde sollte die Strecke dauern, das hatte Mona behauptet. Eine Stunde brauchte man vielleicht, wenn man raste wie die Wahnsinnigen in ihren Lastern, die meilenweit Staub aufwirbelten und in ihrem Gottvertrauen einfach davon ausgingen, dass schon kein ebenso irrer Fahrer entgegen kam. Aber es kamen auch wirklich kaum Fahrzeuge entgegen und wenn, dann erkannte man sie von Ferne an ihren Staubschwaden.

Gernot erinnerte sich, dass der Lasterfahrer gesagt hatte, er sollte bei einer Anita Muscheln essen. Port Nolloth war fürwahr ein Fischerdorf wie im Bilderbuch. Überall lagen kleine Kutter am Strand, krächzende Vögel überflogen die Küstenlinie auf der Suche nach Fressbarem - unerbittlich ihre kreischenden Lieder singend.

Es schien als gäbe es in ganz Port Nolloth nur drei oder vier Straßen. Gernot blieb auf der *Main Road* durch den Ort. Plötzlich fiel ihm ein kleines, wackeliges Häuschen auf. Mit Farbe war der Name des Lokals darauf gepinselt worden. Das also was *Anitas Taverne*. Er stoppte den Wagen und stapfte durch den Sand ins Innere. Das Häuschen sah ein wenig aus wie ein gesunkenes Schiff und davor hatte man tatsächlich einen kleinen Kahn als Dekoration im Sand versteckt. Es war das einzige Lokal im ganzen Ort, das mittags geöffnet hatte.

Gernot nahm Platz. Er war der einzige Gast wie es schien. Im Inneren standen ein paar wackelige Tische. Die Wände blau gestrichen, eine kleine Bar und jede Menge Seemannszeug an den Wänden. Gernot ließ den Blick schweifen. Niemand schien Notiz von ihm zu nehmen.

Aus der Küche stapfte ein Mann mittleren Alters. „Hey, Kumpel, was kann ich dir Gutes tun?", fragte er Gernot. Der nahm an einem Tisch Platz und bedankte sich. „Ein Lorryfahrer hat mir eure Taverne empfohlen. Er meinte, die Muscheln wären zu empfehlen?" Der Barkeeper, Chef des Hauses, Mann für alles, möglicherweise Anitas Mann und Koch in einem grinste. „Nimm lieber die gefüllten Tintenfische, Kumpel. Und ein großes Bier, Kumpel." Gernot wehrte ab. „Tintenfisch ist gut, aber kein Bier. Ich nehm' eine Cola."

Gernot sah sich um. *Interessanter Laden*, dachte er sich. Bald kam der Barkeeper zurück, stellte eine Dose Cola und einen Plastikbecher auf den Tisch und setzte sich ungefragt zu Gernot. „Wo kommst du denn her?", wollte er wissen.

„Aus Deutschland."
„Und da verschlägt es dich ins fernste Eckchen Südafrikas - zu uns nach Port Nolloth, dem Nebelloch schlechthin?"
„Nebel?" Es war strahlend blau draußen, am Himmel nur ein oder zwei kleine, feine weiße Schleierwölkchen. „Ja, Kumpel, hier gibt's fast jeden Tag Nebel und dann wird es ratzfatz eisig kalt und im Auto siehst du nichts mehr."

„Dann hab ich ja Glück gehabt", sagte Gernot.

„Wo musst und denn heute noch hin?", wollte der Lokalbesitzer wissen.

„Bis Springbok. Meine Lebensgefährtin kommt aus Oranjemund und wir wollten gemeinsam ins Namakwa-Land. Ihr Vater ist schwer krank geworden."

„Versetzt hat dich die Kleine also", so die lässig, leicht abfällige Antwort des Mannes mit dem rötlich schimmernden Schnauzbart.

„Nein, sie kommt nach."

„Kommt sie das?", fragte der Barkeeper bissig nach. Krachend erhob er sich vom Stuhl, legte Gernot die Hand kurz auf die Schulter und meinte nur: „Kumpel, ich wünsch' es dir." Dann ging er in die Küche um nach den gefüllten Tintenfischen Ausschau zu halten.

Während Gernot den Fisch verspeiste unterhielt er sich noch eine Weile mit dem Chef. In der Zwischenzeit waren noch zwei weitere, junge Männer ins Lokal gekommen. Die trugen beige Overalls und sahen grimmig drein. Als wären es Soldaten ohne richtige Uniform. Im Etosha-Nationalpark hatten die Ranger ähnliche Uniformen angehabt. Die Fischer hier in Port Nolloth trugen Gummistiefel. Diese beiden Gesellen hatten schwere schwarze Stiefel an und unterhielten sich in einer für Gernot fremden Sprache. Es war nicht Afrikaans und auch nicht Englisch. Sie bestellten zwei Bier auf Englisch. Riefen laut durch den ganzen Raum und der Barbesitzer schien selbst etwas irritiert zu sein.

„Komische Typen", sagte er zu Gernot als er sich wieder setzte. „Die Strecke von Namibia hier runter quer durch das Sperrgebiet und an der Diamantenstadt Alexander Bay vorbei ist halt ein Zuhause auch für schräge Gestalten, denen man nach Sonnenuntergang nicht mehr alleine begegnen möchte", grinste er. Sofort spürte er Gernots Sorge. „Hey, Kumpel, das war ein Scherz. Du musst keine Angst haben. Hier klaut dir keiner was. In der Gegend ist es friedlich. Alles bestens."

„Erzähl mir mal, wie groß ist denn Port Nolloth?", wechselte Gernot das Thema. „Gar nicht mal so klein. Sechstausend Einwohner haben wir jetzt. Früher war hier viel mehr los. Aber die Eisenbahnlinie haben sie schon in den Vierzigerjahren dicht gemacht. Die Leute leben vom Fischfang. Hier gibt's jede Menge Krustentiere. Und ein paar verdienen sich mit Diamanten eine goldene Nase. Aber eben nur die, die eine Lizenz haben. Touristen kommen kaum hier her. Ein paar Wahnsinnige wie du, die auf dem Weg nach Namibia sind. Die wollen dann das Diamantenflair erleben und sind enttäuscht, dass sie außer ein paar

Langustenfischern und jeder Menge Nebel nichts zu Gesicht bekommen."

Gernot nickte und steckte sich ein letztes Stück Tintenfisch in den Mund. „Wirklich sehr, sehr gut."

„Ich sag es Anita! Und, Kumpel, wenn du jetzt weiter fährst: Fahr ins Landesinnere! Die Straße nach Steinkopf ist hundertmal schneller als der Weg weiter in den Süden. Fahr einfach die *Main Road* weiter. Und wenn du an die Abzweigung nach Kleinsee kommst, das ist die R355, bieg da bloß nicht ab. Geradeaus weiter ins Landesinnere, hörst du, Kumpel. Dann bist du in zwei, zweieinhalb Stunden in Springbok. Vorher fährst du noch durch Steinkopf. Ein Gottverlassenes Kaff, sag ich dir."

Gernot bedankte sich für die nette Auskunft, zahlte und verließ gestärkt das Lokal. Er musste fast grinsen. „Gab es also tatsächlich mal eine Eisenbahn hier!"

Neben dem Wagen von Monas Bruder stand ein uralter, blauer VW Jetta. Das Auto schien mehr aus zusammengeflickten Einzelteilen zu bestehen als aus den Originalbauteilen, aber es war allem Anschein nach ein funktionierender VW. Ohne Seitenspiegel, wie Gernot feststellte. Er sperrte sein Auto auf und stieg ein.

10

Es war schon später Nachmittag als Gernot vollkommen übermüdet das Ortsschild von Springbok erreichte. Er stoppte Peters Wagen am Straßenrand und kramte den Zettel hervor, den Mona ihm zugesteckt hatte. Darauf war der Name einer kleinen Pension notiert. Hier hatte Mona ihm ein Zimmer reserviert.

Er versuchte den Straßennamen zu entziffern. Er bemerkte, dass auf der Rückseite des Zettels etwas mit Bleistift geschrieben stand, das nicht zur Adresse der Unterkunft zu gehören schien. Er drehte das Blatt um. Dort hatte Mona mit Bleistift notiert:

„28°34'37.2"S 16°28'06.0"E Vi. new No. 264.85.100.102.991, at 9:30 PM"

Gernot überlegte kurz, woher ihm das bekannt vorkam. Dann fiel ihm wieder ein, dass er vor ein paar Tagen diese seltsame SMS-Nachricht für Mona aufgeschnappt hatte. Darauf hatte er diese Zahlenkombination schon einmal gesehen. Einen Reim konnte er sich darauf noch immer nicht machen. Was auch immer sie zu bedeuten hatte, er konzentrierte sich nun auf die Adresse, die ihm Mona vorne auf den Zettel notiert hatte. *Old Mill Lodge.* Darunter gut lesbar die Straße. Er musste nun nur noch finden, wo genau das war.

Ein älterer Mann kam ihm am Wegesrand entgegen. Er sah freundlich aus und daher entschloss sich Gernot, ihn zu fragen. Es kostete ihn Überwindung, war er sich immer noch unsicher und hatte er immer noch ein wenig Angst vor der Sprache. Der ältere Mann sprach langsam mit ihm und so konnten sie sich gut auf Englisch verständigen. Die Lodge lag in einer parallel zur Hauptstraße verlaufenden Nebenstraße. Und der Alte warnte, die Hausnummern würden hier nicht der Reihe nach vergeben. „Zählen Sie nicht die Hausnummern. Fahren Sie solange geradeaus bis Sie das Schild der Lodge finden." Gernot bedankte sich und fuhr weiter.

Die Lodge lag wirklich schön ruhig in einer Seitenstraße. Nachdem er in der Rezeption an einem kleinen Glöckchen geklingelt hatte, kam eine Dame aus einem Nebenraum, zog bedächtig ihre Lesebrille von der Nase und fragte, was sie für Gernot tun könnte. Der sagte, dass auf seinen Namen, Gernot Markmeier, ein Zimmer gebucht sein müsste. Die ältere Dame strich sich den Faltenrock gerade, nahm vor dem Computer Platz und meinte entfesselnd lächelnd: „Wollen wir mal sehen, bin in diesen Dingen nicht ganz so fit wie mein Sohn, aber wir finden das schon."

Sie klickte ein wenig auf der Maus herum um dann kurz aufzumerken: „Da haben wir es ja, zwei Nächte mit der Option auf eine dritte Nacht. Bezahlt wurde es per Kreditkarte auch schon. Dann gebe ich Ihnen nur noch den Schlüssel und zeige Ihnen, wo es Frühstück gibt."

Die ältere Dame ging voran, schritt durch einen kleinen Garten, vorbei an einem Springbrunnen. Bald standen sie vor einem längeren Haus, in dem drei oder vier Hotelzimmer waren. Sie öffnete das letzte ganz hinten. Innen war alles sehr hübsch eingerichtet, typisch afrikanisch mit schwerem, schwarzen Holz ausgestattet. Dazu weiße Wände, ein wohltuender Kontrast. Gernot bedankte sich bei ihr und ließ sich aufs Bett fallen.

Dann kramte er sein Handy hervor und wählte Monas Nummer. Nach einigem Klingeln ging sie ran. „Hey Schatz, bist du in Springbok?", wollte sie von ihrem Freund wissen. „War sehr anstrengend die Fahrt, aber es ging. Ich habe in einem Kaff namens Port Nolloth Mittag gegessen."

Mona schwieg kurz. „Warst du bei Anita?", wollte sie wissen. „Woher weißt du das?", fragte Gernot überrascht nach. „Ich hab geraten, weil Anitas Taverne liegt direkt an der Durchfahrtsstraße Richtung

Süden und da kommt eigentlich jeder vorbei. Gibt eigentlich keinen anderen Laden in Port Nolloth."

Gernot fühlte sich fast ein wenig verfolgt. „Wo bist du jetzt?", wollte er von Mona wissen. „Wir sind gerade in Aus angekommen. Das ist nicht ganz auf halbem Weg zwischen Oranjemund und Windhoek. Da lebt ein Freund von Peter. Wir können hier übernachten. Morgen fahren wir dann zeitig weiter nach Windhoek. Dad scheint es besser zu gehen. Sie haben ihn heute operiert. Ich muss jetzt aber Schluss machen", sagte sie und legte nach einem *genieße deinen Abend, Darling* auf.

Gernot war erstaunt, dass Mona das Gespräch so rasch beendete und auch ein wenig verärgert darüber. Er hätte doch gern noch mehr erfahren. Wie es ihr ging... Wann sie zu kommen gedenke... Im Grunde erwartete er sich von seiner Freundin auch einen Plan für sich. Denn nun war er in Südafrika, in Springbok, dem Zentrum des Namakwa-Landes und dennoch war er hilflos wie ein kleines Kind.

Nach einer Weile musste er eingeschlafen sein. In einem wirren Traum erschien Mona, nackt durch ein Blumenmeer watend. Sie rief ihn. Er rief nach ihr. Aber sie fanden durch das Meer aus Blüten nicht zueinander. Plötzlich legte sich ein dunkler Schatten auf den zuvor noch wolkenfreien Himmel. Die orangefarben strahlenden Blüten des Blumenmeers erschienen mit einem Mal farblos und grau. Mona verbarg ihre zuvor noch so gern und freizügig zur Schau gestellte Nacktheit mit einem Mal hinter ängstlich vor die Brust gehaltenen Händen. Sie wand sich durch vom Wind hin und her gewehte Blumenreihen. Die Blumen schienen zu lachen, ein bitteres, blechernes und eisiges Lachen. „Mir ist kalt", rief Mona. „Ich fühle mich einsam", noch hinterher. Gernot aber war im Traum bewegungslos an etwas gefesselt. Es waren keine tatsächlichen Fesseln, es war einfach nur bedingungslose Bewegungslosigkeit. Er konnte nichts tun, sah tatenlos zu, wie Mona hilflos und dem Wetter ausgeliefert durch das graue Blumenmeer watete und im einsetzenden Regenschauer versank und unterging. Als sie verschwunden war, hörte er ihr Jammern dumpf und spitz. Bald wurde es abgelöst vom grauen Wehen des Windes und vom Geräusch peitschenden Regens durch das Blütenmeer. Dann begannen riesige Männer in blau-grauen Uniformen durch das Feld zu stapfen. „Wer sich ins Sperrgebiet wagt ohne zu fragen, der wird im Regen versinken. Und wer es wagt, im Sperrgebiet unsere Mona ins Bett zu zerren, der wird in aller Ewigkeit regungslos verharren." In diesem dreckigen Morast. Gernot erkannte im Traum die angsteinflößenden Typen aus dem Lokal in Port Nolloth wieder. Blinkend weiße Zähne lachten ein furchtbar mieses Lachen in einem schwarzen, eigentlich noch jungen Gesicht, das aber zerfurcht und vom Leben gezeichnet schien. Schwere Armeestiefel trampelten den Boden nieder. Blume für Blume wurde im Stiefelwahn niedergetreten und vom Regen vernichtet. „Mona", rief Gernot. „Fresse halten oder du siehst sie nie wieder", hallte es aus der Traumwelt zurück. „Mona, ich liebe dich doch", hörte Gernot sich wimmern. „Halt's Maul", bellte einer der Männer, riesenhaft vor ihm thronend. Gernot schien klein und hilflos. Dann tauchte Mona wieder auf. Sie war nicht mehr das schutzlos nackte Mädchen, das eben noch vom Regen und Wind verschluckt wurde. Sie war eine adrett gekleidete Frau. Die Kleidung erinnerte Gernot an Sabine, seine Ex. Sie schritt auf die beiden Riesen zu, drückte ihnen die Schultern beiseite. Gernot sah ihr liebliches Gesicht. Das Gesicht, das er in allen Lebenslagen so sehr lieben gelernt hatte. Wenn es lachte... Wenn es Sorgenfalten hatte... Wenn sich der Mund sanftmütig zum Kuss formte... Wenn es sich beim Liebesspiel den Nacken nach hinten gestreckt in ein Kissen wand um Lust in vollen Zügen zu genießen... Wenn es sich im ernsten Gespräch mit den Händen am Mund zu unterhalten schien... Dieses Gesicht hatte nun aber etwas Eisiges. Und Monas liebliche Stimme, das Singen und Surren ihrer Worte war fort. Sie hatte eine kratzige Stimme. Als hätte sie ihr Leben lang stark geraucht. Sie kratzte blechern in seine Richtung. „Und du, dummer Wurm höre mir nun genau zu, wer es wagt, eine Mona aus Oranjemund alleine zu lassen, der wird in diesem Morast aus Blüten, Erde und Blut versinken." Gernot wollte gerade fragen, was er Mona denn getan hatte, als er aufwachte und spürte, dass sein Herz raste.

Er richtete sich auf, brauchte einige Momente, bis er spürte, dass er alles wirklich nur geträumt hatte, dass es keine Hünen gab, die ihn verfolgten. Mona war nicht im Zimmer. Und schon dreimal nicht, diese hässlich-falsche Mona, die ihn krächzend anfunkelte. Es war ein wirrer Traum gewesen. Nichts weiter. Die Sorge, dass etwas im Gange war, das er nicht verstand, hatte ihn wohl um selbigen gebracht.

Vor dem Abendessen, das er in einem Schnellimbiss irgendwo in Springbok einnehmen würde, ging er noch an die Rezeption. Er wollte herausfinden, was der Schriftzug auf der Rückseite des Zettels zu bedeuten hatte. In der Zwischenzeit war dort ein junger Mann vor dem Computer. Es musste der Sohn sein, von dem die ältere Dame gesprochen hatte. Gernot gab ihm den Zettel und fragte, ob er sich einen Reim auf dieses Gekritzel machen konnte. „Nicht wirklich, aber das erste könnten Koordinaten sein und das andere eine Handynummer", meinte er und bot Gernot an, diese vermeintlichen Koordinaten mal in den

Rechner einzugeben. „Ich schau das mal nach, wenn Sie beim Essen sind", sagte er und nahm Gernot den Zettel ab.

Der schlenderte gemütlich durch das beschauliche Springbok. Er hatte bereits bei der ersten Durchfahrt gesehen, dass es in einer Art Ortskern ein paar kleine Schnellimbisse gab, dort ließ er sich nieder und bestellte sich etwas zu essen. Dann suchte er nach seinem Handy und rief Mona an.

„Du fehlst mir", sagte er und fügte noch hinzu: „Danke, dass du das Zimmer schon bezahlt hast."

„Das ist ja das Mindeste, was ich tun konnte", vernahm er Monas sanfte Stimme und war froh, dass sie nichts mit der Blechstimme aus dem Traum gemeinsam hatte.

„Was machst du heute Abend?", wollte sie weiter wissen. „Ich sitz' in so einer Imbissbude und dann gehe ich mit einem dicken Buch im Arm früh ins Bett."

Mona wirkte jetzt seltsam unterkühlt und abwesend. „Alles in Ordnung bei dir?", wollte Gernot von ihr wissen. „Na klar, es ist halt nicht einfach wegen Dad", erklärte sie sich.

Nach dem Essen spazierte Gernot durch das dunkle Springbok zurück zu seiner Pension und fühlte sich dabei nicht ganz wohl. Zu viele Schauergeschichten hatte er gehört. Von Überfällen. Von Angriffen auf Touristen. Von wilden Tieren. Er schauderte, aber musste dann doch wieder feststellen, dass dieser Flecken hier ziemlich friedlich schien und man seine Vorurteile über Bord werfen sollte, wenn man die Angst besiegen mochte.

Kurz vor der Pension kam ihm ein älterer Mann entgegen. Er stützte sich auf einen Gehstock und wirkte etwas gebrechlich. Als er fast bei Gernot war, hob er seine Schiebermütze und grinste ein breites zahnloses Lachen in seine Richtung. „Good night, Sir", sagte er freundlich und Gernot antwortete ebenso. In dem Moment rauschte an beiden ein Auto vorbei. Die Scheinwerfer blendeten Gernot und den Alten. Die Kiste klapperte und Gernot schimpfte dem Auto noch hinterher, so knapp war es an ihm und dem alten Mann vorbei gerast. Viel zu schnell, viel zu wild. „Solche Idioten", sagte Gernot halblaut. „Yes, idiots", grinste auch der Alte und sie gingen ihres Weges. Als sich Gernot noch einmal umdrehte, sah er das Auto in der Ferne verschwinden. Er meinte sich zu erinnern, dass er so eine Kiste an diesem Tag schon einmal gesehen hatte. Es war ein blaues Auto. Alt und klapperig. Es sah genauso aus wie der VW, den er in Port Nolloth gesehen und der zu den zwei düsteren Gestalten gehört hatte. „Scheint es hier in der Gegend öfters zu geben", dachte er sich.

Dann öffnete er das eiserne Eingangstor zu seiner Unterkunft, kraulte liebevoll die rotbraune Katze, die unter einem Blumentopf schwermütig ihren allabendlichen Platz eingenommen hatte und genau auf diese Streicheleinheit gewartet zu haben schien.

Der junge Mann an der Rezeption winkte Gernot schon zu als er ihn zwischen Bougainvillea und Hibiskus hindurch den Garten durch schlendern sah.

„Also diese Koordinaten hab ich ganz gut ermitteln können. Es ist ein Punkt direkt an der südafrikanisch-namibischen Grenze in der Nähe von Alexanderbay und Oranjemund drüben in Namibia. Südlich des Sperrgebiets. Nichts Besonderes."

„Liegt am Orange River", fügte er dann noch an. Gernot bedankte sich, ging auf sein Zimmer und schloss die Türe hinter sich.

Er konnte sich darauf keinen Reim machen. Koordinaten. Von einer Stelle irgendwo außerhalb von Oranjemund. Er wählte noch einmal Mons Nummer.
„Schatz, entschuldige, dass ich dich noch einmal störe. Auf der Rückseite des Zettels, auf dem du mir die Adresse von der Pension hier in Springbok notiert hast, sind komische Ziffern drauf. Ich war neugie-

rig. Das sind Koordinaten. Und wenn man das im Internet eingibt, kommt ein Punkt irgendwo zwischen Oranjemund und Alexander Bay heraus. Brauchst du diesen Zettel noch?"

Mona schwieg eine lange Sekunde und eine weitere Sekunde zu viel. „Alles in Ordnung?", hakte Gernot verunsichert noch. „Na klar", sagte Mona mit weicher, sanfter Stimme. „Ich hab' nur gerade überlegt, wie der Zettel zu dir kam."
„Das weiß ich auch nicht."
„Ich brauche diese Koordinaten aber auch nicht mehr."
„Was hat es denn damit auf sich?", wollte Gernot wissen.
„Das hat mir Peter neulich geschickt. Das ist eine Stelle am Orange River, an der Gariep Mündung. Dort gibt es tolle Fische zu fangen. Peter meinte, dass wir da hätten angeln gehen können."
„Dann ist es ja nicht schlimm, dass ich den Zettel habe", sagte Gernot beruhigt.
„Nicht die Bohne, wirf ihn weg", gab Mona zurück.

Sie versicherte ihm noch ein paar Mal ihre Sehnsucht nach ihm und meinte dann, jetzt schlafen gehen zu wollen.

„Gernot nahm den Zettel und stopfte ihn in die Hosentasche. Dort war bereits ein anderer Zettel. Auf dem stand die Nummer der Retterin aus der Kneipe in Oranjemund. Gernot überlegte kurz, ob er sich tatsächlich von Kapstadt aus bei Belinda Oosthuizen melden sollte. Es würde auch ein wenig von Mona abhängen, ob sie das wollte oder nicht.

Bald schlief er ein. Wieder träumte er wirr und verwirrt. Er kurvte mit einer blauen Jetta die Küstenstraße entlang. Er fühlte sich gejagt von dunklen Gestalten. Es waren dieselben Typen, die ihm schon im Traum am Nachmittag aufgelauert hatten. Diesmal aber fehlt die Blütenpracht des Namakwa-Landes. Alles war blau. Es schimmerte blau-grau der Atlantik. Es glänzte im gleißenden Sonnenlicht dunkelblau der Himmel. Es stach ins Auge der blau gepinselte Schriftzug von Anitas Taverne in Port Nolloth. Und Mona rief im Hintergrund mit ihrer fröhlich, sanften Stimme: „Beeile dich, bevor du zu spät kommst." Gernot rätselte im Traum... „Wieso zu spät kommen?", waberte es verzweifelt durch das nächtliche Dunkel. „Beeil' dich einfach", peitschte Mona ihn fort. Das Auto flog über die Straße. Wind pfiff. Es war frisch, aber nicht kalt. Seemöwen kreischten Kreise ziehend und Gernot auslachend über dem Fahrzeug, untermalten seine hektische Reise liebevoll mit ihrem krächzenden Husten. Sie stürzten sich wie Geier auf das Auto und stoben dann wieder nach Höhe lechzend davon. „Diese verdammten Vögel", hörte er sich sagen. „Die scheißen mir die ganze Windschutzscheibe voll." Mona lachte, schüttelte sich vor Lachen. „Als wäre das das Einzige, was dich plagt. Sieh zu, dass du vorwärts kommst. Bis Kapstadt ist es ein weiter Weg." Gernot träumte von endlos geraden Straßen. Und überall standen Wegweiser nach Kapstadt. Sie markierten die schnurgeraden Straßen ebenso wie die gewundenen Küstenlinien. Überall, allüberall standen diese beschissenen Wegweiser nach Kapstadt. „Kapstadt, 1.000 Kilometer", stand auf dem ersten. „Kapstadt, 90 Meilen", auf dem zweiten. Dazwischen einer mit der Aufschrift: „Kapstadt: weiter als bis zum Mond" und dahinter einer: „Kapstadt: näher als deine Liebste." Gernot spürte, dass er fortgetrieben wurde von seiner Mona. Alleine in Richtung Kap. Allein, allein, so mutterseelenallein, begleitet nur von einem Konzert der nimmermüden weißen Seemöwen, die ihn auslachten und sich lustig machten.

11

Die Sonne brannte vom Himmel des Namakwa-Landes. Gernot hatte gut gefrühstückt und sich in der Rezeption von der alten Dame verabschiedet. „Mache alleine einen Ausflug in den Nationalpark", hatte er gesagt und sie hatte geantwortet, dass es eine wunderbare Idee sei, sich das Blütenmeer anzusehen.

Er fuhr in Richtung Süden immer der Linie der N7 folgend. Bald erreichte er einen Ort namens Kamieskroon. Verschlafen. Nett und freundlich. Eine Ansammlung einiger weniger Häuser. Eine Kirche. Eine Straße. Dazwischen ein völlig kunterbunter Garten: ein Café. Er stieg aus, nahm Platz an einem bunten Holztisch auf einem ebenso bunten, wackeligen Holzstuhl. Der Garten schimmerte in allen Farben - nicht alleine, weil allerlei Krimskrams ausgestellt war, sondern weil die Blüten des Namakwa-Landes auch hier schon ihre Leuchtkraft entfalteten. Gelb, Orange und Weiß. Er bestellte einen Cappuccino und ein Cookie. Der nette Besitzer setzte sich zu ihm. Zeigte ihm auf einer Landkarte wie er zum Nationalpark gelangen würde. Hinter dem Garten dieses Cafés rosteten alte Autowracks. Das ganze Dorf ein Relikt aus früheren Zeiten.

„Für vier Wochen im Jahr sind wir nicht von dieser Welt, sondern direkt dem Paradies entsprungen", erklärte der Mann. Gernot stimmte zu, machte ein paar Bilder mit dem Handy und schickte Mona eines.

Er trank den Kaffee aus, zahlte und bedankte sich für den netten Ratschlag, wie er nun am besten in den Nationalpark kam. Es war eine holprige Angelegenheit. Die Straße wurde zum Weg und Peters Wagen rumpelte durch Schlaglöcher.

Immer wieder stoppte Gernot. Ihm blieb nichts anderes übrig als stehenzubleiben. Nicht, weil die Straße so dermaßen schlecht gewesen wäre, sondern weil das Namakwa-Land ihn so in den Bann zog. So weit das Auge reichte erstreckten sich orangefarbene Blütenteppiche. In alle Unendlichkeit. Tatsächlich nicht von dieser Welt! „Unfassbar himmlisch schön", tippte er in sein Handy und drückte auf senden. Es war eine Nachricht an Mona und dann noch zwei Fotos mit demselben Text für Ted. Der musste nun endlich auch einmal neidisch gemacht werden.

Bald erreichte er den Eingang des Nationalparks. Stellte den Wagen ab, zahlte den Eintritt und spazierte ein wenig umher. Es gab eine kleine Gaststätte, zwei Toilettenhäuschen und zwei weitere Gebäude, die nicht für die Öffentlichkeit bestimmt waren. Vor einem war eine kleine Holztreppe, nur drei Stufen. Darauf saßen vier Arbeiterinnen, die sich lachend und feixend ihrer Mittagspause erfreuten. Sie grüßten Gernot und der winkte zurück. Die Freundlichkeit überraschte ihn immer wieder.

Es gab Wanderwege durch das Blumenmeer. Er wollte eintauchen und eins werden mit diesem Blendwerk der Natur. Die Sonne am Himmel brannte auf die Erde nieder und das gleißende Licht quälte die Augen, wenngleich das satte Orange für alles entschädigte. In dem kleinen Lokal bestellte Gernot bei einer jungen Afrikanerin eine Portion Pfannkuchen mit Zucker, Zimt und Marmelade, eine Tasse Tee und eine kleine Flasche Wasser. Ein paar junger Eltern hatte alle Mühen ihrem Söhnchen hinterher zu springen. Sie sprachen deutsch miteinander. Gernot wurde von dem kleinen Sonnenschein zweimal angerempelt. Der Vater entschuldigte sich sofort. „Ach, das ist doch nicht schlimm", sagte Gernot. Selbst hatte er nie Kinder großgezogen. Etwas, das fehlte. Mit Mona würde das noch gehen, kam ihm in den Sinn. Das kleine Energiebündel sprang durch die Blumenwiese und ließ sich nur ab und an einen Bissen Pfannkuchen in den Mund schieben. Gernot schmunzelte. Die Mutter aß in Ruhe, der Vater eilte dem Buben nach. „Kommt ihr auch aus Deutschland", fragte Gernot. Der Mann nickte. „Aus München." Gernot entfuhr ein breites Lächeln. „Die schönste Stadt Deutschlands", sagte er. „Ich bin auch aus München", meinte er dann triumphierend. Man beschwor gemeinsam die Herrlichkeiten Schwabings, den Zauber der Abendstimmung am Viktualienmarkt, roch gemeinsam die regennassen Rasen des Englischen Gartens, lästerte über das Gehabe der Reichen und Schönen in der Maximilianstraße, ehe man sich dann darauf besann, dass man doch gerade inmitten des Paradieses war. Vater und Mutter fanden eine Sekunde Zeit, die Blumenpracht zu genießen, ehe der Balg erneut durch einen Zaun entkam, auf den einzigen Weg weit und breit gelangte und entwischte. Diesmal eilte die Mutter hinterher und kam zusammen mit dem Jungen auf dem Arm - der in der Zwischenzeit lachte und quiekte und ein Spiel daraus gemacht hatte, wenn er durch das orange Blütenmeer entwischen konnte - wieder zurück.

Gernot bedankte sich bei der jungen Bedienung für die wunderbaren Pfannkuchen, verabschiedete sich bei den Münchnern mit einem *Servus zusammen, man sieht sich dann im Herbst auf dem Oktoberfest* und schlenderte davon in Richtung des Meeres aus allen Orangetönen. Er dachte noch bei sich, dass wohl weder er, noch die junge Münchner Familie auf das Oktoberfest gehen würden. Er nicht, weil es ihm zu laut und zu voll dort war. Sie nicht, weil man selten mit einem so kleinen Knirps den Stress auf sich nahm, die *Wiesn* zu besuchen.

Dann wanderte er in die weiten Felder hinein. Man mochte es kaum glauben, soweit das Auge reichte: nur orangefarbene Blüten. Sie funkelten im Sonnenlicht. Wo war seine Mona? Warum durfte er sie bei dieser Pracht nicht in die Arme schließen? Einen süßen Kuss auf ihre Lippen... In dieser herrlichen Landschaft wäre es die Krönung ihrer jungen Beziehung gewesen. Aber sie war nicht da, saß in Windhoek am Krankenbett ihres Vaters und wartete auf grünes Licht, um bei ihm zu sein - hier im Paradies des Namakwa-Landes.

Gernot knipste ein Foto nach dem anderen. Blütenmeere. Blütenteppiche. Einzelne Blumenausschnitte. Mal mit einem Schmetterling - kaum, dass man ihn wahrnehmen konnte. Mal mit einem Baum im Hintergrund.

Die Stille gefiel Gernot gut. Weit und breit keine Menschenseele. Keine wandernden Touristen, die sich den Nationalpark erschlossen. Keine Familien, die inmitten dieses Naturwunders picknickten oder Fußball spielten. Stille. Bis auf ein paar kreischende Vögel hoch über sich und einige plärrende Zikaden, die ihr ewig monotones Surren abspulten, vernahm Gernot nichts, das ihn störte.

Die Ruhe breitete sich alsbald auch in ihm aus. Er spürte mit einem Mal wie gut es seiner Seele tat, diesen inneren Frieden zu spüren. Und von einem Augenblick auf den anderen störte es auch nicht, dass er diesen Moment nun ohne Mona verbringen musste. Es war wie es war und es war gut so.

*

Gernot hatte überhaupt nicht mehr auf die Uhr geschaut, so versunken war er in die Ruhe des Landstrichs rund um ihn herum. Das kleine Gehöft mit dem Lokal war nur mehr ein kleiner Punkt in einem Tal. Er hatte sich ganz schön weit fort bewegt. Ein Blick auf die Uhr verriet, dass er sich sputen musste, wollte er das Gate des Nationalparks noch vor dem Schließen erreichen. Und er hatte keine Ahnung, was passieren würde, käme er zu spät.

Gernot stapfte nun strammen Schrittes durch die Blütenwelt, immer darauf bedacht, die Blumen nicht zu zertreten. Die kleinen Wege durch das Labyrinth waren ausgeschildert mit kleinen Hinweistafeln am Boden. Hier lang und nur hier lang!

Es stand ein magischer Sonnenuntergang bevor, der sich bereits ankündigte und das Land in noch kräftigere Farben tauchte. Sein Handy fiepte. Gernot zog es aus der Hosentasche. Eigentlich hatte er keine Zeit jetzt, denn er sollte sich so rasch es ging in Richtung Auto bewegen. Aber wenn es Mona war? Und tatsächlich, sie hatte ihm eine SMS-Nachricht geschickt. „Sieht gut aus. Komme bald nach Springbok. Noch im Namakwa National Park? Hab' ich zuviel versprochen? Kuss, Mona." Er versuchte beim Gehen eine Antwort zu schreiben. Das misslang aber. „Bun npch unterqegs. Bust du scjon zurück in Oranjwmunf?" Er stolperte weiter. Die kleinen Häuschen kamen näher und wurden größer. Gernot erblickte zwei Ranger hinter einem der Häuser. Sie langweilten sich in der späten Nachmittagssonne. Vor dem kleinen Gasthaus räumten andere auf. Und vor dem Haupthaus tummelten sich die Männer und Frauen und gingen geschäftig einer Arbeit nach. Vielleicht noch zehn Minuten bis zum Auto... Wieder piepte das Handy. „Bin alleine zurück nach Oranje geflogen. Genieße das Blütenmeer. M."

Der Gedanke, dass er Mona morgen wieder sehen würde, ließ sein Herz hüpfen. Noch eine Biegung und er war wieder auf der Geraden vor den Häusern. Touristen waren keine mehr zu sehen. Sein Wagen stand alleine auf dem kleinen Parkplatz.

Gernot schloss das Auto auf, setzte sich auf den Fahrersitz und atmete tief durch. Er startete den Motor und fuhr in Richtung Gate. Es waren vielleicht fünfhundert Meter bis zum Ende des Nationalparks. Dort saß gelangweilt ein Ranger in einer beigefarbenen Uniform in seiner Hütte und winkte. Gernot stoppte den Wagen und grüßte. „Sorry, ich bin etwas spät", sagte er. Der Ranger machte eine abfällige Handbewegung. „No worries, Sir!", lachte er ihn an und ließ hinter ihm die Schranke auf die Balken klirren, dass es Gernot auch im Wagen aus einiger Entfernung noch hören und durch den Rückspiegel sehen konnte.

Er war also der letzte Gast des Tages gewesen. Aber er hatte dieses paradiesische Blütenmeer bis zum letzten Moment auskosten müssen. Hatte ein Bild nach dem anderen schießen müssen. Sich statt sehen müssen an all den Farbnuancen. Riechen und fühlen. Es war etwas so ganz anderes als zu Hause in München. Ja, er kannte die gelben Rapsfelder daheim oder das ein oder andere Sonnenblumenfeld, aber nichts kam an diese Pracht heran.

Gernot dachte über das einfache Leben der Menschen in dieser Gegend nach, als ihm auffiel, dass aus einem Seitenweg ein Auto auf die Straße abgebogen kam, das mächtig Staub aufwirbelte. Erst beachtete er es kaum, dann aber spürte er bei einem weiteren Blick in den Rückspiegel, dass ihm Adrenalin in die Adern schoss. Es war ein blauer VW Jetta. Es war *die* Jetta! Das konnte kein Zufall mehr sein. Gernot bekam es mit der Angst zu tun. Der VW kam näher und näher. Gernot überlegte kurz, ob er selbst Gas geben sollte. Die Straße war schlecht, nicht geteert und staubig, schmal. Voller Schlaglöcher. Bis zur N7 bei Kamieskroon waren es noch gut und gerne vierzig Minuten Fahrt. Gernot schloss vorsorglich die Fahrertür und beugte sich zur Beifahrerseite um auch hier den Knopf zu drücken. Dabei agierte er so hektisch, dass der Wagen fast ins Schlingern geriet. „Was soll der Scheiß", sagte er laut vor sich hin.

Immer wieder kontrollierte er im Rückspiegel den Abstand zwischen sich und der blauen Jetta. Noch konnte er die Fahrer nicht erkennen, aber er wusste, es mussten diese hässlichen Typen aus Anitas Taverne in Port Nolloth gewesen sein, die ihn schon in seinen Träumen verfolgt hatten. Er gab Gas. Kein Navi. Hätte er eines gehabt, hätte er wenigstens gewusst, wie weit es noch bis in dieses Kaff ist, wo er in dem netten Café gesessen hatte. Kamieskroon. Die Leute hätten ihm sicherlich geholfen und die Typen verjagt. Wo war seine Mona?

Ein weiterer Blick in den Rückspiegel und Gernot hatte Gewissheit. Es war der Volkswagen aus Port Nolloth und er erkannte nun auch die Typen. Die zwei unsympathischen Gangster aus dem Lokal, die sich so großspurig verhalten hatten. Ihm war sofort klar, dass sie hinter ihm her sein mussten. Warum, wusste er nicht. Aber hatte der eine nicht schon in Anitas Taverne grimmig dauernd zu seinem Tisch gegafft? Und der andere andauernd seinen Platz gemustert? Den gefüllten Tintenfisch vom anderen Tisch aus seziert? Den Inhalt der Geldbörse beäugt, obwohl diese gut verstaut in der Hosentasche aufbewahrt war?

Die Straße war eng an dieser Stelle und das Schlimme war, niemand war weit und breit zu sehen. Kein Traktorfahrer, der unterwegs von einem Feld zu einer Farm etwas hätte bemerken können. Er musste Mona anrufen. Während er einhändig das Steuer in der Hand hielt, über die Schotterpiste schaukelte und im Nacken schon das Blau des Wagens spürte, wählte er ihre Nummer. „Mona", keuchte er ins Handy, „ich werde verfolgt. Ich hab die Typen gestern schon in Port Nolloth gesehen. Dann ist mir das Auto in Springbok aufgefallen. Ein blauer, uralter VW Jetta."

Am anderen Ende der Leitung war erst einmal Stille. „So ein Quatsch", entgegnete Mona kühl, so als würde es sie mächtig nerven, dass der ängstliche

Freund anrief um Hilfe von ihr einzufordern. Gernot war klar, dass sie unendlich weit weg war. Er hatte auch keine Lösung von ihr erwartet, aber vielleicht diesen einen Tipp: „Fahr langsam auf die N7. Rase nicht, das macht die Sache noch gefährlicher. Und wenn du in Kamieskroon an der N7 bist, werden sie dich schon in Ruhe lassen. Außerdem bin ich mir sicher, dass niemand etwas von dir will in dieser gottverlassenen Gegend da draußen."

Gernot bedankte sich. „Mona, ich hab ein wenig Angst", fügte er noch an.
„Brauchst du, denke ich, nicht zu haben", gab sie zurück und legte auf.

Im Rückspiegel sah er die grimmigen Gestalten. Sie setzten mit ihrer Jetta zu einem Überholmanöver an. Der Beifahrer griff zu einem Handy und telefonierte. Nickte. Einmal. Nickte zweimal. Sie kamen näher. Zwischen der Jetta und Gernots Allradwagen war kaum eine Handbreit Platz. Gernot bremste. Die beiden hatten das Fenster heruntergekurbelt. Und winkten. Was sollte er tun? Er würde im Auto erst einmal sicher sein, dachte er bei sich. Sie bremsten ihn aus. Blieben vor ihm stehen. Fast gleichzeitig öffneten die Kerle die Türen und sprangen aus dem Auto. „Mach die Tür auf, Idiot", rief der eine an seiner Fahrertür.

Gernot hatte Angst. Unbeschreibliche Angst. Angst um sein Leben. Der Typ vor seinem Fenster fuchtelte mit einem Messer herum. War also bewaffnet. War es nun klug, das Fenster geschlossen zu halten? Wenn sich der Typ erst Zugang zum Auto verschaffen müsste, wäre er womöglich noch aggressiver, als wenn Gernot gleich die Türe öffnete. „Verpisst euch!", schrie er nach draußen. „Oh, oh, oh, da hat einer aber eine vorlaute Klappe", kam es auf Englisch zurück.

Der andere Kerl hatte den Wagen umrundet und zerrte an der Beifahrertür. Gernot war in diesem Moment zwar voller Sorge, fühlte sich aber noch halbwegs sicher. Er hatte den Wagen in letzter Sekunde verriegelt. Die Kerle kamen nicht rein. Der Grimmige an der Beifahrertür hatte eine hässliche Brandwunde am Arm. Der Arm war weißlich und sah übel mitgenommen aus. Der andere Kerl hatte gelblich-wässrige Augen und einen Stoppelbart. Es waren die Typen aus dem Lokal. Er erkannte sie sofort wieder. Hässliche Gestalten. Hatte nicht auch der Mann vom Tresen diese Typen *seltsam* genannt?

Sie klopften wie wild an Gernots Wagentür. Nun zog der an der Beifahrerseite eine Waffe. Es war eine Pistole. Keine besonders moderne, eher eine Waffe im Wildweststil. Aber sie schien geladen. Er entsicherte sie und hielt sie auf die Scheibe gerichtet. „Entweder du machst die Tür jetzt auf, Kumpel, oder du bekommst neben einer Kugel in den Kopf noch ein paar Glassplitter zum Abschied in dein Gehirn gepustet."

Nun musste Gernot in Windeseile handeln. Er hatte keinen blassen Schimmer. Hält die Scheibe eine Kugel ab? Würde er hier heil rauskommen, wenn er nun den Helden spielte? „Was wollt ihr denn von mir?", fragte er erschrocken zurück. „Das klären wir dann", fauchte der Overall an der Fahrertür und klopfte wieder angsteinflößend gegen die Autotür.

Gernot gab nach. Es machte keinen Sinn, den Helden zu markieren. Am Ende würden sie ihm tatsächlich noch eine Kugel in den Kopf jagen! Diese Reise hatte so herrlich begonnen und dieser Tag war so friedlich gewesen... Nun würde er aber in einem Drama enden. Gernot spürte, wie es kalt wurde um ihn herum. Das Herz schlug heftig. Es platzte fast an den Adern aus dem Körper heraus. Alles stand unter Strom. Er fühlte eine panische Anspannung. Langsam wie in Zeitlupe öffnete er die Verriegelung der Autotür und wollte sie ebenso langsam öffnen. Dazu aber ließ ihm der Rangerverschnitt mit dem Stoppelbart keine Zeit. Der riss an der Tür, ruckartig sprang sie auf, so heftig, dass Gernot kurze Zeit dachte, sie würde überdehnt und aus den Angeln gerissen werden. Er wollte schon rufen, dass es Peters Wagen sei und man mit einem geliehenen Auto nicht so umging. Das aber würde die Räuber – es waren doch Räuber? – nicht die Bohne interessieren. Dann spürte Gernot einen kräftigen Schlag in der Seite. Es fühlte sich noch kälter an und irgendwie waberte er durch einen seichten Fluss. Um ihm herum tanzten sanft die orangefarbenen Blumen im Meer aus tausend Lichtern. Dann knipste einer in dieser mehlig-klebrigen Märchenlandschaft einfach unsanft das Licht aus und da war einfach nur noch dunkle Tiefe und endlose Stille.

12

Wo Gernot war, konnte er nicht sagen. Aber dass er noch am Leben war, das spürte er nun. Es schmerzten die Knochen am Rücken. Sein Kopf tat höllisch weh. Die Nase musste auch etwas abbekommen haben. Im Mund hatte er den metallischen Geschmack von Blut. Seine Gedanken wollten noch nicht alles ordnen. Er sammelte sich. Und sah sich um.

Es war eine Art Schuppen. Er saß in einer Ecke. Die Hände verbunden. Daher schmerzten auch sie so sehr. Gernot konnte sich nicht richtig bewegen. „Verschissenes Fleckchen Erde, bepisste Scheiße", fluchte er völlig ungewohnt und erschrak sofort über sich selbst. „Ist da jemand", rief er dann laut.

Es war dunkel in diesem Schuppen. Nur durch eine kleinen Spalt fiel etwas Licht. Aber es war so wenig, dass Gernot daraus schloss: es musste bereits Nacht sein. Das Bisschen kam vom Mondschein. Aufstehen konnte er nicht, denn über seinen Beinen lag eine Eisenstange. Die war irgendwo festgeklemmt. Und mit den Händen kam er da nicht ran, weil sie hinter dem Rücken zusammengebunden waren. Es tat alles höllisch weh. Sich auch nur einen Millimeter zu bewegen – unmöglich. Da es an den Händen kratzte, war es wohl ein Band oder eine Schnur. Im Kopf surrten tausend Nägel, die mit tausend Insekten einen giftigen Kampf austrugen. Es schwirrte und surrte und dazwischen blitzten gerade Gedanken. Warum war er hier? Was wollten diese Typen von ihm?

Er versuchte erneut zu rufen. Der erste Schrei erstickte im Keim; Gernot war zu schwach. Spuckte ein wenig Blut aus und zog erst einmal tief Luft in die Lungen. Auch hier Schmerzen: der Brustkorb fühlte sich an wie mit einem Zentner schweren Kartoffelsack beladen. Die Rippen mussten geprellt, gebrochen oder in kleine Stücke zerhackt worden sein. Mit dem Ellenbogen versuchte er an der Hosentasche zu kratzen. Dort war sein Geldbeutel. Fort! Sie waren also auf seine Kohle aus gewesen. „Hab ich mir es doch gedacht", flüsterte er leise vor sich hin, ehe er lauthals „Dreckspack" in Richtung des Mondscheinlochs schrie.

Dann überkam ihn erneut schwere Müdigkeit. Der Schmerz schaltete Gernots Körper von alleine auf Sparflamme. Wie ein nasser Sack mit zerbrochenen Knochen, geborstenem Schädel, zerrissenen Sehnen und verwirrtem Kopf lag er halb lebendig, halb tot in der Ecke.

Als am Morgen die Sonnenstrahlen das Leben zurückbrachten, wachte auch Gernot wieder auf. Erneut sortierte er, was von ihm übrig war. Wackelte mit den Füßen um zu sehen, ob sie ihn verlassen hatten. Alles bewegte sich. Auch wenn es schmerzte, die Gliedmaßen funktionierten noch. „Hilfe", schrie er, jetzt kräftiger als in der Nacht. „Hilfe, verdammt nochmal", ein weiterer Ruf durch den Schuppen.

Durch das Loch nach draußen fiel nun mehr Licht. Es war dennoch duster und schummrig. Gernot erkannte Geräte. Spaten, Schaufel. Es war ihm als wäre er auf einer Farm gefangen genommen worden. Nur wo? Hatten die beiden Kerle ihn niedergestreckt und dann unweit der Stelle, wo sie ihn gestoppt hatten, versteckt oder waren sie noch weit gefahren?

Gernot hatte keine Ahnung. Er schrie und schrie, ohne Unterlass folgte ein *Helft mir doch endlich!* dem anderen.

Er hörte Schritte vor dem Schuppen. Ein Schatten kam energischen Schrittes auf das kleine Holzgebäude zu. Schwere Schritte. Der Kerl mit den gelblich unterlaufenen Augen drückte kraftvoll die Türe auf. In der Hand einen Teller und in der anderen die Knarre vom Vortag.

„Halt die Fresse, Kumpel, hier hört dich vielleicht eine taube Fledermaus, die an der Decke der Scheune baumelt, aber sonst nichts und niemand. Also, Klappe! Kapiert?" Gernot spürte wie der Typ sich vor ihm drohend aufbäumte und zu einem hässlichen Schlag in die Magengrube ausholte. Er hielt die Luft an und statt eines Tons, kam aus seinem Mund nur ein gequältes Zischen und Ziepen. Gernot nickte. „Alles klar, hab schon verstanden", sagte er unterwürfig und kleinlaut.

Auf dem Teller lag ein aufgeschnittener Apfel und ein trockenes Stück Toastbrot. „Iss!", befahl der Kerl, der in seinen Stiefeln mit Stahlkappe ganz schönen Eindruck auf Gernot machte. „Mehr gibt's heute nicht." Außer dem Weiß der Zähne und den Stiefelspitzen war von Gernots Gefängniswärter nur wenig zu erkennen im Dunkel des Raums.

Gernot hatte keinen Hunger. Er fühlte eine schmerzhafte Leere im ganzen Körper. Aber er hatte Durst. „Wasser", sagte er jammernd. „Bitte, Wasser", ein weiteres Mal.

Der Kriminelle, der sich mit einem Fuß nun auf die Eisenstange über Gernots Beine gestellt hatte, sodass die Stange noch schlimmer auf das Bein drückte und höllische Schmerzen verursachte, meinte nur abfällig: „Trink doch deine Pisse, wenn du Durst hast." Dann verschwand er.

Gernot war geschockt. Was hatte er diesen Typen getan? Oder vielmehr: Was hatte er zu bieten, dass sie sich genau ihn ausgesucht hatten?

Mona! Er musste endlich Mona erreichen. Die würde die Polizei einschalten und sich darum kümmern, dass diese Mistkerle bald schon hinter Schloss und Riegel landen würden. Mona würde ihn hier rausholen. Aber dazu musste er irgendwie an ein Telefon kommen. Monas deutsche Handynummer wusste er auswendig und er wusste auch, dass ihr deutsches Handy in Namibia funktioniert hatte.

Es waren qualvolle Stunden, die er sitzend zubrachte. Unbeweglich eingepfercht unter einer Eisenstange, gefesselt. Wieder und wieder überlegte er, ob er schreien sollte. Aber er ließ es, zu groß war die Angst, dass der Kerl zurückkam und ihm einen Stoß in die Magengrube versetzen würde.

Irgendwann kam der andere Mann in den Schuppen. „Buffalo hat gesagt, du willst was trinken", krächzte der Sehnenmann mit einer brennenden Zigarette im Gesicht. Gernot fielen die Verbrennungen am

Arm nun noch deutlicher ins Auge als am Vortag. Sie schimmerten weißlich.

In der anderen Hand hielt er eine Flasche Wasser. Die stellte er nun vor Gernot ab. „Trink, wenn du Durst hast", lachte er ein mieses, unverschämtes und arrogant-überhebliches Lachen.

Gernot konnte nicht. Die Kehle brannte. Er hatte seit dem Vortag nichts mehr getrunken. Er fühlte, wie er schwächer wurde. Er dehydrierte langsam. Aber das Wasser war unerreichbar. Es fehlte die Kraft, um die Fesseln zu lösen. Die Beine konnten die Flasche zwar erreichen, aber sie waren so stark in ihrer Bewegung eingeschränkt, dass Gernot die Flasche sofort umgestoßen hätte und damit das kostbare Nass dahin gewesen wäre.

Der Sehnenmann ging wieder aus dem Schuppen, ließ die Tür krachend zufallen und man hörte wie er einen Riegel vorschob. Dann sprach er laut und deutlich mit dem anderen. Der Gelbäugige hieß also Buffalo. Ein Büffel. „Ein wilder und ungezähmter Büffel", dachte Gernot bei sich.

Er musste die Eisenstange lösen. Die Beine waren kurz nach den Schuhen auf den Boden gedrückt. Die Stange übte großen Druck aus. Gernot betrachtete sich die Konstruktion genauer. Die Stange war mit Schraubzwingen links und rechts an einem Eisengestell und einem Fuß einer Art Werkbank befestigt. Das sah alles leider recht stabil aus. „Und ich hab nichts von der Aktion mitbekommen. Die müssen mich so dermaßen vermöbelt haben", dachte er kurz. Dann suchte er erneut fieberhaft nach einer Lösung, wie er aus der misslichen Lage herauskommen sollte. Die Beine konnte er kaum bewegen. Ein wenig nach links, ein wenig nach rechts. Etwas nach vorne schieben. An eine ganze Drehbewegung war nicht zu denken. Wenn er sie doch nur seitlich unter der Stange hindurch drehen konnte!

Dann versuchte er es mit den Händen. Er riss trotz der Schmerzen an der Fessel. Wenn er seinen Oberkörper ganz weit nach links drehte, erkannte er im Schein des einfallenden Sonnenlichts, dass es eine Art Strick war, die seine Hände eng an den Handgelenken zusammenband. Der Strick selbst war dann noch einmal festgebunden - an der Wand in einem Ring oder auch an dieser Werkbank. Auch das sah insgesamt ziemlich stabil aus und machte nicht den Eindruck, als dass Gernot hier leichtes Spiel haben würde.

In Kinofilmen gab es nun immer die Szenen, wo der unschuldig Gefangene an eine Feile, ein Messer oder sonst irgendein Werkzeug kommt, um sich zu befreien. Aber es war kein Kinofilm. Es war die schmerzhafte, bittere und unwirtliche Realität.

Vor ihm im Abstand von vielleicht einem knappen Meter stand auf einem kleinen Schemel der Teller mit dem Apfel und dem Toast. Auch dort kam er nicht hin.

Draußen hörte er die Männer lachen. Es war wie das Knurren von Hunden. Bösartig. Lästernd. An Ketten gelegt und aus sicherem Abstand zu ertragen, nicht aber losgelöst und freigelassen. Bewaffnet mit Messern und Pistolen waren diese Hunde eine Gefahr.

Gernot hörte nun tatsächlich einen Hund knurren. Er musste unweit des Schuppens im Freien liegen. Man hörte ihn leise ab und an auf und ab trappeln. „Freiheit", dachte sich Gernot. Dieser Hund hatte mehr Freiheit als er im Moment und ihm wurde wieder bewusst, dass sein letztes Fünkchen Freiheit - das Leben an sich - in akuter Gefahr war.

Er lugte vorsichtig durch den Spalt, der das Licht ins Innere transportierte. Es war fast nichts zu sehen. Irgendwo klingelte ein Handy. Er hörte, wie der Typ, der sich Buffalo nannte, ranging und zu sprechen begann.

Plötzlich hielt Gernot inne. Es durchfuhr ihn ein stiller Schmerz als hätte ihn eine Kugel mitten ins Herz, ins Mark seiner Seele getroffen. Der Kerl hatte klar und deutlich den Namen *Mona* ausgesprochen. Gernot passte auf, um einzelne Worte zu verstehen. Buffalo sprach ein seltsames Englisch.

„Du bist der Boss, Mona Darling", verstand Gernot. *Mona Darling...* es hämmerte in seinem Kopf. Es ätzte ihm den Verstand aus dem Gehirn. Ein dumpfer Würgereiz trieb sich einen Weg vom Innersten des Magens zum Mund, der ausgebrannt und leer war.

Mona! Mona! Seine Mona! Steckte sie am Ende mit diesen beiden Verbrechern unter einer Decke? Wer waren diese Kerle und was wollten sie von ihm und was hatte Mona damit zu tun?

„Nein, der ist in der Scheune und hält die Fresse", sagte Buffalo nun. Dann war Ruhe. Scheinbar bekam er Anweisungen. War es tatsächlich Mona, die mit Buffalo sprach? Der Gelbunterlaufene konnte doch nicht ihr Komplize sein? Und wenn ja, welche Rolle spielte dann Gernot in diesem hässlichen Spiel?

„Viktor kommt morgen, ich hab's verstanden", sagte Buffalo nun und rief nach dem anderen. Da der nicht zu reagieren schien, kam noch einmal ein lauter Schrei hinterher. „Chuck, wo steckst du?"

Der andere also hieß Chuck. Als wären die beiden nicht schon grässliche Gestalten an sich gewesen, sie mussten auch noch wie in einem schlechten amerikanischen Action-Film Buffalo und Chuck heißen!

Was aber viel bedeutsamer für Gernot war: Er hatte nun auch noch den Namen *Viktor* herausgehört. Und damit war nun der letzte Zweifel ausgeräumt.

Mona hatte irgendein böses Spiel mit ihm gespielt. Das herrliche Safari-Erlebnis Afrika verkam zu einem Krimi und er war mitten drin - und in Gefahr.

Sabine hatte ihn verlassen und er glaubte mit der jungen Frau aus Namibia einen richtigen Neuanfang gewagt zu haben. Aber der Neuanfang endete nun in einem Desaster. Er war wohl ausgenutzt worden. Viktor war also kein ehemaliger Kollege, der ein Alkoholproblem hatte, Viktor war Monas Komplize. Nur für was?

Gernot hatte tatsächlich keinen blassen Schimmer, welche Rolle er in diesem Krimi spielte. Er war sich nur sicher, dass irgend etwas vor sich ging, wovon er keine Kenntnis haben sollte. Er konnte aber auch kaum darüber nachdenken, was dies war, denn alles schmerzte und je länger er nichts zu trinken hatte, umso schwieriger wurde es für ihn, einen klaren Gedanken zu formulieren.

13

Dunkelheit hüllte den Schuppen ein. Gernot spürte noch deutlicher als in der Nacht zuvor die Schmerzen. Die Räuber hatten ihn einfach sitzen lassen. Ihm wurde bewusst, dass er nicht mehr lange durchhalten würde, gelänge es ihm nicht, an das Wasser und den Apfel zu kommen.

Waren diese Kerle wirklich so sadistisch oder einfach nur grandios dumm? Der Unterschied war ihm in seiner misslichen Lage einfach nur scheißegal. Gernot musste an das Wasser kommen, koste es, was es wolle. Und er wusste auch, er durfte dabei nicht auffallen.

Die Nacht war finster. Kein Mondschein erfüllte diesmal den Schuppen. Scheinbar hatten sich dunkle Wolken vor den Mond geschoben. Draußen herrschte beängstigende Stille. Nur ab und an hörte Gernot einen Hund bellen. Dann knarzte es vor dem Holzschuppen etwas. Der Wachhund vor seinem Gefängnis musste also noch da sein um über ihn zu wachen.

Gernot hatte mittlerweile ein klareres Bild seiner Lage gezeichnet. Mona hatte entweder von Anfang an ein übles Spiel mit ihm gespielt oder aber in der Zwischenzeit den Einfall gehabt, ihn zu benutzen. Aber für was genau? Es konnte sich nur um Schmuggel handeln. Vermutlich fanden die Kerle in Peters Wagen längst, wonach sie gesucht hatten.

Dann wäre er aber nicht mehr interessant für sie. Sie könnten ihn eigentlich laufen lassen. Gernot fühlte sich schrecklich alleingelassen. Sein Herz schrie nach seiner geliebten Mona, die ihm diesen Kontinent zeigen wollte. Sie hatte ihn hier her gebracht. Ihre Nähe hatte er die ganzen letzten Monate so sehr genossen. Ihre nassen Haare so gerne gerochen. Ihre nackte Haut so gerne gespürt. Ihr tiefer Blick hatte ihn so selig gemacht. Monas Stimme konnte ihn verzaubern. Ihre langen Beine hatten ihn ein ums andere Mal um den Verstand gebracht. Ihre Art, die Hände beim Sprechen zu benutzen, liebte er. Und nun krachte dieses Traumschloss vom gemeinsamen Leben mit dieser wundervollen Frau wuchtig und lautscheppernd zusammen. Von einem Augenblick auf den anderen war Mona nicht die grazile Hübsche mit der Magie des fernen Afrika. Sie war die kriminelle Braut, die den naiven Mann ausnutzte um ihre dreckigen Geschäfte zu machen.

War er ihr Opfer gewesen - schon in der ersten gemeinsamen Nacht in München? Alles deutete daraufhin. Und der versoffene Viktor, der Mona am Telefon angepöbelt hatte, war ihr Komplize. Wahrscheinlich vergnügten sich die beiden gerade in irgendeiner Villa am Strand von Swakopmund.

Monas kranker Vater? Nur eine Erfindung? Peter am Ende auch ein Gangster, der mit seiner Schwester zusammen die krummen Dinger drehte? Gernot konnte all diese Gedanken nicht mehr abschütteln. Sie ließen ihn nicht los. Er hätte kotzen können, wäre in seinem Magen etwas gewesen.

Langsam bewegte er die Füße. Aber stetig. Er gab nicht auf. Gernot musste diese Eisenstange loswerden. Sie war zwar fest auf den Fuß gedrückt, aber er hatte es geschafft, dass er nun mit dem Knöchel darunter passte. Das musste bedeuten, er hatte die Stange um einige Millimeter angehoben. Millimeter nur. Aber immerhin! Und wenn diese Typen da draußen - Buffalo und Chuck - am Ende wirklich nur dumme Handlanger und Erfüllungsgehilfen waren, dann waren sie vielleicht auch nicht perfekt darin, Menschen zu fesseln. Perfekt aber hatten ihre Schläge gesessen, denn noch immer erinnerte sich Gernot an kaum etwas. Die blaue Jetta folgte ihm. Sie hatten ihn ausgebremst und Peters Geländewagen umstellt. Dann bedrohten sie ihn und er erschrak vor der Waffe. Dann Stille. Dann Schwärze. Dann Leere und der Filmriss.

Gleichzeitig zerrte und zog er nun an den Schnüren, die seine Hände umschlungen hielten. Es schnitt tief in die Haut ein und Gernot hatte Angst, er würde die Hände am Ende nie wieder benutzen können, weil ihm das Blut abgeschnitten würde. Aber besser eine lädierte Hand als verdurstet.

Er hatte keine Ahnung wie das mit dem Verdursten war. Zwei Tage, maximal drei ohne Wasser... Das war möglich. Einen ganzen Tag und eine Nacht hatte er schon hinter sich. Er war nun in der zweiten Nacht. Vermutlich würde er anfangen, irgendwelche Geister zu sehen, Farben zu erkennen, wo eigentlich Dunkelheit war. Dann würde er wohl müde werden und immer müder. Danach würde er einschlafen und dieser Schlaf musste in tiefschwarzer Unendlichkeit enden. Aber dem wollte er sich nicht ergeben. Noch nicht! Wieder zerrte er an seiner Handfessel und wieder bewegte sie sich ein wenig. Und wieder ruckelte er mit den Füßen an der Eisenstange und erneut gelang es ihm auch hier, einen Millimeter Platz zu gewinnen.

Die ersten Sonnenstrahlen fielen schon durch den Spalt in der Türe des Schuppens, als Gernot die

Eisenstange soweit gelockert hatte, dass er die Beine darunter hervorziehen konnte.

Alles schmerzte. Jede noch so kleine Bewegung kam ihm vor wie die Ersteigung des Watzmanns und der Zugspitze an einem Tag. Es fühlte sich so an, als seien Schienbein, Wadenbein und die restlichen Knochen am Fuß allesamt zermalmt worden von dieser unnachgiebigen Eisenstange. Aber im Inneren seiner Seele fand Gernot wieder einen Lebensgeist. Er fühlte sich jetzt seinen Peinigern überlegen. Sie hatten gedacht, ihn mit brutalem Sarkasmus zu besiegen. Wie einen Hund an die Kette legen und verhungern und verdursten lassen, das war vielleicht ihr Vorhaben. Aber sie waren nicht clever genug, ihn so anzuketten, dass der Plan aufging.

Langsam kroch Gernot vorwärts. Er durfte keinen Laut von sich geben und nichts durfte umfallen, umgestoßen werden oder sonst wie für Aufsehen sorgen. Langsam rollte er sich herum, sodass er mit dem Kopf nun vor dem Wasser stand. Noch waren die Hände nicht befreit. Aber das war nur mehr eine Frage der Zeit. Hastig setzte er die Lippen an und benetzte sie mit Wasser.

Es war das herrlichste Wasser, das er je trank. Kein eisgekühlter Champagner, kein aufgemotzter

Spritz Aperol hätte dieses Hochgefühl je auslösen können. Sanft nässte Gernot die Lippen, schluckte dann vorsichtig Schluck für Schluck.

Die Flasche war kaum in den zittrigen Händen zu halten. Gernot hatte sie nur mit Mühe unter den Beinen hindurch bekommen. Es waren Höllenschmerzen gewesen. Aber er hatte es geschafft und damit war er nun wieder in der Lage, die Arme und Hände zu nutzen. Er konnte schwerfällig nach der Flasche greifen und auch den Apfel bekam er zu fassen.

Nach dem ersten Moment des Glücks, das Überleben erst einmal gesichert zu haben, kam wieder ein Dämpfer. Was würde geschehen, wenn die beiden merkten, was vor sich ging? Wenn ihnen bewusst wurde, dass er sich befreit hatte? Er konnte nur hoffen, dass sie dumm genug waren, nicht zu bemerken, dass die Wasserflasche halb geleert und der Apfel verschwunden war.

Draußen knurrte der Hund. Den galt es zu überwinden, wenn er ausbrechen wollte aus diesem Gefängnis.

Bald hörte er Stimmen vor dem Schuppen. Es waren die Stimmen von Chuck und Buffalo und zudem noch die tiefe Stimme einer älteren Frau, die brummend zu einem Monolog ansetzte. Wenn Gernot sich eine Geschichte hätte ausdenken können, dann wäre dies die Szene gewesen, in der Mama sich über die beiden Söhne beschwert, die nur Unsinn im Kopf hatten. Und tatsächlich kam nach einer Schimpftirade der weiblichen Stimme ein kleinlautes Zischen. Das war wohl Buffalo. Es folgte eine weitere säuselnde Tonfolge aus dem Mund von Chuck. Vielleicht war Gernots Story nicht nur Bild seiner Phantasie. Womöglich war die Frau da draußen, die der Stimme nach tatsächlich älter war, wirklich die Mutter der beiden oder wenigstens von einem der beiden Trottel, die zwar kraftvollbrutal sein konnten, aber sonst eher einfältig durchs Leben zu stolpern schienen.

Kurze Zeit später, riss jemand die Tür auf. Gernot hatte sich bereits wieder unter die Eisenstange zurückgequetscht, die Hände hinter den Rücken gelegt und schloss die Augen.

Kräftig und markdurchdringend war der Schrei der Alten. Gernot riss die Augen auf. Vor ihm stand nicht einer der beiden Typen, die ihn hier gefangen hielten, vor ihm stand die Alte, die er vorhin hatte reden hören.

Es war eine afrikanische Mama aus dem Bilderbuch, eine reife Frau in den späten Fünfzigern.

Stämmig, kräftig und füllig. Sie stampfte durch den Raum und musterte Gernot mit wachen und hellen Augen. Gernot dachte für sich: „Die Mutter des Gelbäugigen ist sie eher nicht."

Die Frau trug ein rotes, geblümtes Kleid. Sehr farbintensiv und wunderbar anzusehen, nachdem Gernot zwei Nächte und einen Tag lang nur Grauschattierungen und tiefstes Schwarz zu sehen bekam. Farbe war ein untrügliches Zeichen des Lebens.

Die Frau raunzte ihn in einer für Gernot vollkommen unverständlichen Sprache an, forderte ihn scheinbar zum Sprechen auf. Er zuckte nur mit den Schultern und schüttelte den Kopf. Er verstand nichts. Sie verstand nichts. Aber sie stampfte wutentbrannt aus dem Schuppen, den Korb Wäsche, den sie unter dem Arm getragen hatte, stehen lassend.

Ohrenbetäubend war der Schrei, den sie vor dem Schuppen los ließ. „Chuck, Buffalo!", verstand auch Gernot die Namen seiner beiden Peiniger.

Er hörte die Alte davon stapfen. Der Hund bellte zur Abwechslung, aber es klang nun weniger aggressiv. Das Frauchen schien ihn zu beruhigen.

Es ganze Weile passierte nichts. Gernot hatte damit gerechnet, dass die Frau wiederkommen würde. Aber sie kam nicht. Und auch die beiden schlecht ausgebildeten Gefängniswärter kamen nicht. Aber er hörte ein Auto vorfahren. Man konnte das Geräusch des Motors schon eine ganze Weile hören. Der Wagen musste über eine Art Zufahrtsstraße gekommen sein. Es klang als würde er auf Kies bremsen und zum Stehen kommen.

Jemand stieg aus und man hörte die Autotüre. Es musste ein größerer Wagen sein. Womöglich ein Geländewagen. Dann hörte Gernot eine Stimme. Sie kam ihm irgendwie bekannt vor. Es konnte dieser Viktor sein, aber den hatte er nur am Telefon gehört und da klangen Stimmen ja oft verzerrt.

„Chuck, du Nichtsnutz, Buffalo, wo steckt ihr Idioten denn?", hörte Gernot die Stimme rufen.

„Viktor! Na endlich", kam es nun von Chuck zurück.

14

„Wo habt ihr sie", wollte Viktor wissen. Gernot hörte aufmerksam zu, wollte verstehen, worum es ging. „Keine Ahnung, war nicht unser Job", gab Chuck zum Besten. Schweigen. Längeres Schweigen. „Ihr seid die dümmsten Idioten, die in diesem Land herumlaufen. Euer Job war es, die Diamanten zu besorgen und was macht ihr, stellt nur den Typen kalt und vergesst die Steinchen? Ich glaub euch kein Wort!"

Buffalo warf nun drohend ein: „Halt die Fresse, Anzugträger! Wir haben den Deutschen ausgeschaltet und sein Auto steht hier, da wird der gnädige Herr doch wohl seine Steine selbst rausholen können. Aber zuvor wird der gnädige Herr Vollpfosten uns mal schön unseren Lohn auszahlen."

Gernot verstand. Mit einem Mal war alles klar. Sonnenklar. Er war als Kurier missbraucht worden. Mona dealte mit illegalen Diamanten aus dem Sperrgebiet. Sie besorgte das Zeug irgendwo in Namibia illegal und verkaufte die Edelsteine dann im Nachbarland.

Er war also ihr Kurier gewesen. Ein Werkzeug! Ein Typ zum Ausnutzen! Keine große Liebe! Sie hatte vermutlich alles nur gespielt. Jedes Lächeln eine Fassade. Jedes intensive Stöhnen der Lust und der Freude ein Gedanke an das viele Geld, das sie mit ihm verdienen konnte.

Aber es war doch so einfach gewesen über die Grenze zu kommen! Niemand hatte ihn wirklich kontrolliert. Was war das Problem? Gernot fühlte sich ausgenutzter denn je, verlassen und endlos einsam. Er spürte einen erneuten Würgereiz in sich aufsteigen, hörte den dumpfen Stimmen vor dem Holzschuppen nur noch halb zu, kämpfte mit der maßlosen, ihn überkommenden Enttäuschung. Er hatte Mona so geliebt und nun dieser unendliche Schmerz.

„Schick die Kleine zu uns, wenn du nicht selbst zahlen willst, Penner", herrschte Buffalo den Gast nun an. „Wo sind die Steine?", bellte Viktor in bestimmter und unangenehmer Stimmlage. „Vielleicht in seinem Auto, vielleicht an einem sicheren Versteck, vielleicht bei den Bullen", lachte Chuck dreckig.

Viktor fluchte und schimpfte auf Afrikaans. Dann sprach er wieder englisch mit den beiden Kerlen. „Wo ist der deutsche Idiot, dem ihr die Dinger abgenommen habt?"

„Der ist erstmal ausgeschaltet, hockt halbtot in der Hütte da."

Mit einem Mal wurde Viktor leise und fing fast an zu flüstern. „Seid ihr noch zu retten, der konnte also hören, was wir hier reden?" Chuck meinte trocken nur: „Schon möglich!"

„Schaltet ihn komplett aus, ihr Trottel", sagte daraufhin Viktor. Chuck und Buffalo schwiegen. Gernot durchfuhr ein Stoß Adrenalin in allen Adern. War das nicht eben die direkte Aufforderung Viktors gewesen, ihn umzubringen? Augenblicklich machte der Hass auf Monas Tat einer unendlichen Angst Platz. Gernot begann zu zittern, sein Herz raste und er hatte das Gefühl, keine Luft mehr zu bekommen.

Angestrengt folgte er weiter der nun deutlich leiseren Unterhaltung vor dem Schuppen.

„Pass mal auf, Schlipsfuzzy. Wir haben den Kerl grün und blau geschlagen. Der hat die Steinchen in seinem Auto gehabt. Wir sind die Deppen, die ein Problem mit den Bullen bekommen könnten... Wenn wir ihn jetzt auch noch endgültig beseitigen, dann wandern wir in den Knast, wenn etwas schiefgeht. Die Kleine bezahlt nicht dafür, die Kleine geht nicht in den Knast, die ist fein raus. So nicht, Anzugträger!", fauchte Chuck wild.

„Wie dem auch sei, ich schicke euch Mona vorbei. Wenn ihr Pech habt, bringt sie noch ein paar Freunde aus Namibia mit. Und die verstehen keinen Spaß."

Lautes und krächzendes Gelächter bei Chuck und Buffalo. „Oh, oh, oh", tönte Buffalo. „Chuck und Buffalo haben keine Angst vor weißen Männern und die Freunde aus Namibia werden uns auch nichts antun können, denn wir kennen genügend schräge Vögel, die für ein paar Tausend Rand bereit sind, einem Idioten wie dir die letzte Luft auf den Lungen zu quetschen. Hast du verstanden?"

Viktor schwieg, öffnete die Autotüre erneut und fuhr ohne etwas zu sagen davon.

Vor dem Holzschuppen blieben Buffalo und Chuck zurück, die sich nun wieder in einer für Gernot unverständlichen Sprache unterhielten. Einer von beiden spuckte laut und ekelhaft würgend auf den Boden.

Gernot versuchte in seinem Gefängnis die Dinge zu sortieren. Viktor war eine Art Untergebener von Mona. Die war für alle hier der Boss. Und es gab Ungereimtheiten. Die Diamanten waren irgendwo, aber sie sollten an Viktor gehen. Der aber schien vor Chuck und Buffalo soviel Angst zu haben, dass er den

Geländewagen von Monas Bruder nicht untersuchte. Was würden sie mit ihm nun machen? Gegenüber Viktor machten beide deutlich, dass sie Gernot nicht umbringen würden. Würden sie es tun, wenn Mona entsprechend zahlte? War sein Leben ihr gar nichts wert? Kam er je wieder raus aus dieser Nummer? Würde er am Ende gar vor dem Richter landen, weil er die Diamanten geschmuggelt hatte? Dies konnte Monas Ziel sein, einen Idioten zu haben, den man am Ende beschuldigen konnte. Das aber war sein geringstes Problem in diesem Augenblick.

Gernot entschied sich in der kommenden Nacht einen Blick vor den Schuppen zu werfen. Dazu musste er sehr vorsichtig sein, sich vor dem Hund in Acht nehmen und zusehen, dass er keinerlei Geräusche machte.

Und dann brauchte er einen Plan für seine Befreiung. Sollte Mona kommen, musste er sie eigentlich zur Rede stellen. Aber würde das vielleicht am Ende einem Todesurteil gleichkommen? Wen konnte er um Hilfe bitten? Einsamkeit. Angst. Und die Stille in seinem Kopf, sie fügte Schmerzen zu. Immer und immer wieder schossen ihm die Bilder der letzten Monate durch den Kopf.

Mona bei dem Afrikaner in München. Erste zaghafte Annäherung. Dann ging alles so schnell. Es war Leidenschaft auf den ersten Blick. So leicht hatte er sich gefühlt. Erlöst von der düsteren Schwere, die die Trennung von Sabine bedeutet hatte. Eine Wertschätzung war es, dass Mona sich so auf ihn eingelassen hatte. Das jedenfalls hatte Gernot gedacht. Sein Leben hatte wieder einen herrlichen Sinn gemacht, war leicht und fröhlich. Aber am Ende stellte es sich nun heraus, dass es für sie nur ein Spiel war. Ein dreckiges Spiel. Ein mieses Spiel mit seinen Gefühlen. Liebesschwüre und Sex gegen Diamanten von hier nach da. Kein kranker Vater in Windhoek. Keine Sorge um dessen Leben. Steckten Bruder Peter, der kranke Vater und die besorgte Mutter mit Mona unter einer Decke? Wieder diese bohrende Frage. Gernot erinnerte sich an Peters Kommentar auf dem Weg vom Flughafen nach Windhoek. *Business as usual*, das hatte Peter gesagt. Und das ließ doch darauf schließen, dass er wusste, was seine Schwester trieb. Sie lebte vermutlich gut davon, die teuren Steinchen in Südafrika zu vertickern. Und womöglich nicht nur sie, sondern noch eine ganze Menge andere Leute mit ihr. Gernot hätte sich ohrfeigen können, dass er sich so schnell und so bedingungslos auf diese Frau eingelassen hatte.

Quälend langsam verrannen die Stunden. Irgendwann war Gernot eingeschlafen, denn ein kräftiger Schlag gegen die Holztüre ließ ihn hochfahren. Draußen war es bereits fast dunkel. Durch den Spalt drang kaum mehr Licht. Er sortierte sich. Vor der Türe hörte er eine kräftige Stimme. Es war die Frau, die lautstark fluchte. Sie riss die Türe auf und sprach Gernot auf Englisch an. „Ich hab keine Ahnung, was meine Kinder für einen Dreck anstellen und in welche krummen Dinger sie verwickelt sind. Ich weiß nicht, ob du ein Arschloch bist oder einfach nur ein armes Schwein. Aber ich weiß, dass du bald verhungerst, wenn sie dir nichts geben." Gernot nickte. Das Reden fiel ihm schwer. Er hielt die Hände fest am Rücken versteckt. Keinesfalls sollte die Frau merken, dass er sich befreit hatte. Gernot konnte sie nicht einschätzen. Möglicherweise würde sie Buffalo und Chuck informieren und die waren unberechenbar – zumal sie Mona und diesen Viktor fürchten mussten.

Die Alte kam zu ihm herab und hielt ihm ein Glas Wasser an die Lippen. „Trink das!", forderte sie Gernot auf. Er nippte erst nur, dann trank er gierig das ganze Glas leer. Erneut füllte sie das Glas aus einer Flasche und gab ihm erneut zu trinken. Dann stopfte sie ihm schnell zwei Scheiben Toastbrot in den Mund. Gernot hatte kaum Zeit zu kauen und zu schlucken. Jeder Biss schmerzte in der rauen Kehle.

„Piss dir nicht in die Hose in der Nacht", krächzte die Alte. Gernot war sich nicht sicher, ob sie damit nur die Angst meinte, die Gernot hatte. Er fühlte plötzlich einen Druck auf dem Magen, der ihn zusätzlich belastete. Aber er würde nur noch wenige Stunden ausharren müssen um dann in die Sicherheit der Nacht aus dem Schuppen zu entkommen.

Die Alte stapfte über den Hof davon. Kies knirschte, nachdem die Schuppentür ins Schloss gefallen war. Gernot hatte genau zugehört. Die Frau hatte nichts verkettet, keinen Schlüssel in einem Schloss gedreht oder sonst was mit dem Schloss getan. Es krachte einfach nur ein Balken ins Schloss und das war es. Die Kriminellen waren sich ihrer Sache also so sicher, dass sie keine weiteren Sicherheitsvorkehrungen mehr unternahmen. Buffalo und Chuck hatten sich nach dem Besuch des ominösen Viktor auch nicht mehr bei Gernot im Holzverschlag blicken lassen. Er war ihnen vermutlich egal. Sie wollten den Lohn für den Diamantenschmuggler, das war alles. Sie würden ihn vermutlich nicht erschlagen, wenn er ausbrach. Aber sicher war sich Gernot dabei nicht. Buffalo und Chuck hatten, was sie brauchten: die Diamanten. Und mit diesen Steinchen konnten sie Mona und ihre kriminellen Freunde erpressen.

Gernot versuchte im Kopf alle möglichen Strategien zu überlegen, was weiter geschehen konnte und sollte. Dabei entstanden die schrecklichsten Bilder in seinem Kopf. Er sah sich als Notwehr verübender Totschläger einer Meute aufgebrachter Menschen gegenüber, die ihn vor grimmige südafrikanische Richter zerrten. Wild gestikulierend, dass der Deutsche einen Kumpanen von ihnen einfach so erschlagen hatte. Mit einer Eisenstange. Gernot schüttelte sich. „Bleib' ruhig, Alter", forderte er sich auf. Und fügte für sich selbst noch an: „Wird echt Zeit, dass ich hier rauskomme."

15

Vorsichtig schob Gernot die Eisenstange nach oben. Sie sollte keinerlei Geräusch verursachen. Er merkte, dass sie in dieser Nacht um einiges schwerer geworden schien als die Nacht davor. Seine körperlichen Kräfte schwanden bereits merklich. „Nur nicht unterkriegen lassen", feuerte er sich leise selbst an.

Die Stange rutschte mit einem Mal krachend zu Boden. Gernot erschrak mächtig. Sie lag nun vor seinen Füßen und er war befreit. Nur wie laut war es gewesen? In der Ferne bellte ein Hund. Wenn es der Wachhund war, der vor kurzem noch direkt vor dem Schuppen gelegen hatte, war er weit genug weg, um aus dem Holzverschlag herauszukommen.

Gernot konzentrierte sich auf weitere Geräusche. Nichts. Draußen herrschte Stille.

Höllische Schmerzen durchfuhren seine Glieder als Gernot sich langsam aufrichtete. Es war als sei sein ganzes Gestell einmal komplett in einem Schraubstock festgeschraubt gewesen. Er biss sich auf die Zähne, um nicht vor Schmerz aufschreien zu müssen. Dann sank er wieder auf alle Viere. Der Kreislauf machte ihm zu schaffen. „Keine Chance, das pack ich nicht", dachte er bei sich. Das schwarze Flimmern vor seinen Augen ließ aber rasch wieder nach und er erkannte Grau- und Brauntöne in der Dunkelheit.

Langsam und auf den Knien rutschend bewegte er sich in Richtung Holztüre. Vorsichtig hob er den Balken an und entriegelte die Tür damit. Bedächtig zog er sie zu sich heran. Mit einem Mal blickte er nach draußen, sah Sterne, erkannte den Mond. Freiheit!

Gernot war, als wäre er für Jahre in seinem unfreiwilligen Gefängnis eingesperrt gewesen. Langsam gewöhnten sich die Augen an die Umgebung vor dem Holzverschlag. Das Mondlicht machte es möglich, die Schatten gut zu erkennen.

Allmählich verschaffte er sich einen Überblick. Er sah eine Farm. Das Hauptgebäude lag sicherlich zweihundert Meter von seinem Gefängnis entfernt. Eine Art Kiesweg führte dorthin. Hinter dem großen Farmhaus, das stabil gemauert war und ein Dach aus Wellblech hatte, erhob sich die Landschaft sanft und hügelig. Neben dem Gebäude waren ein riesiger Wassertank und ein Windrad, das womöglich Wasser aus einem Brunnen beförderte oder Strom produzierte.

Es herrschte weiterhin Stille. Gernot blieb dicht an den Verschlag gelehnt stehen. Er wollte nicht auffallen, musste sicherstellen, dass niemand in der Nähe war.

Ohne dass er wusste, wie spät es genau war, schätzte Gernot die Zeit auf zwei bis drei Uhr nachts. Alle Fenster des Farmhauses waren dunkel. Kein Licht brannte, keine Flamme flackerte auf. Ein gutes Zeichen, dass im Haus alle schliefen. Wie viele Personen hielten sich hier auf?

Auf einer weiten weichen Grasfläche vor dem Schuppen, vielleicht fünfzig Meter von seinem Bretterverschlag entfernt, standen drei Autos. Er erkannte die blaue Jetta und seinen Wagen. Darin also hatten ich die Diamanten befunden. Gernot war sich sicher, dass Chuck und Buffalo die wertvollen Steine längst hatten verschwinden lassen. Die Wagen stand unter einem Dach aus Wellblech.

Langsam, Schritt für Schritt, glitt Gernot über die Rasenfläche in Richtung des Autos. Die Fenster waren offen. Das Handschuhfach war geöffnet worden. Der Schlüssel steckte nicht mehr im Schluss. Der Wagen war also keine Fluchtmöglichkeit auf die Schnelle. Kurz hatte er überlegt, einfach einzusteigen und zu verschwinden. Aber ohne Schlüssel war ihm das nicht möglich. In der Mittelkonsole lag noch sein Proviant.

Er blickte sich nochmals vorsichtig um, tastete mit den von der nächtlichen Dunkelheit getrübten Augen die ganze Umgebung ab. Niemand. Nichts rührte sich. Nicht einmal Wind sorgte für etwas Unruhe. „Wind wäre jetzt gar nicht so schlecht", dachte er bei sich, der würde die durch ihn verursachten Geräusche verdecken.

Dann lehnte er sich ganz nah an die Beifahrerseite, da diese dem Haus abgewandt war. Griff in das Wageninnere und machte sich ganz lang. Mit Mühe kam er an die Mittelkonsole heran und bekam die Packung Kekse und eine kleine Flasche Wasser zu greifen. Dabei schmerzte sein Rücken fürchterlich.

Gernot ließ sich neben dem Auto nieder. Die Beine knickten ihm weg und er spürte, wie sehr ihn dieser eine Handgriff angestrengt hatte. „Verdammter Mist, ich muss wieder auf die Beine kommen", überlegte er bei sich, öffnete die Wasserflasche und leerte sie in einem Zug. Danach riss er vorsichtig und sehr langsam die Kekspackung auf und aß gierig. Stück für Stück.

In der Zwischenzeit überlegte er, was es nun zu tun galt. Er konnte es nicht wagen, den Kofferraum zu öffnen. Wenn im Haus jemand vom Lärm geweckt würde und man ihn fände, er wäre ein toter Mann, dessen war er sich bewusst. Aber in seinem Gefängnis zu bleiben, machte im Grunde auch keinen Sinn. Jetzt, da er die Chance hatte zu fliehen, sollte er es auch tun. Nur hatte er nichts mehr. Seine Reisetasche war noch in dem Hotel in Springbok.

Mühevoll drückte er sich wieder vom Boden hoch, stand langsam und unter Schmerzen auf. Der Mond schien ihn anzustrahlen um ihm zu zeigen: *Du lebst noch!* Gernot schlich um das Gestänge aus Wellblech herum und erleichterte sich hinter einem Busch.

In diesem Moment spürte er, dass er stank wie ein Stadtstreicher im heißesten Hochsommer. Er fühlte sich widerlich angeekelt von sich selbst, wäre am liebsten in das Farmhaus spaziert, hätte dort wie in einem guten Hotel nach Handtuch und Shampoo gefragt und sich genüsslich stundenlang geduscht. Aber er war gefangen in diesem Gelände, kein Gast! Er lebte gefährlich außerhalb seines Schuppens, womöglich war der Aufenthalt vor seinem Kerker sogar lebensgefährlich.

Gernot richtete den Blick in Richtung Straße. Der Schotterweg durch das Farmareal kam von weiter oben. Das Land war flach und frei von Bäumen. Nicht einmal größere Sträucher konnte er in der Dunkelheit ausmachen. Aber er war sich sicher, das Mondlicht reichte um die Umgebung ausreichend klar abzubilden. Hier zu fliehen machte keinen Sinn. Es gab nichts, was ihm Schutz bot. Und die Farmen waren meist mit hohen und effektiven Stacheldrahtzäunen gesichert um ungebetenen Gästen keinen Zugang zu ermöglichen. Diese Abschreckung galt Zwei- wie Vierbeinern. Die einzige Chance war das Farmtor. Aber vermutlich war es bewacht.

Lediglich vor einer Biegung nach rechts, gleich hinter seinem Schuppen, waren ein paar afrikanische Bäume. Die schwarzen Gerippe, wie Gespenster in der Nacht, boten ihm jetzt ausreichenden Schutz, waren aber am Tage völlig ungeeignet. Sie waren viel zu nahe am Farmhaus. Erneut tastete Gernot sich Schritt für Schritt vorwärts. Allmählich gewöhnte er sich an den knackenden und zerrenden Schmerz in Rücken und Bein. Er zog ein Bein etwas hinterher. Das verschaffte ein bisschen Erleichterung.

Nach einer gefühlten Ewigkeit erreichte er die Rückseite des Schuppens und damit die Gruppe aus vier Bäumen. Von dort aus konnte man den kompletten Weg einsehen. Das Gelände stieg bis zur Straße sanft an. Wie weit es von hier bis zur Straße war, wusste er nicht. Ob die Straße, an der die Farm lag, überhaupt noch die N7 war, an der Buffalo und Chuck ihn überfallen hatten, wusste er ebenfalls nicht. Dafür war er zu lange komplett außer Gefecht gesetzt gewesen. Lag diese Farm weit südlich von Springbok? War sie gar nördlich davon? Gernot spürte ein wenig die innere Verzweiflung wieder in sich aufsteigen.

Es wurde nicht besser, als er die Umgebung mit den Augen abtastete. In der Ferne erkannte er einen kleinen Lichtschein. Und als er sich fest auf diesen einen Punkt konzentrierte, bemerkte er ein Feuer und wohl auch Gestalten. Das Tor wurde demnach tatsächlich bewacht. Vermutlich waren das gar Chuck und Buffalo dort oben.

Gernot fühlte sich leer. Er war ohne Idee und Plan wie er hier fortkommen konnte. Wohin sollte er, wenn er die Straße erreichte? Verzweiflung stieg in ihm hoch. Er hatte sein hölzernes Gefängnis verlassen in der Hoffnung, einen Ausweg zu finden. Und nun merkte er, dass er keine Chance hatte, diesem Kerker so schnell zu entkommen. Er fasste einen Plan: Er würde zurück in die Holzhütte gehen und sich wieder unter die Eisenstange quetschen. Chuck und Buffalo würden ihm sicherlich doch irgendwann etwas zu essen und trinken geben und wenn nicht sie, dann ihre Mutter.

Er hatte den Gesprächen mit Viktor entnommen, dass es zwischen Viktor und Mona auf der einen Seite und ihren Handlangern hier auf dieser Farm mächtig knirschte. Vielleicht konnte er sich das zunutze machen. Und insgeheim, ganz in seinem Inneren, schien Gernot immer noch auf das große Missverständnis zu hoffen. Das Missverständnis, das Mona am Ende wieder in ein liebenswürdiges Mädchen verwandeln würde. Das sie am Ende als seine Liebste erstrahlen und nicht weiterhin ihn als graue Maus in der Ecke eines Holzschuppens vor sich hin gammeln ließ.

Gernot hörte den Hund bellen. Es war ein fernes Grollen und er wusste nun, dass der Hund bei den beiden Schattengestalten am Tor der Farm war, weit entfernt. Er war bei ihnen um ein Feuer herum und womöglich hatte der Köter Gernot wahrgenommen, denn wenn der die zwei Gestalten am Feuer erkennen konnte, musste auch umgekehrt der Hund ihn aufspüren können.

Er trat den Rückzug an. Langsam und bedächtig schlich er sich an den Bäumen vorbei und drückte sich eng an die Mauer des Holzverschlags um nicht aufzufallen. In der Ferne konnte man schon die Dämmerung erkennen. Nun wusste Gernot Osten und Westen zu unterscheiden. Die Dämmerung war in Richtung Farmausgang zu erkennen, damit musste die große Straße - so sie es denn war - auf der rechten Seite der Farm liegen. Oder irrte er sich? „Ich bin schon komplett durchgeknallt", kam es Gernot in den Sinn, als er sich wieder auf seinen angestammten Fleck in der Hütte setzte und die Eisenstange sachte über seine Füße zerrte. Es musste aussehen als sei sie am ersten Tag fest.

Langsam zurrte Gernot sich auch den Strick wieder über die Hände und legte diese sich auf den Rücken.

Als er erwachte, stand die Sonne bereits hell am Himmel. Der nächtliche Ausflug schien niemandem aufgefallen zu sein, denn keine Menschenseele verirrte sich in den Holzschuppen am Rande des Farmgeländes. Draußen hörte man wieder Stimmen. Es waren Chuck und Buffalo, die in ihrer Sprache, dem für Gernot fremden Kauderwelsch, plapperten.

Mit einem Mal wurde die Tür aufgerissen und Chuck stand im Raum. Licht durchflutete erstmals den Holzverschlag, weil Chuck die Tür offen ließ. Beinahe hätte Gernot seine Hand hinter dem Körper hervor gerissen und die nur lose angelegte Handfessel entfernt. Seine Tarnung wäre sofort aufgeflogen. In allerletzter Sekunde reagierte er richtig, schloss die Augen und legte den Kopf zur Seite. „Verdammt hell", polterte er Chuck an.

„Heute kommt deine Maus, dann werden wir sehen, was sie mit dir vorhat", raunzte Chuck missmutig. „Schläfst du nachts nicht, oder warum bist du immer so schlecht gelaunt", wollte Gernot wissen. „Halt's Maul, Idiot", fuhr Chuck den Gefangenen an, „ich penn' nachts gar nicht, weil ich das Farmtor bewachen muss. Könnten ja irgendwelche Penner kommen und was klauen oder irgendein Idiot abhauen wollen." Ein kehliges Lachen entfuhr seiner Raucherlunge grollend und gurrend. Er klopfte Gernot fest - viel zu fest - auf die Schulter. Der Rücken schmerzte und Gernot stöhnte auf. „Mom bringt dir hernach Futter und Wasser, aber du hältst die Fresse, egal was passiert! Verstanden?" Gernot nickte. Nickte nochmals und war dankbar, dass die beiden kratzbürstigen Zeitgenossen zum einen recht einfältig waren und zum anderen keinerlei Interesse zu haben schienen, ihm noch mehr anzutun.

Es verging vielleicht eine halbe Stunde nachdem Chuck wieder gegangen war, da wurde die Türe erneut geöffnet. Gernot erblickte Mom sofort. Sie wackelte durch den stickigen Raum, der vom Eingang her erneut mit hellem Lichtschein durchflutet wurde. Sie hatte ein rotes Tuch auf dem Kopf und eine Flasche Wasser in der einen und eine Schale Brei in der anderen Hand.

„Iss!", befahl sie trocken. Stellte das Essen aber einfach vor Gernot ab, ohne an seine Fesseln zu denken.

Dann begann sie mit einem knurrigen Monolog, der aufgrund ihrer tiefen Stimme fast wie eine bedrohliche Predigt einer gestrengen Priesterin klang. „Pass auf, bis in drei Tagen müssen Chuck und Buffalo sich etwas einfallen lassen. Dann kommen Joseph und Yvonne wieder aus Port Elizabeth zurück. Dann ist die Hölle los, wenn sie erfahren, dass meine beiden Jungs hier auf der Farm einen Weißen gefangen halten."

Gernot blickte sie fragend an, zuckte mit den Schultern und tat, als könnte er sich keinen Millimeter bewegen. „Verstehe schon, du verstehst nichts", krächzte die Alte. „Joseph ist ein Weißer wie du und Yvonne ist seine Alte. Auch eine Weiße. Ihnen gehört der ganze Laden hier. Große Ländereien. Schafe und so. Im Herbst das blühende Meer und das restliche Jahr über einfach nur tote Wüste. Aber sie sind reich geworden auf diesem Land. Und wir arbeiten für sie. Mein Alter ist vor neun Jahren vom Traktor gefallen. Auf's Hirn ist er gefallen. Drei Monate lag er wie tot rum, dann war er zwei Jahre bekloppt. Vollkommen schwachsinnig. Und dann ist er eines morgens aus dem Haus gehumpelt, bis rauf auf die Straße. Und hey, das ist ne ordentliche Strecke. Da ist er direkt vor einem Sattelschlepper zusammengeklappt und war auf der

Stelle tot. Vielleicht besser so für ihn. Aber Chuck und Buffalo haben von ihm nicht mehr viel lernen können. Zum Beispiel, dass man arbeiten muss für seine Kohle. Die Taugenichtse glauben immer, man kann die Knete mit irgendwelchen krummen Geschäften verdienen. Ich versteh nichts davon, aber ich spüre, die beiden Trottel sind mit einem Bein schon im Knast. Joseph hat davon keine Ahnung. Der ist bei seiner Schwägerin zum sechzigsten Geburtstag in Port Elizabeth und die beiden Trottel, die sich meine Söhne nennen, halten dich hier gefangen. Wissen nicht, wie sie dich loswerden. Diese hübsche Mona darf nur kommen, wenn Joseph und Yvonne in Springbok sind um einzukaufen. Ich hab sie erst zweimal gesehen. Und der schmierige Viktor war mit Joseph mal in der Armee. Er kommt aus Südafrika, lebt aber heute droben in Namibia."

Gernot nickte. „Langsam verstehe ich", sagte er. „Steckt dann der Farmer mit Mona und Viktor unter einer Decke?", hakte Gernot nach. „Frag nicht so viel", herrschte die Alte ihn an. „Ich will nichts damit zu tun haben. Das ist die Sache der Jungs, weißt du!" Gernot nickte, schien aber ziemlich flehend drein zu blicken, denn Mom drehte sich noch einmal um beim Gehen. „Ich denke, Joseph hat von all dem keine Ahnung. Der weiß nichts von irgendwelchen krummen Geschäften. In dieser Region gibt es viele Typen, die zwischen Namibia und Südafrika hin und her pendeln.

Die meisten arbeiten ganz legal drüben. Aber manche sind eben auf das schnelle Business aus. Mona, das Flittchen, ist so eine und meine Jungs, diese Idioten auch." Sie stampfte auf und verließ den Schuppen wieder.

Das Wasser und der Brei standen vor Gernot. Wäre er nicht längst befreit gewesen, hätte er wieder keine Chance gehabt, an die Nahrung zu kommen. So entledigte er sich seiner Handfesseln und aß und trank.

Die Alte schien alles andere als glücklich zu sein über die Situation und für Gernot wurde die Zeit knapp. Nach drei Tagen würde es eng für ihn. Vermutlich wäre Mona daran interessiert, ihn ein für alle mal loszuwerden. Aber die beiden Dummköpfe wollten ihn nicht umbringen. Nur was, wenn es für sie am Ende auch eng würde. Bevor sie in den Knast wanderten, wären sie wohl auch bereit, ihn umzubringen und seinen Leichnam verschwinden zu lassen. Gernot erschauderte. Es galt, zu verschwinden! Spätestens in der kommenden Nacht musste er raus.

Es war bereits Nachmittag, als die Alte wieder kam. „Hat der Millipap geschmeckt?", krächzte sie und nahm die leere Schüssel hoch. Sie schien sich keine Sekunde zu wundern, wie es Gernot gelungen war, den Brei zu essen. Vielmehr beugte sie sich nun zu ihm herunter. „Pass auf, Weißer! Was ich dir jetzt sage, das hast du nie gehört. Verstanden!?" Gernot nickte ängstlich. Sie war seinem Gesicht bedrohlich nahe. Er hätte sich in diesem Moment gegen einen Fausthieb der fülligen Frau nicht wehren können und senkte daher den Blick. Sie packte ihn am Kinn, hob es an, sodass er ihr in die Augen schauen musste. „Buff und Chuck sind meine Söhne, ich will nicht, dass sie wegen der Nutte aus Namibia und ihrem geldgeilen Viktor in den Bau wandern! Am Ende müssten doch sie die Drecksarbeit erledigen und dich um die Ecke bringen. Verstehst du, die feine Dame und der ebenso schicke Herr werden sich herausreden und du wirst dann auf einem Feuer glühen! Und die Bullen werden am Ende auf dieser Farm auflaufen und alles auf den Kopf stellen und dann werden sie Buff und Chuck dran bekommen. Ich bin ihre Mom und ich habe Angst um sie." Gernot nickte, er verstand jedes Wort und die Alte nur zu gut, auch wenn es ihm immer doch innerliche Schmerzen bereitete, sie derart abwertend über Mona reden zu hören.

„Schau mal her!", herrschte sie ihn an. In der Hand hielt sie die Autoschlüssel des Geländewagens, den Mona Gernot ausgeliehen hatte. „Das ist der Schlüssel von deiner Dreckskiste, richtig?" Gernot nickte erneut. „Pass auf, Weißer, den stecke ich hernach ins Schloss. Wenn es dunkel ist und meine Kinder wieder oben am Tor sitzen um Wache zu schieben, werde ich an der Schuppentüre klopfen. Dann werde ich zu den beiden ans Gatter laufen und ihnen erklären, dass ich den weißen Gefangenen gesehen habe und zwar *im* Farmhaus und dass sie zu kommen hätten und zwar schnell! In der Zeit, in der ich vom Schuppen aus zu ihnen laufe, setzt du dich in deine Kiste. Verstanden?" Gernot nickte sofort erneut. „Wenn sie mir nicht glauben, dass du im Haus bist, werden sie nachsehen im Schuppen. Da wirst du nicht mehr sein. Sie werden aber nicht nachschauen, weil sie Dummköpfe sind wie ihr Vater. Und im Auto werden sie schon dreimal nicht nach dir suchen. Sie werden ihrer aufgeregten Mom ins Haus folgen und polternd jedes Zimmer nach dir durchsuchen. Und in dieser Zeit verpisst du dich. Das Tor oben kannst du aufmachen. Du musst dich aber beeilen. Ich weiß nicht, wie lange es dauert, bis sie das Motorengeräusch hören und dir folgen werden. Aber sie werden nur den Traktor haben. Aus der anderen Schrottkiste hier lasse ich bei Einbruch der Dunkelheit die Luft raus. Merk dir jetzt genau die Ziffernfolge für den Code!" Gernots Herz raste. Die Alte öffnete ihm gerade den Weg nach draußen. Sie half ihm! Nicht aus Mitleid mit ihm selbst, sondern aus Sorge um ihre Söhne. „Scheißegal, warum", dachte er bei sich. „5501 ist der Code", sagte sie dann. Flüsterte es dann noch dreimal, 55-01. Dann drehte sie sich zum Gehen. „Ich klopfe dreimal. Dann gehst du sofort hinter mir aus dem Schuppen und setzt dich ins Auto. Schlüssel steckt."

Sie drehte sich um und ging zur Schuppentüre. Da blieb sie noch einmal kurz stehen und wandte sich erneut Gernot zu. „Und aus deinen Fesseln befreien muss ich dich ja nicht mehr, das hast du schon alleine geschafft", lächelte sie nun ein erstes Mal.

Gernot sank in sich zusammen.

„Hey, ich bin zwar die Mutter zweier Idioten, aber selbst nicht auf den Kopf gefallen", bellte sie nun lachend und ließ die Holztür ins Schloss krachen.

Gernot wusste, dass der Versuch, sich so gut es ging zu tarnen, aufgeflogen war. Aber das war ihm nun auch egal. Die gute Nachricht nämlich war, dass er in diesem Irrsinn eine Verbündete zu haben schien. *Mom* wurde ihm sympathisch. Sie schien im Gegensatz zu ihren Söhnen einen gesunden Menschenverstand und mit illegalen Geschäften nichts am Hut zu haben. Für Gernot war sie nun eine Informationsquelle. Er wusste jetzt, dass diese Farm einem Weißen gehörte, der Joseph hieß und derzeit in Port Elizabeth war. Und er wusste, dass die beiden gewalttätigen Trottel tatsächlich nachts Wache standen am Tor.

Aufgeregt lockerte er seine Fessel wieder und überlegte. Sollte er sie ganz abnehmen? Konnte er auch die schwere Eisenstange vollends beiseite schieben? Weder Chuck noch Buffalo würden vermutlich in den nächsten Stunden in den Verschlag kommen. Nur was, wenn doch?

16

Es musste schon später Abend gewesen sein. Gernot hatte wieder geschlafen. Es war die beste Art und Weise die Einsamkeit dieses Gefängnisses zu überstehen. Draußen war es bereits finster und er vernahm Stimmen. Eine Autotür krachte. War das nicht eine vertraute Stimme? Mona? Mona!

Hellwach spürte Gernot wie sein Herz anfing zu pumpen. Adrenalin schoss ihm durch den Körper, seine Gliedmaßen wurden durchschossen von angespannter Nervosität. Er hörte die Stimme der Frau, die sein Herz so begehrte und die der Verstand so sehr verachtete. Er hätte am liebsten mit einem Ruck die Eisenstange zu Boden geworfen, die Fessel von der Hand gerissen und wäre zur Türe gelaufen. Hätte sie aufgerissen und seine Mona angeschrien. Aber der Verstand sprach eine andere Sprache. Er blieb, wo er war. Still und ohne sich zu bewegen.

Mona sprach nun englisch. Sie rief nach Chuck und Buffalo. „Wo seid ihr Idioten denn?", hörte er sie in einem Tonfall sprechen, der ihm so unendlich fremd vorkam. Er empfand ein Gefühl der Scham. Er schämte sich dafür, diese Frau zu lieben. Er schämte sich für den Ton, den sie anschlug. Und er schämte sich vor sich selbst, dass er noch immer das Gefühl hatte, sie zu lieben.

Er hörte Schritte. Nur unweit des Schuppens. „Ach, die Lady aus Namibia", sagte Chuck dumpf aggressiv. „Wo sind die Diamanten?", wollte Mona kühl und trocken wissen. „Mal langsam, Lady Mona", sagte Buffalo. „Wir haben die Steinchen an einen sicheren Ort gebracht, den nur wir und dein bescheuerter Freund kennen." Mona hielt inne. „Welcher bescheuerte Freund denn? Viktor? Dem habt ihr sie doch auch nicht gegeben?" Chuck und Buffalo wurden nun laut und deutlich und ihre Worte ließen Gernot das Blut in den Adern gefrieren. „Dein Lover aus Deutschland, der im Schuppen da drüben vor sich hin fault, gefesselt und langsam verrückt wird. Wenn du uns nicht unseren Lohn gibst und ein bisschen mehr oben drauf packst, dann machen wir deinen doofen Spielgefährten kalt."

Mona lachte spitz auf. „Der Trottel ist mir doch sowas von egal. Macht mit dem, was ihr wollt. Der muss eh von der Bildfläche verschwinden, bevor er noch herausbekommt, was hier läuft."

Gernot wollte laut schreien. Hatte Mona gerade ihn, Gernot, einen Trottel genannt? Er spürte wie Tränen der Wut in seinen Augen aufstiegen. Er empfand mit einem Mal einen unendlich bitteren Hass. Wer war denn hier der Trottel? Er saß wohl keine zwanzig Meter von den dreien weg und hörte jedes Wort. Und lang schon wusste er, was mit ihm gespielt wurde, auch wenn die Behauptung der beiden Kerle, er wüsste, wo die Diamanten seien, eine Lüge gewesen war. Sollte er lebend hier rauskommen und er eine Chance bekommen, würde er sie zur Rechenschaft ziehen, da war sich Gernot nun sicher.

Mona und die beiden Männer fingen an, lauthals zu streiten. „Wir bekommen jetzt erst einmal unseren Extra-Lohn von dir, Darling", fauchte Chuck. „Lass mich los, du Arschloch", kreischte Mona. Dann hörte Gernot, dass Stoff zerfetzt wurde. „Lass das, Dreckskerl", schrie Mona. Dann erstickte ihr Schrei. Einer der beiden schien ihr den Mund zuzuhalten. „Deinen kleinen Kurier aus Deutschland hast du ja auch rangelassen, du billige Nutte", fauchte Buffalo und man hörte sein ekelhaftes Lachen bis in den Schuppen. Mona versuchte erneut zu schreien. Es schien als zog man sie an den Haaren. Es krachte ein Brett hinter dem Schuppen.

Gernot zögerte eine Sekunde. Für einen kurzen Moment dachte er sich: „Geschieht ihr recht!" Dann aber überkam ihn das Gefühl von Ekel und Scham. Er schob die Eisenstange von den Beinen, rappelte sich auf. Das riffelnde Seil streifte er im Nu von den wundgescheuerten Armen. Dann nahm er die Eisenstange fest in beide Hände.

Mona war zwar in Gernots Augen plötzlich nur mehr eine widerwärtige Kriminelle, das hatte er begriffen, aber die beiden Handlanger, die sie für sich arbeiten ließ, vergingen sich gerade an ihr. Und das war noch viel widerwärtiger. Unrecht konnte niemals durch anderes Unrecht gesühnt werden.

Langsam, aber entschlossen setzte er Schritt vor Schritt, riss die Türe auf. Im Dunkel der Nacht war nicht viel zu erkennen. Etwa zwanzig Meter neben dem Schuppen nahm er Bewegungen war. Dort stand ein Baum. Mona stand gekrümmt strampelnd zwischen Chuck und Buffalo. Sie konnten Gernot aus diesem Blickwinkel nicht erkennen. Sie waren beschäftigt, ihr ekelhaftes Geschäft zu verrichten. Als er nahe genug herankam, erkannte er Monas angsterfüllte Augen, die weder strahlten noch Fröhlichkeit aussandten. Sie waren leer und voller Schmerz. Schadenfreude empfand er keine. Aber Gernot spürte eine Art Gleichgültigkeit. Das, was er nun tat, das tat er nicht für Mona als seine Geliebte. Er hätte es für jede Frau dieser Welt getan. Er war es auch seinem reinen Gewissen schuldig. Dass Mona eine Strafe verdient hatte, das war Gernot bewusst, aber nicht so.

Er holte aus. Die Eisenstange funkelte im Mondschein. Ein dumpfer Schlag erklang. Chuck rollte wie ein nasser Sack nach hinten weg. Sofort war Buffalo klar geworden, was hier vor sich ging. Er fauchte wie ein wildgewordenes Tier und versuchte, sich sofort auf Gernot zu stürzen. Der nahm seine letzte Kraft zusammen, ließ die Eisenstange erneut durch die Luft jagen. Und ein weiteres Mal erklang ein dumpfes Schwingen als die Stange Buffalos Kopf traf.

Gernot hatte keine Ahnung, wie schwer er die beiden verletzt hatte. Sie lagen bewegungslos im Gras und schienen wie tot. Einem quoll Blut aus Nase und Mund, der andere lag verknotet auf die Seite gedreht da.

Mona blieb wie angewurzelt sitzen, richtete sich die Kleidung, wischte sich die Tränen aus dem Gesicht. „Lauf", rief Gernot. „Schnell, zum Auto deines Bruders, wir hauen ab."

Ohne auf sie zu warten, machte Gernot sich schnellen Schrittes - das Rennen fiel ihm schwer - davon. Das Auto stand gut fünfzig Schritte entfernt. „Komm schon!", herrschte er Mona an. Die schien allmählich die Fassung wieder zu finden, stand auf und bewegte sich auf wackeligen Beinen vorwärts.

„Warum hab ich ihr nicht aufgeholfen?", wunderte sich Gernot über seine Hartherzigkeit, herrschte sie dann noch einmal an: „Beeil dich endlich!".

Im Farmhaus brannte noch Licht. Es war spät am Abend, aber nicht tiefe Nacht. Mom musste noch wach sein, ihr konnte das Spektakel nicht entgangen sein. Und wenn sie merkte, dass Gernot ihre Söhne ausgeschaltet hatte, würde sie sicherlich nicht mehr auf seiner Seite stehen und ihn bei seiner Flucht unterstützen.

Exakt in dem Moment, in dem Gernot die Autotür aufriss, knallte ein Schuss an der Farmtür. „Dreckskerl", hörte er die Alte fluchen, ein Gewehr in der Hand.

„Er hat deine Söhne totgeschlagen", kreischte nun Mona. Sie raffte sich auf, lief Gernot hinterher. Der verstand die Welt nicht mehr. „Was wird das denn?", wollte er wissen. Mona schrie der Alten zu: „Erst hat er versucht, mich zu vergewaltigen, dann hat er deine Söhne kalt gemacht."

Die Alte rannte wild um sich schießend vom Farmhaus aus in Richtung Auto. Gernot drehte den Schlüssel im Schloss und startete den Motor. Mona war nur wenige Meter vom Wagen entfernt, als sich dieser endlich in Bewegung setzte. Gernots Herz raste wie wild. Ein Schuss bohrte sich in das Metall an der Rückseite des Autos. Was für ein hässliches Geräusch. Es ließ Gernot zusammenzucken.

Die beiden Frauen blieben zurück. Er hörte wie sie miteinander sprachen, gestikulierten und wild in seine Richtung deuteten. Gernot musste wissen, dass Mona ihn mit ihrem Wagen sofort verfolgen konnte.

Aber er hatte in diesem Moment einen ganz anderen Gedanken. Einen rationalen. „Die beiden Dreckskerle liegen halbnackt im Gras, das muss ihre Mom doch sehen, dass nicht ich das war." Dies beschäftigte ihn in diesem Augenblick mehr als die mögliche Verfolgung durch Mona.

Er blickte kurz in den Rückspiegel des Autos. Mona folgte ihm noch nicht. Sie stand wie angewurzelt an dem Platz, an dem er sie hatte stehenlassen. Es schien, als würde sie von der Alten mit dem Gewehr bedroht.

Dann beugten sich beide nach unten. Womöglich hatte die Alte gedroht, Mona zu erschießen, wenn sie ihr nicht half, sich um die beiden verletzten Söhne zu kümmern.

Zitternd erreichte er das Farmtor. Das Geschehen unten vor dem Farmhaus war kaum mehr wahrzunehmen. Es war zu dunkel und die Distanz war zu groß.

Gernot stieg aus. Langsam drückte er die Ziffernfolge 5-5-0-1. Das Farmtor ratterte. Es öffnete sich. Freiheit! Draußen! Gernot hatte vollkommen den Überblick verloren, wie lange er wirklich gefangen war auf dieser Farm. Drei Tage, vier Tage, eine Woche?

Joseph und Yvonne würde er nicht kennenlernen, auf die Gastfreundschaft ihrer Angestellten konnte er nun verzichten. Lediglich die Alte tat ihm ein wenig leid.

Er rumpelte mit dem Wagen durch die Nacht. Die Entfernung bis zur Hauptstraße war größer als er gedacht hatte. Der Wagen wurde furchtbar durchgeschüttelt. Als er die N7 erreichte war es mitten in der Nacht.

Gernot wusste nicht genau wo er war. Südlich von Springbok? Nördlich davon? Er war hoffnungslos allein an dieser Straße. Er wusste nur, dass man sich als Tourist nachts niemals alleine hier aufhalten sollte.

Er bog rechts auf die N7 ab und fuhr einige Kilometer. Dann betrachtete er zum ersten Mal mit

Sorge die Tankanzeige. Der Tank war bedrohlich leer. Er griff sich an die Hosentasche. Dort, wo sein Geldbeutel normalerweise war, war nichts. Es hätte ihn fast gewundert, wenn ihn Chuck und Buffalo nicht bei ihrer Fahrt zur Gefängnisfarm nicht ausgeraubt hätten.

Er musste nach Springbok in das Hotel, in dem er seine Sachen hatte. Dort würde er telefonieren können. Ted musste ihm von Deutschland aus Geld überweisen. Der Pass lag auch noch in diesem Zimmer. Seine Identität war ihm geblieben.

Gernot stoppte den Motor, stellte sich in eine Ausbuchtung an einem Parkplatz und schlief alsbald ein.

17

Heftiges Klopfen an der Seitenscheibe ließ Gernot aufschrecken. Die Sonne stand bereits hoch am Himmel. Es war hell draußen und er blickte in die Augen zweier grimmig drein blickender Männer. Mit einem Schlag war er hellwach.

Vor dem Wagen erkannte er mehrere Polizisten. Vor seinem Auto stand ein Polizeifahrzeug, dahinter ebenfalls. Ein Polizeimotorrad sperrte die halbe Fahrbahn. Hielten sie ihn für tot oder was sollte der ganze Aufruhr? „Sir, aufmachen!", herrschte ihn einer der beiden Polizisten am Fahrerfenster an. „Und beim Aussteigen die Hände nach oben", fauchte der andere.

Nachdem Gernot langsam ausgestiegen war, wurde er sich erst der Situation bewusst. Auf die Schnelle zählte er wenigstens sieben Beamte. Alle in Uniform und bewaffnet. Zwei hatten ihre Waffen auf ihn gerichtet. Gernot begann zu zittern. Ihm schlotterten die Knie. „Pass!", brüllte einer der beiden Beamten nun. „Den habe ich im Hotelzimmer in Springbok", antwortete Gernot wahrheitsgemäß.

Da wurde ihm augenblicklich die Hand heftig auf den Rücken gedreht. Er schrie vor Schmerz auf und dachte noch für sich: „Hört das denn nie auf hier?"

„So so", herrschte ihn nun ein älterer Polizist an, der aus dem Hintergrund hervorgetreten war. Er schien der Chef der Gruppe zu sein. Ein älterer Herr, Oberlippenbart und eine ungesunde Leibesfülle charakterisierten ihn. Er sabberte ein weiches Englisch.

„Und wo ist dein Hotel?"
„In Springbok wie gesagt", erneuerte Gernot seine Aussage.
„Warum hast du dann auf Blarefontein eine Frau vergewaltigt und ihre beiden Retter niedergeschlagen?"

Gernot schluckte. „Bitte was?", rief er laut, entsetzt und voller Zorn aus. „Die Geschichte lief ja wohl völlig anders ab."

Der ältere Polizist machte eine schnippische Handbewegung. Es klackten Handschellen und Gernot fand sich auf der Rückbank eines Polizeiautos wieder. Er hörte noch wie der ältere Beamte in sein Funkgerät bellte: „Auto sichergestellt und den Vergewaltiger festgenommen."

Gernot hatte Mühe nach Luft zu ringen, ihm rannen die Tränen in Strömen über die Wange. Er schämte sich vor den Polizisten, die sich ein Lachen nicht verkneifen konnten, derart emotional zu reagieren. Aber was da soeben passierte, machte ihn so zornig und wütend.

„Wir fahren jetzt nach Clanwilliam zur Wache, dort nehmen wir erstmal ein Protokoll auf und dann sehen wir weiter, wohin mit Ihnen, Sir", erklärte ein anderer Polizist. Er nickte Gernot zu und erweckte so den Eindruck, als würde er verstehen, was man dem Touristen da gerade antat.

Es dauerte fast eine Stunde bis der Wagen wieder hielt. Clanwilliam war die Provinzhauptstadt der Gemeindeverwaltung von Cederberg. Fast hätte Gernot lachen müssen als er vor der Polizeiwache das Straßenschild las. *Augsburg Street* konnte er lesen. Als wäre der Tag nicht schrecklich genug, verfolgte ihn nun auch noch Ironie. Man musste wissen, dass sein Ex-Chef und der Neue seiner Ex-Frau aus Augsburg kam.

Ein Polizist führte ihn in die Wache. Gernot folgte widerstandslos. Alle Aggression in ihm schluckte er. Nur Ruhe konnte ihn nun noch vor Schlimmerem bewahren. Das spürte er beim Anblick jedes einzelnen

Beamten. Sie schienen ihn bereits zu zerfleischen. Ihre Blicke fauchten ihn an. Sie fraßen seinen Körper auf, zerstückelten ihn und verstreuten die Knochen in der Luft. Klar, für diese Männer und Frauen in Uniform war er der weiße Vergewaltiger, der die Helfer, die seinem Opfer zu Hilfe geeilt waren, niedergeschlagen hatte. Mit einer Eisenstange. Gab es am Ende keinen Weg aus dieser Geschichte, verschwände er hinter südafrikanischen Gittern und Mona hatte ihr Ziel erreicht.

In einem düsteren Raum wies man Gernot einen Platz zu. In der Mitte ein alter, hölzerner Tisch, dahinter zwei Drehstühle und davor zwei Holzhocker. Unbequem und klein. Gernots Rücken schmerzte höllisch, als er auf den kleinen Hocker gedrückt wurde.

Auf den Drehstühlen nahmen der Polizist mit dem Oberlippenbart und eine adrette Polizeibeamtin mittleren Alters Platz. Sie sprachen nicht. Sahen Gernot nur an. Tiefe, besorgte Blicke. Verärgert. Erkannte er da Verachtung und echte Abneigung? Oder bildete er sich das alles nur ein?

Nachdem das Schweigen eine ewig lange Minute gedauert hatte, fasste er sich ein Herz. Er wusste, dass er sich nichts zu Schulden hatte kommen lassen.

Er wusste, dass er ein reines Gewissen haben konnte. Es galt also, in die Offensive zu gehen.

„Ich möchte von einem Arzt untersucht werden", sagte er mit fester Stimme bestimmt und klar verständlich.

„Soll der feststellen, dass du Schwein nicht fertig geworden bist bei deiner Vergewaltigung oder was?", wollte die Polizistin ruppig wissen.

„Nein", fuhr Gernot unbeirrt fort. Er blieb ruhig, auch wenn ihn der abfällige Ton der Polizistin furchtbar ärgerte. „Der sollte mir bescheinigen, dass ich Verletzungen an den Beinen und am Rücken habe, zudem an den Händen." Er hob die Hände nach oben um seine wunden Stellen herzuzeigen. „Dies kann als Beweis dafür dienen, dass ich auf dieser Farm nicht war, um eine Frau zu vergewaltigen, sondern weil man mich dort illegal festgehalten hat. Mehrere Tage lang."

„Und du glaubst, irgendjemand glaubt dir das?", lachte die Polizistin nun bellend.

„Vielleicht nicht in Ihrem Land, aber ich benötige es für die Staatsanwaltschaft in Deutschland, denn die Dame, die mich hier der Vergewaltigung bezichtigt, war einmal meine Lebensgefährtin, die meine Gegenwart durchaus genossen hatte." Der Zynismus war nicht zu überhören. Gernot spürte, dass es richtig war, nun den Anwalt herauszulassen.

„Das behaupten alle Schweine wie du eines bist", fauchte die Polizistin in einem aggressiven Ton.

Gernot wandte sich dem älteren Beamten zu.

„Ich weiß nicht, wie das in Südafrika ist, aber in Deutschland gilt die Unschuldsvermutung bis zu einer Verurteilung. Und der Umgangston Ihrer Kollegin ist der Polizei insgesamt nicht würdig." Der Ältere grinste breit. „In Deutschland seid ihr vielleicht weniger emotional, aber an Ihrer Stelle würde ich das mal lieber nicht zum Thema machen, denn Ihre Luft zum Atmen ist verdammt dünn, Sir."

„Also gut, auch wenn Sie das nicht interessiert, weil Sie Ihre Meinung bereits gefasst haben. Ich verlange, dass Folgendes zu Protokoll gegeben wird..." Weiter kam Gernot nicht. Der Beamte schlug hart auf den Tisch. Es hallte durch den Raum. „Du verlangst hier erst einmal gar nichts, denn du bist der Kriminelle und nicht wir, klar!"

„Ich habe Sie nicht als kriminell bezeichnet, aber ich unterstelle Ihnen sehr wohl, an dem tatsächlichen Geschehen kein Interesse zu zeigen."

„Bla bla bla", lachte die Beamtin. „Sollen wir den Typen einfach einbuchten und später nach Kapstadt transportieren lassen?", fragte sie ihren älteren Kollegen. „Der ist Deutscher, wir müssen erst mal klären, ob der irgendeine Extrawurst hat. Botschaft und so." Sie nickte.

Beide verließen das Zimmer. Gernot blieb alleine zurück. Die Hände schmerzten in den Handschellen. Er fühlte sich einsam und alleine. Verlassen, verraten und verkauft.

Der letzte Rest Sympathie für Mona war mit dieser Aktion ausgelöscht. Diese Frau hatte ihn nicht nur benutzt. Sie hatte sich nun auch noch einer Lüge bedient um ihn auszuschalten. Keiner würde ihm glauben! Niemand würde der Version nachspüren, dass sie ihn als Diamantenschmuggler benutzt hatte. Man würde Joseph nicht fragen, ob er ihn kannte. Man würde Mona nicht fragen, was sie auf der Farm wollte. Man würde einfach nur ihre Aussage protokollieren. Und die der Alten auf der Farm. Und die würde sich erneut hinter ihre Söhne stellen. Gernot ließ den Kopf auf die Brust sinken.

Der Polizist, der ihn nach Clanwilliam gefahren hatte, kam in den Verhörraum. Er hatte eine Flasche Wasser bei sich. Er nickte Gernot zu, öffnete die Handschellen und setzte sich gegenüber. „Sie können das trinken", sagte er.
„Darf ich Ihnen schildern, was geschehen ist?", fragte Gernot müde. Der Beamte nickte schweigend.

„Also passen Sie auf. Diese Frau war meine Lebensgefährtin. Bis vor ein paar Tagen dachte ich noch, ich würde sie heiraten eines Tages. Wir machten Urlaub in ihrer Heimat Namibia. Dann wollten wir südlich des Sperrgebiets nach Südafrika fahren und uns die Blütenmeere im Namakwa-Land ansehen. Aber sie schickte mich alleine los. Ihr Vater sei krank und müsse nach Windhoek gebracht werden. Es sei nicht sicher, ob er überlebe. Sie gab mir das Auto ihres Bruders. Es ist das Auto, bei dem Sie mich festgenommen haben. Ich sollte alleine bis Springbok fahren und mir die Blumenwelt ansehen. Sie wollte ein, zwei Tage später nachkommen."

Gernot schluckte. Kippte noch einmal Wasser die ausgetrocknete Kehle hinunter. Der Polizist saß da, hörte zu, kommentierte nichts, machte keine Notizen, keine Bemerkung, nichts. Aber er widersprach auch nicht. Vielleicht sprach er nicht einmal gut genug Englisch um alles zu verstehen.

„Die Typen verfolgten mich ab Port Nolloth. Es war ein blauer VW, eine Jetta. Ich sah ihn in Springbok wieder. Und als ich am nächsten Tag vom Namakwa-Land Nationalpark aus zurück nach Springbok wollte, verfolgten sie mich erneut. Hielten mich an und reckten mir ihre Knarre in den Wagen. Danach kann ich mich an nichts mehr erinnern. Sie hatten mich außer Gefecht gesetzt. Als ich wieder zu mir kam, war ich in einem Holzschuppen auf dieser Farm. Ich war gefesselt und konnte mich nicht bewegen. Die beiden Typen sprachen von Diamanten, die ich im Auto transportiert hätte. Da war mir klar geworden, dass ich für meine Lebensgefährtin Edelsteine von Namibia nach Südafrika geschmuggelt hatte. Sie arbeitet mit einem Kerl zusammen, der Viktor heißt. Er tauchte auf der Farm auf und wollte die Steine haben, die beiden Kerle gaben sie ihm aber nicht und er drohte damit, dass er die Chefin holen wolle. Meine Ex-Freundin kam dann auch. Die Mutter der beiden Typen lebt auch auf der Farm. Sie wollte mich laufen lassen. Sie wollte nicht, dass Mona am Ende ihre Söhne zum Mord anstiften würde. Aber ehe ich entfliehen konnte, kreuzte Mona auf. Meine Ex geriet in Streit mit den beiden Kerlen. Sie forderten einen höheren Anteil. Sie hatten die Diamanten wohl verschwinden lassen. Mona wurde ungeduldig. Dann schnappten sich die beiden meine Ex und wollten sie vergewaltigen. Sozusagen als zusätzlichen Lohn dafür, dass sie mich aus dem Verkehr gezogen und die Diamanten beiseite geschafft hatten. Als ich merkte, was vor sich ging, befreite ich mich aus dem Schuppen. Nahm die Eisenstange und schlug sie nieder. Dann lief ich zum Wagen und rief meiner Ex zu, sie solle kommen. Aber sie kam nicht. Sie verfluchte mich. Und mit ihr die Mutter der beiden Typen. Leben sie noch? Hab' ich sie verletzt oder hab ich sie umgebracht? Ich weiß es nicht. Es wäre schrecklich, hätte ich zwei Menschenleben auf dem Gewissen, nur um eine Kriminelle zu retten."

Der Polizist stand auf und ging wortlos aus dem Raum. Er schien Gernot zu ignorieren. Das war noch viel schlimmer für ihn, als wenn er ihn beschimpft hätte. Als er fast draußen war, drehte er sich noch einmal um. „Der eine von den beiden Kerlen ist über den Berg, der andere liegt im Koma. Sieht nicht gut aus."
Er schloss die Türe und verschwand. Gernot nahm die Flasche in die Hand und trank, so gut das mit Handschellen eben ging.

Ein paar Minuten später kam der Oberlippenbart wieder zurück und ließ sich schwerfällig auf den Drehstuhl fallen. Er hatte ein Blatt Papier in der Hand. Es war ein Fax, handschriftlich beschrieben.

„So mein Freund, das sind die Aussagen der jungen Frau und der Zeugin, die das ganze Drama gestern Abend auf Blarefontein beschreiben. Soll ich es dir vorlesen oder gestehst du vorher noch?" Er kicherte fast ein wenig. Gernot ahnte, was er nun vorgelesen bekommen würde. „Lesen Sie, auch wenn ich Ihnen sage, dass ich schon jetzt weiß, dass es gelogen ist."

Der Mann nahm eine Brille und begann zu lesen.

„Der Täter verging sich hinter dem Holzhaus am weiblichen Opfer. Darauf wurden die beiden weiteren männlichen Opfer aufmerksam. Sie kamen aus dem Farmhaus. Beide Männer waren unbewaffnet. Sie versuchten dem weiblichen Opfer beiseite zu springen. Daraufhin ließ der Täter von ihr ab, nahm eine Eisenstange und schlug auf die beiden männlichen Opfer ein. Bericht aus dem Krankenhaus zum Gesundheitszustand wird angefordert. Die Mutter der beiden männlichen Opfer wird auf das Geschrei vor dem Farmgebäude aufmerksam und eilt nach draußen. Dort sieht sie ihre Söhne im Gras liegen. Sie bluten. Die junge Frau steht halb entkleidet daneben. Der Täter öffnet derweil die Autotüre und flieht. Das weibliche Opfer gibt zudem an, dass der Täter das Fahrzeug ihres Bruders in Oranjemund, Namibia, gestohlen habe um damit nach Südafrika zu fahren. Sie vermutet, er habe während ihres gemeinsamen Aufenthalts in Oranjemund illegal Drogen erworben und wolle diese nun in Südafrika verkaufen. Sie streitet nicht ab, den Täter gekannt zu haben. Beschreibt ihn als entfernten Bekannten aus Deutschland, dem sie einen Gefallen getan hatte, ihm in Namibia die Etosha-Pfanne und die Gegend um Swakopmund zu zeigen. Auf Nachfrage des Officers: Keinerlei sexuelle Vorbeziehung. Der Täter habe unvermittelt gehandelt, sie aber mehrfach während der Reise in ihrem Einzelzimmer bedrängt."

In Gernot stieg die Wut hoch. Wieviel Lügen konnte man verbreiten, ohne dass dies jemand durchschaute. Er schrie den Polizisten an: „Schon gut, hören Sie auf!" Der grinste nun wieder. „Ach, kommt jetzt das Geständnis."

„Nein, um Gottes Willen, nein!", schrie Gernot weiter. „Wie soll ich denn geflohen sein, wenn das Farmtor von Blarefontein geschlossen war? Den Zahlencode weiß ich von der Zeugin, der Mutter der beiden Typen. Und es waren diese Kerle, die Mona vergewaltigt haben. Ich hab ihnen die Eisenstange über ihre hohlköpfigen Schädel gejagt, damit sie von ihr ablassen."

Der Polizist klatschte wieder mit der Hand auf dem Tisch. „Hör auf mit den Lügenmärchen!"

Aber Gernot war nicht zu bremsen. „Es gibt genug Zeugen, dass Mona und ich nicht nur flüchtige Bekannte waren. Wir waren ein Paar. Ich habe sie geliebt und sie hat mich benutzt. Das ist die Wahrheit. Es gab auch nirgends ein Einzelzimmer für sie. Aber wer bezeugt mir schon ein einvernehmliches, erfülltes Sexleben." Der Oberlippenbart wurde sehr wütend.

„Du schweigst jetzt besser oder ich sorge dafür, dass du nicht mehr in der Lage bist, etwas zu sagen."

Er rief nach zwei anderen Polizisten, sprach mit ihnen in einer für Gernot fremden Sprache. Dann wandte er sich noch einmal an ihn. „Du kommst jetzt hier mal übers Wochenende in die Zelle und dann sehen wir weiter. Ich vermute, weil du Deutscher bist, dauert alles etwas länger. Am Montag geht's dann wohl nach Kapstadt. Die wissen besser, was man mit so einem Typen anstellt."

Dann deutete er Gernot mit einer Geste, aufzustehen. Die beiden Beamten hakten sich links und rechts unter. Wie aus dem Nichts tauchte auch wieder der Beamte auf, der sich schweigend Gernots Geschichte angehört hatte. Er hatte den Schlüssel zu den Handschellen bei sich, befreite Gernot und meinte abschließend: „Ganz schön arg, das da am Handgelenk." Gernot nickte. „Und das waren nicht eure Handschellen, aber mir will ja niemand glauben!"

Es klang fast flehentlich, verhallte aber erneut.

Die beiden Polizisten, jung und schmächtig, geleiteten Gernot zu einem Raum am Ende der Wache. Es war eine Zelle. Sie öffneten erst ein vergittertes Zwischentor, ehe sie in die Zelle eintraten.

Gernot kannte diesen Anblick bislang ausschließlich aus schlechten Hollywoodfilmen. Eine Pritsche aus Plastik. Ohne Stoffbezug. Eine eiserne, versiffte und stinkende Kloschüssel, schräg darüber ein ebenfalls eisernes Waschbecken. „Wenn du pissen warst, klingel hier, dann drehen wir das Wasser auf", sagte einer der beiden Polizisten. Dann krachte eine Tür ins Schloss und es war fast dunkel. Licht fiel nur durch einen Gitterschacht am oberen Ende der Zelle. Einsamkeit und Wut. Dieses unendliche Gefühl ungerecht behandelt zu werden, es fraß Gernot auf.

Die Augen gewöhnten sich langsam an die Dunkelheit. Er setzte sich unter Schmerzen auf die Pritsche und fing an zu überlegen. Er musste Pläne schmieden. Mal wieder. Diesmal ging es aber nicht um die Flucht aus dem Schuppen. Diesmal ging es darum, seinen Kopf aus der Schlinge zu ziehen. Er hatte zwar keine Ahnung, was in Südafrika auf Vergewaltigung in Tateinheit mit schwerer, zweifacher Körperverletzung und wenn er Pech hatte dies auch noch mit Todesfolge stand. Aber er wusste, dass es Jahre dauern würde, bis das Sonnenlicht wieder an seine Augen dringen durfte und er in München auf seiner Terrasse sitzen konnte.

18

Das Wochenende war eines der längsten, das Gernot je erlebt hatte. Er musste Fieber bekommen haben, glühte und fror im gleichen Moment. Lange Zeit hatte er auf der Pritsche einfach nur geschlafen.

Die Polizisten hatten ihm nur wenig zu essen gegeben. Am Samstag hatte er zwei Flaschen Wasser bekommen und eine Tüte Chips. Am Sonntag gab es eine Dose pappsüßer Limonade und eine Flasche Wasser. Dazu ein trockenes Sandwich. Er spürte, dass die Kräfte weiter schwanden.

Es würde lange dauern, bis er wieder auf die Beine kommen würde. Er musste raus! Raus! Raus! Halb schrie er es nur im fiebrigen Traum, halb schrie er wirklich. Er befand sich in einer Art Zwischenwelt. Mal klar, mal weggetreten. War es Malaria? War es irgendein Infekt, der sich unbehandelt zu einem Desaster aufbäumte?

Die vergitterte Türe wurde fortgeschoben und der Eisenverschlag hob sich. Vor der Türe stand ein Mann im feinen Anzug. Aber er trug sichtbar eine Waffe, also war auch er von der Polizei. „Mitkommen!", herrschte er Gernot unfreundlich an. Er fühlte sich erniedrigt, wehrlos und ausgeliefert. Er wagte aber nicht zu sagen, dass er einen Anwalt sprechen wolle. Er wusste, dass es sein Recht war, die deutsche Botschaft einzuschalten, aber er sprach es nicht an. Die Angst, dass man ihm etwas antun könnte, war zu groß und die Kraft war zu gering.

Neben dem Anzugträger tauchte wieder der Beamte auf, der bereits vor dem Wochenende den Eindruck vermittelt hatte, als hätte er nicht schon im Vorfeld ein klares Urteil gefasst. Er schob den gefangenen Deutschen langsam, aber nicht barsch vor sich her den Gang entlang.

Der Anzugträger öffnete sein Büro. Gernot wurde bedeutet, sich auf den Stuhl seitlich des Schreibtisches zu setzen. An der Wand das Bild des Präsidenten, sonst schlichtes Mobiliar. Auf dem Schreibtisch ein Telefon und einige Aktendeckel. Auch seine Akte, vermutete Gernot. Und wann würden sie die hässlichen Verbrecherfotos von ihm machen? Nannte man das nicht erkennungsdienstliche Behandlung oder so? Der Beamte, der ihn hereingeführt hatte, ging zur Tür und blieb im Rahmen stehen. Er schob Wache.

Der Anzugträger, Mitte vierzig vielleicht, smart und elegant, schien entweder der Staatsanwalt zu sein oder aber ein Kriminalbeamter. Trugen Staatsanwalte in Südafrika Waffen, wunderte sich Gernot. Es war ihm auch egal.

Der Mann ließ sich vor Gernot auf dem Schreibtisch nieder. Er saß auf der Schreibtischplatte und musterte den Beschuldigten eindringlich, sagte aber noch nichts. In dem Moment, in dem er ansetzte, etwas Unverständliches zu murmeln - Gernot konnte nicht erkennen, ob es Englisch, Afrikaans oder eine andere Sprache war - hörte man Geschrei vor der Tür.

Aufgebrachte Frauenstimmen riefen durcheinander. Es war hysterisches Geschrei. Wut schien die Stimmlagen zu bestimmen. Wie viele Frauen dort kreischten, war nicht zu ermitteln. Gernot aber fühlte sich augenblicklich noch unwohler. Er hatte Angst, man hätte einen Mob auf ihn gehetzt.

Das aber stellte sich sofort als eine falsche Vermutung heraus. Eine Polizisten kam in den Raum gestürmt, unterbrach das ohnehin unverständliche Gemurmel des Anzugträgers, flüsterte ihm etwas ins Ohr. Er nickte einmal, nickte zweimal, rief dann relativ laut *Shit* und erhob sich von der Schreibtischkante.

Er sagte in klarem Englisch zu Gernot: „Wir haben ein Problem vor der Wache. Das müssen wir lösen. Es geht um ein kleines Kind. Weiß noch nicht genau, was es ist. Sie bleiben hier sitzen." In der Tür stand noch immer der Beamte, der Gernot beobachtete. Ihm raunte der Anzugträger beim Verlassen des Raums noch zu: „Und Sie, Officer, passen auf ihn auf."

Da saßen sie nun wieder. Gernot hätte ihm wieder die ganze Story erzählen wollen. Wieder und wieder hätte er gerne abgespult, was sich tatsächlich zugetragen hatte. Aber glauben wollte ihm hier niemand. Auch nicht der einzige Beamte, der ihm nicht offen gehässig gegenübertrat. Alle anderen behandelten ihn wie einen Schwerverbrecher. Er hatte vergewaltigt, zwei Männer halbtot geprügelt und am Ende warf man ihm wohl auch noch vor, das Auto von Monas Bruder gestohlen zu haben.

Gernot hatte den Blick auf den Boden des kahlen Raumes gesenkt und sinnierte über den Mist nach, der ihm hier widerfuhr. Wie viele Jahre würde er unschuldig hinter Gittern zubringen, wenn man ihm nicht glaubte? Würde die deutsche Botschaft helfen? Brauchte er am Ende die Unterstützung seiner Ex-Frau? Es hämmerten tausend Fragen auf den geschwächten Körper ein, der wackelig und unruhig auf dem Stuhl saß und anfing, sich selbst von außen zu beobachten. Ein kraftloser Mann, ausgezehrt, stinkend und versifft. Wie ein Obdachloser, der wochenlang unter der Brücke der Isar hauste, ohne die Kleidung zu wechseln. Er musste fürchterlich stinken. Für die Menschheit eine Zumutung. Für sich selbst war Gernot nur mehr ein Schatten, der den Pfad der Urlaubsreisenden längst verlassen hatte und in den düsteren Feuerball des südafrikanischen Alltags katapultiert worden war. Ohne Fangnetz, ohne Sicherheitsgurt und ohne Halt. Er fiel taumelnd durch dieses Feuer in endlose Tiefen, nahm Fahrt auf und wusste, wenn nicht bald etwas geschah, das ihn befreite, würde diese Feuerfahrt mit einem lauten Knall in einer düsteren Zelle enden, eingepfercht mit *anderen* Kriminellen, auf Jahre hinaus. Hatte er da eben gerade wirklich *andere* Kriminelle gedacht? War er schon in seiner neuen Rolle angekommen, die sie ihm auf den Leib geschrieben hatten? Er hasste sich für diesen Gedanken und für diesen einen Moment, in dem er Schwäche gezeigt hatte.

Draußen erklang noch mehr Geschrei. Es wurde lauter und Gernot hatte den Eindruck, das Treiben vor der Polizeistation verlagerte sich auch nach drinnen. Plötzlich riss der Anzugträger die Tür wieder auf. Sein feiner Zwirn war verrutscht, Schweiß stand ihm auf der Stirn und es machte den Eindruck, als säße auch die Knarre nicht mehr richtig im Gürtel. Er fauchte den Wachhund an, er möge auf der Stelle seinen Hintern aus dem Verhörraum nehmen, draußen sei die Hölle los. Der Polizist, der Gernot zu bewachen hatte, zuckte mit den Schultern. Es war eine Geste in Gernots Richtung, die ihn in Sekundenschnelle wieder Mensch werden ließ. Jemand kommunizierte mit ihm. Der Anzugträger schrie Gernot an: „Und du bleibst hier sitzen, sonst bist du tot!"

Das verstand Gernot wohl. Es war ihm auf der Stelle klar, dass ausbrechen keinen Sinn machen würde. Zum einen kannte er nur einen Weg aus der Wache und der führte durch das Chaos draußen. Zum anderen würden sie ihn wieder einsammeln, irgendwo in Clanwilliam oder kurz vor den Toren dieses Provinznests. Wo wollte er auch hin? Nach Springbok, seine Sachen holen? Wie in einem Katz- und Mausspiel musste so ein dämlicher Versuch enden. Käme er Tage später dort an, würden sie ihm auflauern und lässig rufen: „Auch schon da?". Er blieb also sitzen.

Es dauerte ein paar Minuten und nichts geschah. Draußen immer noch Geschnatter und Aufruhr. Was auch immer es war, es gab ihm Zeit. Gernot überlegte eine Weile, was er tun konnte. Auf dem Tisch stand ein Telefon. Er konnte also womöglich jemanden anrufen. Ted? Er probierte es. Nichts. Es tutete schrecklich schnell, wählte aber nicht. Er probierte es mit einer Null zu Beginn wieder nichts. Womöglich konnte man mit diesem Apparat nicht ins Ausland telefonieren. Aber wen sollte er denn schon in Südafrika anrufen, der ihm helfen konnte? Mona war die einzige Person, die ihm auf Anhieb einfiel, aber Mona war von seiner Geliebten zur ärgsten Widersacherin geworden, die ihn loswerden wollte. Sie hatte ihr Ziel ja erreicht. Er war von der Bildfläche verschwunden. Vom Geliebten zum Kriminellen, der ausgeschaltet und nicht mehr glaubwürdig war. Keiner konnte ihm mehr glauben. Er hätte schon wieder heulen können.

Wütend schob er die Hände in die Hosentasche und stieß da auf seine Rettung. Ein kleiner Zettel - mit einer Telefonnummer: *the girl from Oranjemund*. Belinda Oosthuizen.

Er zog den Apparat zu sich heran und wählte zittrig die Nummer. Wieder nichts als Tuten. Er probierte es auch hier noch einmal. Mit der Null zuvor.

Eine Weile geschah nichts, doch dann änderte sich das Piepen, er hatte eine Verbindung. Sein Herz pochte. Er flehte den Herrgott an, dass nicht in diesem Augenblick einer der Polizisten in den Raum kommen würde. Es wäre eine Katastrophe, die ihm teuer zu stehen kommen konnte. Während es läutete legte er sich die Worte bereits zurecht.

Da knackte es und Belinda meldete sich. Er ließ ihr keine Zeit zum Nachdenken, sprach.

„Hallo Belinda, hier spricht Gernot. Ich bin der Typ aus Deutschland, der mit seiner Freundin in Oranjemund unterwegs war, Golf Club, Kneipe, versetzt... du erinnerst dich?"

Stille am anderen Ende der Leitung.

„Na klar, Gernot. Ist sie denn wieder aufgetaucht, deine Mona?", wollte Belinda wissen und fragte sogleich: „Wo seid ihr? Schon in der Nähe von Kapstadt?"

„Pass auf, ich hab nicht viel Zeit. Ich bin alleine und ja, in der Nähe von Kapstadt. In Clanwilliam. Aber ich sitze im Knast. Sie hat mich als Diamantenkurier eingesetzt, dann wurde ich von zwei Typen auf einer Farm festgehalten und als Mona kam um ihnen Geld zu geben, haben diese Typen sie versucht zu vergewaltigen. Ich hab den beiden mit einer Eisenstange über den Kopf gehauen und wollte mit Mona abhauen. Aber die hat nur geschimpft und mich verflucht. Ich bin alleine los. Ich weiß nicht, ob ich drei oder vier oder fünf Tage in diesem dunklen Schuppen gefesselt war."

„Oh Gott, schrecklich, was dann?", fragte Belinda entsetzt.

„Dann bin ich mit dem Wagen von Monas Bruder zurück in Richtung Springbok zum Hotel. Kam aber nicht weit, eingeschlafen. Und als ich aufgewacht hab, hat mich die Polizei schon umstellt gehabt. Mona hatte behauptet, ich hätte sie vergewaltigt und die beiden Typen niedergeschlagen. Die Mutter der Kerle bestätigt das, weil sie um ihre Söhne - Vollidioten, wenn du mich fragst! - Angst hat und nicht will, dass sie im Knast landen. Und seitdem sitze ich hier. Das ganze Wochenende schon. Die glauben mir kein bisschen, wollten nicht wissen, was ich auf der Farm gemacht habe, nichts. Die Polizei behandelt mich wie einen Schwerverbrecher, der eine Frau vergewaltigt, zwei Kerle zusammengeschlagen und ein Auto gestohlen hat."

„Ok, ich kümmere mich sofort um alles. Wo bist du genau?", wollte sie wissen.

„In Clanwilliam auf der Polizeistation. Da ist irgendwie die Hölle los und sie haben mich alleine in einem Raum gelassen. Jetzt telefoniere ich illegal mit dir."

„Hau ja nicht ab, das macht alles nur noch schlimmer", befahl sie Gernot. „Natürlich nicht", gab er zurück. „Gib mir einen halben Tag, ich muss mit meinen Eltern sprechen. Ich glaube dir! Und ich habe genug Zeugen, die aussagen können, dass Mona und du ein Paar wart, da wird das mit der Vergewaltigung hier nichts mehr. Du verstehst?" Gernot nickte und fügte dann ein leises *Danke* hinzu. Die Angst schnürte ihm die Kehle zu. Er legte auf und schob den Apparat zurück an seinen Platz. Sein Herz hämmerte immer noch. Würde sich etwas ändern nach dem Anruf? Konnte Belinda helfen? Er kannte diese junge Frau doch überhaupt nicht. Vielleicht wollte sie einfach nur nett sein und nichts weiter.

19

Nachdem der Krach abgeklungen war, kehrte wieder Ruhe in der Station ein. Der Anzugträger kam zurück in sein Büro. Er fluchte herum. „Dich kann ich heute hier nicht gebrauchen", bellte er herum. Als ob Gernot um eine Anstellung als Praktikant gebettelt hätte. „Lass mich gehen und du bist mich los", dachte er bei sich - ohne auch nur ein Wort zu sagen.

„Schafft ihn zurück in die Zelle, wir haben hier genug zu tun mit den Protokollen und dem Papierkram." Gernot wurde bedeutet, sich zu erheben. Erneut war es der Polizist, der zugehört hatte, der ihn begleitete. „Was war los da draußen?", wollte Gernot wissen.

„Ach nichts weiter", sagte der Polizist, der kurz hinter Gernot ging, ohne ihn aber zu schieben. „Sie haben ein Kind halb tot geprügelt und der Polizei vorgeworfen, nichts zu tun. Wir haben aber gar nichts mitbekommen. Der Streifenwagen, der da rumstand, war leer. Und das gab einen großen Aufstand, eine kleine Auseinandersetzung, denn mit aufgebrachten Frauen, die um ihre Kinder bangen, legt man sich in diesem Land lieber nicht an."

„Ich verstehe", sagte Gernot. „Die sind unberechenbar. Auch wenn Sie mir nicht glauben, das ist das Problem, mit dem ich auch kämpfe. Ich habe diese Frau nicht vergewaltigt. Sie war meine Freundin, meine Lebenspartnerin. Es waren diese zwei Brüder. Aber ihre Mutter deckt sie. Sie will sie nicht im Knast sehen."

Der Polizist nickte stumm und fügte dann knapp hinzu: „Das klärt dann die Kriminalpolizei oder der Staatsanwalt. Wir bringen Sie morgen hier fort. In Clanwilliam ist es kaum möglich, dass wir uns um Sie kümmern. Besser können das die Kollegen in Kapstadt. Und die werden dann auch die Leute befragen, die Sie ihnen nennen. Aber ich sage Ihnen gleich, es sieht alles andere als gut aus für Sie."

Gernot fühlte dennoch Dankbarkeit. Es war das erste Mal seit seiner Festnahme, dass irgendjemand zu ihm sprach wie mit einem normalen Menschen. Entweder man sprach gar nicht zu ihm oder maulte ihn forsch an. „Wann darf ich einen Anwalt anrufen", wollte er noch wissen. „Das muss der Boss klären, Sie sind Ausländer, da ist alles so kompliziert, verstehen Sie?" Gernot nickte. „Aber ihr solltet meine Ex-Freundin, die mich angezeigt hat, nicht laufen lassen, sie ist die Kriminelle und nicht ich."

Erneut nickte der Beamte. „Aber Sie sitzen hier als Verdächtiger fest und sie ist frei. Sie war es, die Anzeige erstattet hat." Nun nickte Gernot.

Er bekam noch eine Flasche Wasser und etwas zu Essen gereicht, ehe sich die Zellentür erneut hinter ihm schloss. Wieder starrte Gernot einfach nur stundenlang ins Leere - auf den Lichtschacht. Das bisschen Helligkeit, das von außen herein plätscherte. Das Warten machte müde. Wenn er gewusst hätte, auf was genau er wartete, wäre Gernot vielleicht etwas weniger träge gewesen. Die Rückenschmerzen, die er hatte, seit er auf Blarefontein gefangen genommen worden war, wurden in dieser Zelle nicht besser. Die Pritsche war hart und unbequem. Und sie stank. Sein eigener verschwitzter Körpergeruch vermengte sich mit dem muffigen Moder der Liege zu einer übel riechenden Mischung, die Übelkeit verursachte und Gernot erneut vor sich Ekel empfinden ließ.

Er schlief ein.

Es zogen sich schmale Pfade durch ein Meer aus orangen und weißen Blüten. Er war inmitten des Namakwa-Lands. Staubige Pfade, verschlungen und teils ohne Ziel. Holprige, schmale Straßen. Überall schepperten durchgeschüttelt blaue VW Jettas über diese Wege. Dutzende dieser Wagen zogen ihre Wege durch das Wunder der Blüten. Gernot stand am Wegesrand und duckte sich jedes Mal, wenn wieder einer der Wagen kam. Verschwand unter dem Dach aus Blüten. Wanderte still weiter. Überall standen Schilder am Wegesrand. *Kamieskroon* las er auf dem einen. *Springbok* stand auf dem anderen. Auf einem dritten konnte man *Sperrgebiet, Namibia* lesen. In diese Richtung schritt Gernot voran. Aber von dort kamen die blauen Autos. Massenweise. Er erblickte sie über Hügel kommen, aufgereiht wie eine blaue Perlenkette. Sie bahnten sich schnaufend einer Eisenbahn gleich den Weg ins Tal. Blaue Schnüre durch orangenfarbenen Blütenteppich.

Es krachte die Zellentür und Gernot fuhr hoch. Wie lange hatte er geschlafen? Er erblickte den Anzugträger und neben ihm einen Weißen. Der sagte nur kurz *Guten Abend* und wandte sich an den Polizisten in Zivil: „Hat er nicht einmal eine Dusche bekommen?" Der Anzugträger zuckte nur müde mit den Schultern.

„Aufstehen!", fauchte er Gernot an. Der sah in die Augen des älteren weißen Mannes, der ebenfalls einen Anzug trug und eine viel zu kurz gebundene Krawatte. „Ich rede alleine mit ihm", sagte er zum Polizeichef und machte eine Bewegung, die verriet, er würde Gernot schon nicht laufen lassen.

Mühevoll rappelte der sich hoch, reichte dem Besucher die Hand und stellte sich vor.

„Aus Deutschland, ja", betonte Gernot auf Nachfrage noch einmal.

„Gerhard Venter", sagte Gernots Gegenüber und schüttelte ihm ebenfalls die Hand, wenn auch etwas unwillig. Gernot musste einen abscheulichen Eindruck vermitteln.

„Dann wollen wir mal zusehen, dass wir Sie hier raus bekommen", sagte Venter, der sich als Rechtsanwalt entpuppte. „Familie Oosthuizen aus Simon's Town hat mich geschickt. Belindas Vater meinte, es wäre wohl dringend." Der ältere Herr mit dem leichten Bauchansatz lächelte Gernot kurz an.
Belinda! Sein Anruf hatte etwas bewirkt und das schon innerhalb so kurzer Zeit! Ihm fiel ein Stein vom Herzen.

„Erzählen Sie mir Ihre komplette Geschichte", forderte der Mann Gernot auf und setzte sich neben ihn auf die Pritsche.

Gernot begann dann zu erzählen. Ganz am Anfang in der Kneipe in München, wo er nach seiner traurigen Scheidung mit Ted etwas essen gegangen war und diese faszinierende, junge Frau aus Afrika traf.

„... die Ihnen nun aber zum Verhängnis wurde, wie mir Belinda beschrieben hat", fügte Venter väterlich gütig an. Gernot nickte.

„Sie hatte schon in Namibia während unserer ersten Urlaubstage andauernd telefoniert. Da war ein Viktor, der ab und an anrief. Sie sagte es wäre ein Kollege mit Alkoholproblemen und es war ihr immer unrecht, wenn ich merkte, dass sie telefonierte. Ich bekam zufällig eine SMS-Nachricht zu lesen, auf der man ihr irgendwelche seltsamen Zahlenketten schickte, die sich später als Koordinaten herausstellten. Der Zettel, wo das notiert ist, liegt aber wohl immer noch in dem Hotel in Springbok."

„Was haben Sie in Springbok gemacht?", wollte der Anwalt wissen.

„Als wir in Oranjemund waren, der Heimatstadt Monas, wurde ihr Vater angeblich schwer krank. Sollte per Flugzeug nach Windhoek gebracht werden. Sie musste mit ihrem Bruder und der Mutter mit. Vermutlich aber alles erlogen. Ich könnte mich so ärgern. Sie hatte mich alleine in einem Lokal sitzen lassen. Dort traf ich dann übrigens zufällig auf Belinda."

Der Anwalt nickte. „Das deckt sich dann mit der Geschichte, die Belinda erzählt hat. Ihre Partnerin sei dann nicht aufgetaucht und Belinda hat Sie in Ihre Unterkunft gebracht. Dort gab Sie Ihnen Ihre Nummer. Zudem habe eine Schankkellnerin in dem Lokal in Oranjemund mehrfach betont, dass Ihre Mona keinen allzu guten Ruf hätte. Aber das ist juristisch erst einmal von keiner Bedeutung. Für uns ist wichtig, dass wir Leute haben, die bezeugen können - und das möglichst noch heute -, dass Mona und Sie als Paar unterwegs waren. Dann ist der Vergewaltigungsvorwurf schon mal etwas anders zu bewerten."

„Wenn es möglich wäre, dass ich einen Arzt aufsuchen könnte, könnte ich auch beweisen, dass man mir in Gefangenschaft auf dieser Farm echt übel mitgespielt hat."

Wieder nickte der Anwalt. „Man sieht es sogar noch teilweise an Ihrem Gesicht. Dass Ihnen die Polizei hier keinen Glauben schenkt, wundert mich allerdings wenig. Einfache Lösungen auf einfache Anklagen. Das ist alles. Haben Sie schon mit der deutschen Botschaft Kontakt aufnehmen können?"

Gernot schüttelte den Kopf. „War klar", stimmte Venter in das Kopfschütteln ein. „Jetzt holen wir Sie da erst einmal raus."

Er zückte ein Mobiltelefon und tippte eine Nummer ein, dabei schob er sich die Lesebrille vorsichtig die Nase hinauf. Sein weißer Bart wippte etwas beim Tippen. „Und die Polizei hat Sie Frau Oosthuizen einfach so anrufen lassen", fragte er ganz nebenbei.

„Nein", gab Gernot zurück. „Die Polizei hier war mit irgendeinem Aufruhr vor der Wache so beschäftigt, dass ich vergessen wurde und alleine in einem Verhörraum saß. Da gab es ein Telefon und da hab ich all meinen Mut zusammengefasst."

„Verstehe", nickte Venter, hob den Zeigefinger zur Erklärung, dass er eine Verbindung hatte und begann auch schon zu sprechen. Gernot verstand nichts von alldem, Venter sprach Afrikaans und das wohl auch noch recht schnell.

Nach einem Gespräch von vielleicht zwei Minuten, was Gernot vorkam, als habe es Ewigkeiten gedauert, steckte der Anwalt das Handy wieder in seine Tasche, fuhr sich mit der Hand über das Jackett und grinste. „In diesem Land ist es manchmal sehr leicht in den Knast zu wandern. Aber man ist auch genauso leicht wieder draußen."

Gernot fasste das als gutes Zeichen auf und nickte. „Das heißt?"

„Wir warten auf den Anruf des Staatsanwalts bei der Wache hier. Dann kriegt der Herr, der Sie hier ein Wochenende lang festgehalten hat ohne Ihnen Kontakt zur deutschen Botschaft herzustellen, ohne Sie duschen zu lassen - und das sollten Sie dringend tun! - und ohne Ihnen die Möglichkeit zu geben, mit einem Anwalt zu telefonieren ordentlich eine übergebraten. Man wird eine Summe nennen, die als Kaution hinterlegt werden muss um Sie gehen zu lassen. Dafür bürgt Herr Oosthuizen. Das ist sicherlich nicht die Welt. Sie dürfen dann diese herrliche Stätte der Unfähigkeit wieder verlassen, aber nicht aus Südafrika ausreisen. Wir werden uns dann gemeinsam an die Arbeit machen, Stück für Stück zu beweisen, dass Ihre Geschichte der Wahrheit entspricht und nicht die Story der ehemaligen Geliebten. Die dürfte seit Freitag wieder in Namibia sein, weil es sich für sie dort sicherer anfühlt. Aber wir haben genügend Zeugen. Belinda an erster Stelle. Dann sollten wir den Hotelier in Springbok befragen. Vielleicht finden sich noch weitere Zeugen."

„Womöglich kann man auch noch einmal auf die Farm fahren, wo ich festgehalten wurde. Ich könnte mir vorstellen, dass die Mutter der Brüder, die ich niedergestreckt habe, doch noch aussagt, wenn man ihr nur klar macht, dass es keine gute Idee ist, ihre Söhne zu decken. Außerdem würde ich ihr gerne selbst erklären, dass ich ihre Kinder nicht umbringen wollte, sondern meine Lebensgefährtin vor..." Er schluckte. „...ehemalige Lebensgefährtin", fuhr Gernot fort, „vor einer Vergewaltigung schützen wollte."

Venter senkte den Kopf. „Ich weiß nicht, ob das eine gute Idee ist. Sie wird es womöglich nicht verstehen. Aber auf der anderen Seite sollte man der Lady tatsächlich verdeutlichen, dass die Vertuschung einer Straftat und das Decken von Kriminellen selbst kriminell ist."

Gernot nickte. Er fühlte sich zum ersten Mal seit vielen Tagen wieder verstanden, wie ein Mensch, der ernstgenommen wurde. Er bedankte sich bei Venter, der sofort zurückgab: „Dieser Dank geht an Belinda und ihren Vater, die sich sofort und ohne zu zögern für Sie eingesetzt haben."

Es klopfte und der Anzugträger stand im Raum. Er schwitzte noch mehr. Seine Backen schienen sich im Sekundentakt aufzuplustern. Er wirkte fahrig und Gernot erkannte sofort, dass Venter Recht hatte. Es musste einen Anruf gegeben haben, der ihm nicht gefallen hatte. Der Polizeichef würdigte Gernot keines Blickes. Als sei er nicht existent, krimineller Abschaum. Er sprach englisch mit Venter: „Er kann gehen. Er bleibt in der Provinz. Keine Ausreise, keine falschen Spielchen. Die Kaution hat ein Kerl aus Simon's Town hinterlegt."

Venter nickte nur und fügte dann schnippisch an: „Na also, geht doch." Gernot kam es wie ein Siegeszug vor, als er aus dem Raum ging. Er hatte nichts bei sich. Er hatte keine Ahnung, was mit dem Wagen passiert war, den er an einem Parkplatz an der N7 abgestellt hatte. Wahrscheinlich waren Mona und ihr Viktor damit heim nach Namibia gefahren.

„Wir fahren morgen in den Norden, zurück nach Springbok. Ich gehe mit Ihnen in Ihr Hotel und erkläre dort alles an der Rezeption, stelle den Angestellten ein paar Fragen. Wir bleiben eine Nacht dort und fahren dann gemeinsam an die Küste. Herr Oosthuizen möchte Sie gerne kennenlernen. Er bietet Ihnen an, in seinem Hotel zu übernachten. Wir können von dort aus für Sie tätig werden."

Gernot wusste gar nicht, wie ihm geschah. Er war so erleichtert. Eine große Last fiel von ihm ab. Er hatte das Gefühl, dass auch das Fieber von einem auf den anderen Moment wieder verschwand.

„Ach und Sie wollten einen Arzt aufsuchen, gute Idee! Ich kenne einen guten Arzt hier in Clanwilliam. Ein Freund von mir. Der wird uns sicher helfen. Kommen Sie schon, nichts wie raus hier."

Venter machte eine Bewegung, die zur Eile mahnte. Es war schon spät geworden. Gernot hatte Mühe beim Aufstehen, sank einmal kraftlos auf die Pritsche zurück. „Oh weh, Ihnen hat man aber wirklich übel mitgespielt", entfuhr es dem freundlichen Anwalt, der sich anbot, den viel jüngeren Deutschen zu stützen.

20

Die Luft roch angenehm frisch. Der frühe Abend legte sich über das Städtchen Clanwilliam und Gernot atmete tief ein. Seine Lunge füllte sich mit der frischen Luft und er spürte das Gefühl großer Erleichterung. Sein eigener Körpergeruch wurde von der Frische fortgeweht und die Scham wich allmählich etwas.

Venter telefonierte wieder. Er nickte, einmal, zweimal, dreimal und beendete das Gespräch mit *bis gleich*, sodass Gernot wusste, dass es etwas gab, das nun auf der Stelle zu tun war.

„Passen Sie auf, Doktor Rauthenbach wird Sie heute noch untersuchen, Gernot. Darf ich Gernot sagen?", hakte der Anwalt nach. „Gerne", antwortete Gernot, der das sichtlich als Wertschätzung empfand und sich freute, dass man ihm nun Glauben schenkte.

Sie hielten an einer dunklen Straßenecke in einem wohlhabenden Viertel in Clanwilliam. Es war ein typisches südafrikanisches Haus, allerdings scheinbar zweigeteilt in einen privaten Bereich und die Praxis. Venter klopfte und eine Bedienstete öffnete. „Hey Molly", begrüßte Venter die Schwarze freundlich, „ist Theo schon drüben in der Praxis?" Sie nickte und deutete auf den anderen Teil des Hauses. „Prima, danke!" Er wies Gernot den Weg in Richtung Praxis, klopfte dort erneut. Ein Mann in Venters Alter öffnete. Die beiden lagen sich kurz in den Armen, sprachen englisch miteinander, sodass Gernot verstehen konnte, was sie sprachen. „Das ist der Mann, den sie übel zugerichtet haben, ehe sie den Spieß dann auch noch umdrehten", erklärte der Anwalt und schob Gernot behutsam vor sich in den Behandlungsraum.

„Möchten Sie sich vielleicht erst einmal duschen, bevor ich Sie genauer untersuche?", fragte der lange, hagere Arzt, der eine wunderbar runde Nickelbrille und einen exakt sitzenden Scheitel trug. Gernot nickte verlegen. Doktor Rauthenbach öffnete eine Verbindungstüre zwischen Privathaus und Praxis und rief lautstark nach Molly.

Die Angestellte kam langsam heran und rümpfte bei Gernots Anblick die Nase. „Ja, ja, deswegen rufe ich Sie ja", belustigte sich der Arzt - aber auf eine seltsam ehrliche und daher sympathische Art und Weise. „Geben Sie dem Herrn bitte ein Handtuch und lassen Sie ihn im Gästebad ausgiebig duschen."

Für Gernot war es die Wiedergeburt in der Gesellschaft, in der er eigentlich zu Hause war. Er spürte nun, wie weit er sich in den letzten Tagen außerhalb dieser Gesellschaft bewegt hatte. Als Randerscheinung, als Aussätziger. Wie ein Leprakranker in Indien. Der Verbrecher. Der Vergewaltiger. Stinkend und schmutzig auf jede nur erdenkliche Art und Weise. Mit jedem Liter Wasser, der sich über seine Haut legte, wurde ihm wohliger und ein Gefühl der Stärke durchflutete ihn. Er war wieder der Gernot, der er sein wollte. Und ironischerweise fühlte er sich in diesem Moment so wie in der Zeit als er zufrieden mit Mona sein Leben lebte. Ach, dieses *Damals* in München, es war erst Wochen her und dennoch lagen ein Universum und ein Drama dazwischen. Er war nicht mehr der Mann von damals und Mona war nicht mehr die Mona, die damals sanft das Laken um die Beine schlug um sich in seinem Bett zu rekeln. Sie war nun entblößt, offenbart und ungeschminkt. Eine Diebin, Kriminelle, eine, die für Geld über Leichen ging. Die Stimme nicht sanft und liebkosend, sondern rauchig und bissig. Gernot wusch dieses Leben von sich ab. Der Dreck verschwand in einem Loch im Boden und von oben kamen frisches, heißes Wasser und frische Energie.

Venter und der Arzt warteten bereits auf den neuen Gernot. „Na, geht doch", sagte der Anwalt lächelnd. „So gefallen Sie uns schon viel besser", stimmte Doktor Rauthenbach in den Chor ein. Venter machte eine verständnisvolle Handbewegung und verließ den Raum.

Der Arzt bat Gernot genau zu beschreiben, wo es überall schmerzte und wie die Schmerzen zustande gekommen waren. Das Knie war blau. Der Rücken ebenfalls. Der Arzt schüttelte einige Male entsetzt den Kopf. „Und das haben die auf der Wache nicht beachtet?", fragte er ungläubig. „Nie danach gefragt und wenn, hätten sie vermutlich behauptet, es würde vom Kampf mit der Eisenstange herrühren." Der Arzt nickte. „Ist auch die Eisenstange gewesen, aber die haben Sie Ihnen ja - wie Sie berichten - als Schraubstock übergezwängt. Tut das weh?", fragte er nach, als er Gernot kräftig am Rücken quälte. Dem entfuhr ein Schrei. „Verstehe, es tut weh", gab sich der Doktor die Antwort gleich selbst.

Er bat Gernot, sich wieder anzuziehen, empfahl ihm, sich in Deutschland noch einmal untersuchen zu lassen. Dann öffnete er die Türe wieder und bat den Anwalt dazu.

„Glück im Unglück, Gerhard. Er hat jede Menge Prellungen, die in der Summe brutal schmerzhaft sind, aber nichts ist gebrochen. Zudem diese Abschürfungen an den Händen. Das Fieber war wohl eher die Schwüle in der Zelle, eine ernsthafte virale oder bakterielle Erkrankung würde ich zum gegenwärtigen

Zeitpunkt ausschließen", sagte er sachlich. Der Anwalt fragte ergänzend: „Und kann er sich diese ganzen Prellungen geholt haben als er mit den beiden Typen während *seiner* Vergewaltigung mit der Eisenstange gekämpft hatte?"

Theo Rauthenbach lachte spitz auf, schob die Nickelbrille zurecht und wurde zynisch: „Natürlich, er ist im Gange, die Frau gewaltsam klein zu kriegen um sich an ihr zu vergehen, dann kommen die beiden Kerle mit der Eisenstange, er dreht sich um gerät mit zwei starken Typen in eine Schlägerei, entreißt ihnen die Stange und prügelt sie krankenhausreif. Dabei sieht das Vergewaltigungsopfer tatenlos zu. Ich bitte dich, Gerhard, schon der gesunde Menschenverstand sagt, dass das so nicht funktioniert."

Gernot war froh, dass der Arzt ihm glaubte. „Ich schreibe das jetzt in einen Bericht, den du vor Gericht verwenden kannst. Ich nehme an, sie werden ihn dann nochmal untersuchen lassen. Du sagst, er ist noch immer Beschuldigter und nur auf Kaution draußen?"

Venter nickte. „So ist es."

„Würden Sie mir Ihre Version noch einmal genau schildern - für den Bericht. Ich muss das aufschreiben, damit ich dann auch abstreiten kann, dass Ihre Prellungen dabei zustande gekommen sein können. Und vor allem die Schürfwunden an den Händen."

Gernot nickte verlegen, wollte eigentlich viel lieber vergessen, war sich aber bewusst, dass er das nun noch einmal durchstehen musste und begann in einer Art Zeitraffer alles noch einmal zu durchleben.

Mutter der beiden Brüder will ihn laufen lassen. Gibt ihm sogar den Code für das Farmtor. Mona erscheint. Er hört Streit zwischen ihr und den Brüdern. Hört Monas Schreie. Öffnet Türe. Sieht wie die beiden Kerle sich im Schatten der Bäume gewaltsam an ihr vergehen. Sie wimmert. Er nimmt die Eisenstange aus dem Schuppen mit. Schlägt zu. Von hinten. Ohne Vorwarnung auf den Kopf. Der Erste fällt. Wie ein Baum, der gefällt wird. Der zweite wird wie ein wildes, angegriffenes Raubtier. Gernot schlägt wieder zu. Aus Angst. Auch der Zweite fällt. Gernot schreit Mona an: *Ins Auto, los, fort, weg hier!* Aber die reagiert ganz anders. Schimpft. Die Mutter der Brüder taucht auf. Gewehr in der Hand. Schüsse. Da war Gernot schon auf halbem Weg zum Wagen. Schlüssel steckte ja. Auf und davon. Mona, warum kommst du nicht mit? Warum bin ich ein Verräter? Mona, meine Mona, was ist nur in dich gefahren? Und wieder hallt ein Schuss...

„Die Prellungen hat er an den Knien und am Rücken. Das kommt von der Gefangenschaft, genauso wie er es erzählt hat", wandte sich der Doktor an seinen Rechtsanwaltsfreund und dann an Gernot. „Ich glaube Ihnen und ich glaube auch, dass Sie dieses tragische Erlebnis noch viele Jahre verfolgen wird. Afrika ist leider oftmals anders als es die bunten Safariprospekte vorgaukeln, mein Freund."

Gernot nickte sanftmütig. „Ich habe das Wunder der Blumen im Namakwa-Land-Nationalpark gesehen, diese wahnsinnigen Blumenfelder überall. Aber ich habe auch die Dürre im Sperrgebiets wahrgenommen und weiß, dass Afrika so viele verschiedene Facetten hat, dass wir sie nicht begreifen werden, wenn wir nicht hier leben." Venter und der Arzt nickten. „Wohl wahr", sagte der Anwalt und Rauthenbach fügte noch hinzu: „Sie haben auf der Farm in ihrem Holzkerker aber die dunkelste aller Seiten erlebt. Es kann nur aufwärts gehen, Gernot."

Der Arzt unterschrieb das Papier, gab es dem Anwalt. „Viel Glück, dass du den Herrn da unbeschadet raus bekommst", fügte er freundlich an, gab Gernot die Hand und öffnete ihnen die Türe nach draußen.

Dort empfing die beiden die kühle Nacht des späten afrikanischen Winters. Die Luft aber tat Gernot noch immer gut. Er sog sie tief in seine Lungen als wollte er sie wie ein starker Raucher inhalieren. „Tut gut, was?", kommentierte Venter und geleitete Gernot zu seinem Wagen.

21

Der Besuch in Gernots Hotel in Springbok verlief ohne Zwischenfall. Er hatte Sorge gehabt, der Besitzer könnte zürnen, wieso er ohne jede Nachricht einfach so für einige Tage verschwunden war. Der Anwalt war an die Rezeption gegangen und sprach mit dem Mann dort. Gernot selbst hatte vor dem Wagen ausgeharrt. Er schämte sich zu sehr. Er trug noch immer dieselbe Kleidung wie vor der Abfahrt in Richtung Blumenmeer. Sie war dreckig, roch schlimm und an ihr klebte Blut.

„Kommen Sie", forderte Venter seinen Mandaten auf, ihm zu folgen.

In dem kleinen Holzhaus, das als Rezeption diente, saß der Mann, der ihm letzte Woche die Koordinaten entschlüsselt hatte.

„Also Herr Markmeier war Ihr Gast, richtig?", begann er seine Befragung noch einmal.
„Richtig", nickte der Mann etwas irritiert als er Gernot nun erblickte. Er musste einen bemitleidenswerten Eindruck gemacht haben, denn der Mann konnte seinen Blick gar nicht mehr von ihm wenden.

„Er wollte in den Nationalpark, die Blumen ansehen. Das Zimmer war ein paar Tage davor für zwei oder drei Nächte - da müsste ich jetzt nachsehen - von einer Frau bezahlt worden. Sie schrieb in der Mail, dass ihr Freund voraus reisen würde und sie selbst nachkommen wollte. So hat es Herr Markmeier dann auch bestätigt. Er hatte mich noch nach einer seltsamen Ziffernfolge befragt. Ich habe für ihn herausgefunden, dass es Koordinaten waren, irgendwo in der Nähe von Oranjemund in Namibia drüben", sagte er und wandte sich dann an Gernot. „Ich habe Ihre Sachen aus dem Zimmer räumen lassen. Ich wusste ja nicht, was los war. Die Polizei hier in Springbok hat nichts gewusst und nichts gesagt. Als Sie zwei Tage später immer noch nicht zurück waren, sind wir in Ihr Zimmer und haben alles durchsucht. Aber da war nichts Auffälliges. Ich habe dann die Polizei hier in Springbok nochmal gefragt. Das Zimmer war ja auch nicht mehr bezahlt. Aber die wussten immer noch nichts. Dann haben wir Ihre Sachen in Ihre Tasche gepackt und alles in den Lagerraum gestellt. Was ist Ihnen denn um Himmels Willen zugestoßen?"

An dieser Stelle übernahm wieder der Anwalt. „Herr Markmeier wurde Opfer einer ziemlich üblen Intrige. Man hat ihn hereingelegt und am Ende haben die Täter den Spieß umgedreht und ihn eines miesen Verbrechens beschuldigt. Aber jetzt sind wir auf einem guten Weg das Gegenteil zu beweisen. Und dazu brauchen wir auch Sie. Würden Sie aussagen, dass diese Frau das Zimmer bezahlt hat? Würden Sie auch aussagen, dass der Gast Sie nach diesen Koordinaten gefragt hatte, weil er sich keinen Reim darauf machen konnte?" Der Angestellte nickte eifrig. „Natürlich, sicherlich, klar doch", bestätigte er. „Und wenn Sie diese Mail ausdrucken könnten, wo die Frau Herrn Markmeier als *ihren Freund* bezeichnet, wären wir Ihnen auch sehr dankbar." Die drei Männer nickten nun alle gleichzeitig.

Venter buchte zwei Zimmer und bat den Angestellten, Gernots Gepäck wieder zu holen. Dann grinste er breit. „Ich glaube, Herr Markmeier hat das dringende Bedürfnis, sich nun umzuziehen." Jetzt konnten endlich alle drei einmal kurz auflachen.

Gernot drehte den Schlüssel im Schloss. Es war dasselbe Zimmer wie vor seinem unfreiwilligen Abenteuer. Es kam ihm vor als betrat er die Asservatenkammer eines früheren Lebens. Erst so kurz lag es zurück und doch war es so anders. Vorher, nachher. Mona gut, geliebt und herbeigesehnt. Mona böse, verhasst und ans Ende der Welt verwunschen. Er ließ sich aufs Bett fallen und schlief augenblicklich ein.

Wieder wogen sich die Blumen aus dem Namakwa-Land sanft im Wind. Aber diesmal waren rund um das Meer aus Blüten Stacheldrahtzäune errichtet worden. Bedrohliche Schilder hingen an dem Zaun: *Achtung Sperrgebiet, Zutritt strengstens verboten.* Wieder sah sich Gernot im Traum wandernd durch diese Landschaft schlendern. Und wieder und wieder verfolgte ihn der blaue Volkswagen. Chuck und Buffalo stiegen aus. Einer trug einen Kopfverband, sah wirr aus und eierte mit den Armen. Er ruderte schwankend auf Gernot zu. „Bleib stehen, du Arschloch!", rief er ihm zu, fuchtelte sinnlos herum. Aber Gernot entfernte sich ohne zu halten weiter in die Tiefe des Blumenmeeres, umgeben vom feinen Duft der Blüten. „Du hast die Steine, du hast *unsere* Steine, du bist der Verbrecher, nicht wir! Mom sagt, dass derjenige der Dieb ist, der die Diamanten im Auto über die Grenze gebracht hat", fauchte Chuck mit rot unterlaufenen Augen irr grinsend. In der Hand hielt er einen Hammer. Dann plötzlich schnellte eine Eisenstange in die Höhe. Gernot war stehengeblieben und schlug zu. Die Stange, die auf einmal in seiner Hand gewesen war, krachte mit unglaublicher Wucht auf den blauen Volkswagen. Das Dach sank in den Fahrerraum, Glas splitterte, es knackte überall. „Der Idiot hat Kraft wie ein Irrer", hörte er Buffalo verschreckt bellen. Und: „Nichts wie weg!" Gernot schwieg während all dieser Zeit, beobachtete nur, wie die beiden Brüder humpelnd wie zwei traurige Gestalten aus einem schlechten Film den von Blumen gesäumten Pfad entlang liefen, schwankend wie Betrunkene nach dem Kneipenbesuch. Er empfand keinerlei Mitleid. Er empfand Genugtuung. Ihr nehmt mir mein altes Leben, ich euch eure dämliche, blaue Schrottkiste. Das ist noch lange kein fairer Tausch! Noch einmal nahm er die Eisenstange hoch und rammte sie in die Seite des Wagens. Die Wut musste raus. Die Wut musste in Energie umgesetzt werden. Er rammte die Stange einmal, zweimal krachend, dreimal, viermal klopfend in die Wagenseite. Er rammte sie solange in die blaue Kiste, bis aus dem blechernen Krachen ein immer deutlicheres Klopfen wurde und Gernot aufschreckte. Das Klopfen war an der Tür und es war nicht das Blech eines Autos, von dem das Geräusch kam, sondern Holz.

„Gernot, sind Sie wach?", fragte der Anwalt. „Ich würde gerne etwas essen gehen und wollte Sie gerne mitnehmen."

„Ich komme sofort", sagte Gernot, zog sich rasch fertig an und öffnete die Tür. Venter sah ihn an: „Sie haben schlecht geträumt, nicht wahr?" Gernot nickte.

„Es verfolgt mich immer wieder."
„Das wird dauern, das müssen Sie mir glauben."

„Ich sollte mir Hilfe holen."

„In der Heimat dann, da kann man Ihnen helfen. Jetzt brauchen wir Sie aber hier noch. Haben Sie Hunger?" Gernot nickte eifrig.

Nach einem kurzen Fußmarsch erreichten sie ein Lokal. „Gibt nichts Feineres hier in Springbok", sagte Venter lapidar, aber fast wie eine Entschuldigung an sich selbst. „Aber ich hoffe, es passt Ihnen."

Der Anwalt setzte sich schweigend hin und deutete auf die in Plastik verschweißte, zerschlissene Speisekarte. „Ich bin in den letzten Tagen mit weniger Luxus zurecht gekommen", gab Gernot zu verstehen. Beide lachten. „Erzählen Sie mir, wie es mit Ihnen und dieser Mona so weit kam", bat der Anwalt.

Erneut begann Gernot die Geschichte von vorne zu erzählen, auch wenn es ihn Kraft und Überwindung kostete. Es kam ihm vor, als habe er das Buch mit diesen Kapiteln seines Lebens in den letzten Tagen unzählige Male neu gelesen. Es begann als ein fröhlich-kitschiger Dreigroschenroman und endete an dieser Stelle als übler Krimi.

„Wir fahren morgen auf diese Farm nach Blarefontein. Den Farmer dort werden wir schon überzeugen, dass er Ihnen zuhört", sagte Venter, nachdem er sich Gernots Geschichte bis zum Ende angehört hatte.

Das Frittierfett stank entsetzlich und das Essen schmeckte fad, aber Gernot fühlte sich dennoch wohl. Er erzählte Venter, dass er selbst auch Anwalt sei und es für ihn daher noch viel schlimmer war, dass er in solch eine missliche Lage geraten sei. „Ein Kollege!", freute sich der Anwalt aus Kapstadt und reckte die Bierflasche in die Höhe. Sie prosteten sich zu und Gernots Glaube an die Gerechtigkeit nahm erneut ein klein wenig zu.

22

Es rumpelte gewaltig, als der Wagen des Anwalts die N7 verließ und auf den ungeteerten Schotterweg abbog. Und in Gernot machte sich Unruhe breit. Er würde nun mit den Menschen konfrontiert werden, die ihm all das Leid angetan hatten. Es waren zwar nur die Marionetten derer, die sich den Plan ausgedacht hatten, aber es waren Kriminelle. Kriminelle, die wohl über Leichen gehen würden.

Sie kamen an die Stelle, wo das Gate die Zufahrt zur Farm versperrte. Venter stoppte den Wagen und klingelte. Es dauerte eine Weile bis eine Frauenstimme durch den Lautsprecher krächzte. „Ja?"
„Mein Mandant, ein Deutscher, der vor ein paar Tagen hier auf der Farm..."
Weiter kam Venter nicht. Die Frau schien mächtig Luft geholt zu haben, das Krächzen wurde ein greller Schrei. „Wagt es ja nicht, auch nur einen Fuß auf dieses Farmareal zu setzen", tobte sie. „Ist aber wichtig", sagte Venter ruhig. „Er hat meine Söhne zu Krüppeln gemacht, dieser Idiot", bellte Mom durch die Sprechanlage. „Auch darüber wollen wir in Ruhe mit Ihnen reden."

„Und ich werde dir und dem Arschloch eine Ladung Schrot in eure Anzughintern jagen, wenn ihr es wagt, mir unter die Augen zu treten."

„Puh, so kommen wir nicht weiter", meinte Venter, als er den Klingelknopf wieder losgelassen hatte.

„Wir sollten wieder fahren", schlug Gernot verängstigt vor.

„Mit Sicherheit nicht!", gab Venter bestimmt zurück.

„Wir werden hier nicht lebend rauskommen, wenn wir uns dieser Furie nähern. Für ihre Söhne geht sie über Leichen."

„Ihre Söhne produzieren die Leichen. Das sollte sie verstehen, dann lernt sie auch, die Schuldfrage vielleicht anders zu stellen."

„Daran zweifle ich", gab Gernot ein wenig besserwisserisch zurück.

„Sie kennen diese alte Frau, ich nicht."

„So alt ist sie noch nicht", ergänzte Gernot.

„Wie kommen wir hier rein?", überlegte der Anwalt nun, der nicht allzu viel Zeit zu verlieren gedachte. Venter wollte an diesem Tag insgesamt sechshundert Kilometer bis Kapstadt zurücklegen. Sie waren um sechs Uhr morgens aufgebrochen und hatten bis kurz vor Mittag gebraucht um Blarefontein zu erreichen. Venter würde nicht zögern, wenn es darum ging, sich Zugang zur Farm zu verschaffen. Gernot hingegen hatte einfach riesige Angst vor der Alten.

„Ich kenne den Zugangscode", sagte Gernot, auch wenn er es lieber für sich behalten hätte.

„Tippen Sie schon", forderte ihn der Anwalt sogleich auf.

Es knackte und das Tor ratterte. Dann war die Zufahrt frei. Venter steuerte den Wagen langsam den staubigen Weg hinab. Gernot kamen die Erinnerungen wieder hoch. „Da unten ist das Farmgebäude. Schräg davor, da!" Er deutete auf den Schuppen. „Darin haben sie mich eingesperrt." Der Anwalt nickte stumm, konzentrierte sich auf den Weg und fixierte vor allem das Farmgebäude. „Wollen wir hoffen, dass der Farmer auch zu Hause ist und notfalls beruhigend eingreift." Gernot hatte große Angst vor der Alten. Er hatte sie schon einmal außer Rand und Band erlebt.

„Der werden wir schon verklickern, dass wir in friedlicher Absicht kommen", beruhigte Venter, wenn auch er in diesem Moment nicht sicher war, ob er unten vor dem Gebäude nicht tatsächlich mit einer Ladung Schrot empfangen würde.

Venter parkte das Auto schräg vor dem überdachten Stellplatz. Er stellte den Motor ab und meinte trocken: „Na, dann wollen wir mal!"

Gernot hatte Schwierigkeiten, aufzustehen. Noch immer tat ihm der Rücken weh und die Erinnerungen an diese Gegend bereiteten ihm zusätzlichen Kummer.

Langsam blickte er sich um. Der Holzschuppen. Er hörte es quietschen, als ob jemand die Tür öffnete. Das Gestrüpp. Lagen da noch immer die beiden Brüder auf dem staubigen Boden, blutend und wimmernd? War da noch immer irgendwo Mona auf den Knien kauernd? Er sah sich aufmerksam um. Die Sonne brannte an diesem Tag heiß vom Himmel.

Venter machte einige Schritte in Richtung Farmgebäude, als die Türe aufgerissen wurde und Mom erschien. Sie trug ein rotes, geblümtes Kleid, ihre Haarpracht wippte mit jedem ihrer entschlossenen Schritte. In der Hand trug sie ein Gewehr. Es knallte einmal, es knallte zweimal und dann kam eine Salve an unappetitlichen Schimpfwörtern hinterher.

Der Anwalt hob die Hände, er fluchte was das Zeug hielt, schrie die Alte an und machte Kehrt. Gernot duckte sich neben das Auto. Wieder knallte ein Schuss. Staub spritzte neben dem Wagen auf. „Die ist ja vollkommen irr!", rief der Anwalt, als er keuchend im Wagen saß. „Dass es so heftig kommt, hätte ich nicht gedacht."

„Fahren Sie schon, los, los!" Mehr brachte Gernot nicht hervor. Er blickte verängstigt nach draußen.

Die Reifen quietschten und Venters Wagen wirbelte Sand auf. Ratternd und knatternd entfernte sich das Auto vom Farmhaus. Noch immer stand Mom mit der Flinte in der Hand unweit des Farmgebäudes. Sie schimpfte. „Du elender Mörder!", hallte es hinter dem Wagen her. „Du hast meine Söhne auf dem Gewissen!", fauchte sie. „Jeden einzelnen Knochen werde ich dir zerstückeln und den Hunden zum Abkratzen vorwerfen", bellte sie in einem Tonfall, der Jahrzehntelangen Zigarettenkonsum vermuten ließ.

Der Wagen des Anwalts nahm die Steigung hinter der Vorfahrt in viel zu hohem Tempo, aber Venter wollte auf Nummer sicher gehen. Erst am Tor bremste er ab und stoppte abrupt. Gernot stieg aus und drückte die Ziffernfolge, die das Tor öffnete. Da ertönte die Gegensprechanlage. „Bis in alle Ewigkeiten werden meine Ahnen und die Ahnen meiner Söhne dafür Sorge tragen, dass deine Haut verbrennt, deine Haare verglühen und dein Fleisch in kochendem Wasser schmort." Gernot schüttelte sich. Auf Deutsch gab er nur trocken ein: „Halt die Klappe, du altes Weib" zurück und schämte sich sogleich dafür.

„In gewisser Weise kann ich die Frau sogar verstehen", sagte er zu Venter, als sie wieder im Auto saßen und das letzte Stück Weg in Richtung N7 zurücklegten. „Wieso?", wollte der Anwalt erstaunt wissen.

„Ich habe ihre Söhne ja nun wirklich außer Gefecht gesetzt", zeigte sich Gernot reuig. „Aber, mein Freund, das hatten wir doch alles schon. Diese Anwendung von Gewalt galt ausschließlich der Abwehr einer Vergewaltigung. Das ist nichts, wofür Sie ein schlechtes Gewissen haben bräuchten." Gernot nickte. Kleinlaut: „Trotzdem." Venter lachte, legte dem Beifahrer kurz den Arm auf die Schulter und mutmaßte: „Was Sie viel mehr verletzt, ist die Tatsache, dass Ihre Lebensgefährtin, für die Sie diesen Mut bewiesen haben, es Ihnen nicht gedankt hat. Ganz im Gegenteil." Gernot nickte erneut, senkte den Kopf und wünschte sich auf die Terrasse seiner neuen Wohnung in der Münchner Innenstadt.

Ihnen kam ein Pritschenwagen entgegen. Er wirbelte Staub auf und stoppte, sobald er neben Venters Wagen ankam. Der Fahrer kurbelte das Fenster herunter und Venter tat dasselbe. „Kann ich helfen, ich bin Joseph, der Farmer hier."

„Gerhard Venter, Anwalt von diesem Herrn hier."

„Ach herrje, der aggressive Typ, der die Söhne meiner guten Seele niedergestreckt hat. Was wollen Sie denn hier?"

Gernot merkte, dass auch hier bereits alles gesagt war und er keine Chance zu haben schien, sich ins rechte Licht zu rücken. Aber immerhin war der Farmer nicht sofort aggressiv geworden und zog auch nicht augenblicklich eine Schusswaffe. Auch Venter blieb ruhig.

„Also, Joseph, zum einen sieht die Sache ein wenig anders aus und zum anderen hat Ihre ‚gute Seele' gerade versucht, uns eine Ladung Schrot zu verpassen. Das war nicht gerade der typische Willkommensgruß einer ‚guten, südafrikanischen Seele'".
„Oh", sagte Joseph trocken.
„Können wir in Ruhe reden, ohne dass wir fürchten müssen, dass die gute Dame wieder zur Waffe greift?"
„Von mir aus", sagte der Farmer und fügte an: „Wir fahren einen anderen Weg entlang. Dann meiden wir einfach die Farm. Es gibt drei Kilometer von hier am Zaun eine Art Wasserstelle für Tiere. Da haben wir einen Sommersitz errichtet. Mit Picknickplatz, Toilette etc. Fahren Sie mir hinterher und wir treffen uns da. Da haben wir dann Ruhe."

„Die ‚gute Seele' wird uns nicht folgen?", hakte Venter nach. „Sicher nicht", kommentierte Joseph trocken und fuhr los. Der Anwalt wendete und folgte dem Farmer.

Gernot fühlte sich bei der ganzen Sache nicht wohl. Er hatte Angst, dass auch das Gespräch mit dem Farmer von Blarefontein nichts bringen würde. Die „gute Seele" hatte ihn bereits in ihre Richtung manipuliert und das war ja auch verständlich. Was sollte er da noch ausrichten? Gernot hatte keine Ahnung, wie die südafrikanische Seele tickte und dass am Ende noch immer Rassenunterschiede auch über das Für und Wider einer Meinung entscheiden konnten. Venter war ein weißer Anwalt. Er selbst war ein Deutscher und der Farmer war auch weiß. So traurig es klang, das würde ihm am Ende doch sehr helfen, erklärte der Anwalt und Gernot schüttelte dabei den Kopf. „Eigentlich ein Armutszeugnis", meinte er. „Und die Polizei hilft Ihnen aus genau diesem Grund eben nicht wirklich", fügte Venter noch an.

Der Farmer stoppte den Wagen nach gut zehn Minuten Fahrt an einer Art Sommersitz. Es gab dort gemauerte Sitzgelegenheiten und einen Unterstand. Auch ein Schuppen war hier vorhanden. „Da hätten sie mich auch verstecken können und ich wäre niemals mehr zurück auf die Straße gekommen", sagte Gernot.

Diese Stelle lag mitten im Nichts, irgendwo auf dem riesigen Farmgelände. Weit und breit nur flaches Land und ab und an eine der herrlichen orangefarbenen Blüten. Ein Zaun war nicht zu sehen.

„Joseph", stellte sich der Farmer nun offiziell vor.

„Freut mich und danke, dass Sie sich kurz Zeit nehmen", sagte Venter. „Wie seid ihr auf das Gelände gekommen?"

Gernot meinte nur trocken: „5501." Der Farmer nickte in seinen rotschimmernden Bart hinein.

„Verstehe, Sie waren also doch schon einmal hier."

„Natürlich und egal, was Ihnen die Mutter der beiden Verletzten erzählt hat, es ist vermutlich nicht die ganze Wahrheit."

„Sie hat mir nicht viel erzählt. Und das, was sie mir erzählt hatte, war ein Schauermärchen. Danach müssten Sie ein brutaler Killer sein."

„Gut", meinte der Anwalt, „dann lassen Sie Gernot kurz seine Fassung vortragen."

Joseph, der sich in der Zwischenzeit auf einem der gemauerten Sitze niedergelassen hatte, nickte und machte Gernot mit einer Handbewegung deutlich, dass er zu erzählen beginnen sollte.

„Meine Lebensgefährtin Mona schmuggelt Diamanten aus dem Sperrgebiet nach Südafrika."

„Wer ist Mona?", entfuhr es Joseph. „Sie kommt aus Namibia und macht mit den Söhnen Ihrer Angestellten gute Geschäfte", erklärte Gernot.

„Ich habe sie in München kennengelernt. Wir hatten uns ineinander verliebt - das jedenfalls dachte ich."

„Und was hat meine Farm damit zu tun", fragte der Farmer immer noch sehr erstaunt, blickte dabei mit leeren Augen in Richtung des nickenden Anwalts.

„Mona bat mich, alleine von Oranjemund aus loszufahren, sie müsse sich um ihren todkranken Vater kümmern. Ich habe ihre Eltern nie zu Gesicht bekommen, obgleich der Trip nach Namibia auch als ein Besuch bei ihrer Familie geplant war. Nur ihren Bruder habe ich kennengelernt und nun diesen seltsamen Viktor."

„Viktor?", rief Joseph laut aus.

„Ich kennen einen Viktor aus der Zeit beim Militär, ein, naja, sagen wir guter Bekannter", ergänzte der Farmer.

„Genau dieser Viktor ist der Kompagnon meiner Mona und dürfte ziemlich tief in die kriminellen Machenschaften von Mona verwickelt sein. Als wir noch auf unserem touristischen Teil der Reise durch Namibia waren - Etosha und so weiter -, hat er ein paar Mal angerufen. Mona sagte immer, dass es sich bei diesem Viktor um einen aufdringlichen Kollegen handele. Er sei oft besoffen und würde ihr nachstellen.

In Wahrheit hat er den Deal wohl verwaltet. Er hat ihr die Koordinaten von der Stelle gesandt, wo die Steinchen dann übergeben werden sollten. Mich ließ sie in der Zeit in einer Kneipe sitzen, während Mona angeblich den herzkranken Vater besuchte. In Wirklichkeit hat sie sich an der Stelle im Sperrgebiet die Diamanten geben lassen, im Wagen ihres Bruders versteckt und mich als Kurier eingesetzt. Ich bin als Tourist damit vollkommen unbehelligt über die Grenze nach Südafrika gekommen. Dann haben mich zwischen Springbok und Kamieskroon Chuck und Buffalo überfallen, KO geschlagen und auf Ihrer Farm hier eingesperrt."

„Was?", rief Joseph laut auf. „Ich fasse es nicht und das alles in der Zeit, wo Yvonne und ich für eine Woche bei meinem Schwager zu Besuch waren."

„Richtig", sagte Gernot. „Ich saß in dem Schuppen gegenüber der Autos. Gefesselt und die Beine mit einer Eisenstange am Boden festgedrückt. Es tat höllisch weh und schmerzt noch immer. Die beiden haben mir nichts zu essen und trinken gegeben beziehungsweise das Wasser einfach abgestellt. Ich hatte keine Chance, dran zu kommen. Es hätte nicht viel gefehlt und ich wäre wohl verdurstet. Ihre Hausangestellte, die Mutter der beiden..." Joseph unterbrach Gernot: „Sie meinen Deborah?" Gernot nickte. „Vermutlich! Die Dame, die vorher auf uns geschossen hat und vor der wir fliehen mussten... Ihre ‚gute Seele' eben." Joseph nickte leicht. „Sie kam in den Holzverschlag und gab mir etwas zu Essen und Wasser. Und sie war es auch, die mir helfen wollte, zu fliehen. Sie sagte, es sei schrecklich genug, dass ihre beiden Söhne so missraten seien und sich an kriminellen Machenschaften beteiligten. Viktor tauchte auch auf. Er wollte wohl nicht mehr bezahlen als abgemacht und Chuck und Buffalo waren mächtig sauer. Ich habe aber keine Ahnung, ob sie ihm die Diamenten dann gegeben haben oder nicht. Ich vermute aber, sie sind irgendwo versteckt. Jedenfalls sollte Mona selbst auf die Farm kommen und die Angelegenheit regeln. Sie wollte mit Chuck und Buffalo reden. Deborah kam und sagte zu mir, dass sie den Schlüssel in das Auto stecken würde, sodass ich fliehen konnte. Sie wollte ihre Söhne ablenken, um mir freie Bahn zu verschaffen. Es war auch Deborah, die mir den Code des Farmtors nannte. Sie meinte, wenn ich verschwände, hätten ihre beiden Kinder weniger Ärger am Hals." Wieder nickte Joseph. „Die beiden sind wirklich Idioten, können aber hart anpacken, wenn es drauf ankommt."

„Sie können auch hart zupacken und zuschlagen", fügte der Anwalt kurz an, ehe Gernot fortfuhr.

„Aber alles kam ganz anders. Die Flucht misslang, weil genau an diesem späten Abend Mona auftauchte. Ich hörte ihre Stimme, wusste aber, dass ich nicht nach ihr rufen sollte, denn sie war nicht mehr meine Geliebte und ich war nicht mehr ihr Partner. Ich war ihr Feind. Sie wollte mich loswerden. Ich war zur Gefahr für sie geworden. Es gab Streit zwischen den beiden und ihr. Es ging wohl wieder ums Geld. Dann hörte ich, wie sie Mona packten und niederrangen. Sie schimpfte, rief und mir war klar, sie vergingen sich an ihr. Da musste ich handeln. Rachegefühle und Hass sind das eine, eine Vergewaltigung ist das andere. Ich riss mich los, öffnete die Schuppentür und in der Hand hielt ich die Eisenstange. Die beiden standen nur unweit des Schuppens an diesem Busch dort."

Joseph schüttelte den Kopf. „Blarefontein, was ist aus dir geworden?", sprach er über sein Farmgut, als sei es eine alte, würdevolle Dame, die aus dem Tritt geraten war.

„Die beiden bemerkten mich kaum, so sehr waren sie in ihre Abscheulichkeit vertieft. Ich hatte alleine keine Chance gegen sie, das wusste ich. Daher nahm ich - ohne lange darüber nachzudenken - die Stange und schlug zu. Sie fielen nieder wie Säcke. Niemals hatte ich die Absicht, jemanden aus Rache zu töten oder schwer zu verletzen. Ich wollte Mona schützen. Die dankte mir das Ganze aber mit Flüchen und Deborah begleitete das Schauspiel mit Schüssen aus der Flinte. Ich rannte trotz all der Schmerzen zum Wagen und raste durch die Nacht davon. Irgendwo auf der N7 hielt ich an, weil mich die Müdigkeit derart übermannte, dass ich nicht mehr weiterfahren konnte. Und als ich aufwachte, sah ich mich von Polizisten umgeben. Mona und Deborah hatten mich angezeigt. Ich bin bis jetzt dem Vorwurf ausgesetzt, Chuck und Buffalo niedergeschlagen und das Auto von Monas Bruder gestohlen zu haben. Zudem hat mir Mona auch noch den Vorwurf der Vergewaltigung angehängt. Das ist für mich das Schlimmste! Sie sagte aus, ich hätte versucht, sie zu vergewaltigen und als Chuck und Buffalo ihr helfen wollten, hätte ich sie niedergestreckt."

„Hat die Polizei nicht gefragt, was sie auf Blarefontein wollten? Sie hatten hier doch nichts zu suchen?"

„Nicht mit einem Wort."

„Ich kann das alles nicht wirklich begreifen", sagte der Farmer fassungslos.

„Wie geht es den beiden eigentlich?", wollte Gernot wissen.

„Chuck ist schon wieder auf dem Weg der Besserung, Buffalo wird wohl bleibende Schäden davontragen. Gernot, wie kann ich Ihnen nun weiter helfen?", wollte Joseph wissen.

„Reden Sie mit Deborah und machen Sie ihr klar, dass wir eine klare und eindeutige Aussage brauchen, die die Wahrheit meines Mandaten bestätigt", fügte Venter bürokratisch an.

„Sie ist wie eine verwundete Löwenmutter, die ihre Kleinen schützen will. Voller Wut und Rachegelüste. Ich habe sie nie so entsetzt erlebt. Nachdem ihr Mann gestorben war, war ihr die Fröhlichkeit abhanden gekommen und nun der letzte Rest Lebensmut. Ihre beiden Söhne, auch wenn sie längst erwachsen waren, waren ihr ein und alles. Und nun sind sie für sie wie tot. Daran tragen in ihren Augen nur Sie die Schuld, Gernot. Sie würde alles dafür geben, dass Sie eine Ladung Schrot ins Herz gejagt bekommen. Aber ich werde versuchen, mit ihr zu reden. Ich werde ihr erklären, dass die Polizei alles herausbekommt. Wenn ich ihr klarmache, dass Sie in Deutschland auch Anzeige erstatten werden und dann die Polizei hier in Südafrika gezwungen sein wird, richtig zu ermitteln und nicht so wie das hier immer abläuft, dann wird sie vielleicht einknicken. So kommen ihre beiden Söhne am Ende mit ein paar Jahren Knast davon, wenn sie helfen, einen größeren Coup auffliegen zu lassen. Ich vermute, Viktor macht diese Sachen schon recht lange, denn er kommt immer wieder mal nach Blarefontein. Wir kennen uns eben von früher, trinken ab und an ein Bier miteinander. Dass er dabei scheinbar meine Farm benutzt, Diamanten aus Namibia zu schmuggeln, hätte ich nie geglaubt. Diese ganze Seilschaft auffliegen zu lassen, kann helfen, dass Chuck und Buffalo als wichtige Zeugen eine mildere Strafe bekommen. Wenn Deborah das versteht und auch versteht, dass sie am Ende selbst noch Schwierigkeiten haben könnte, wird sie schon aussagen."

„Danke, Joseph", fügte Gernot erleichtert an.

„Wie erreiche ich Sie?", fragte der Farmer und wieder übernahm Venter das Kommando. „Wir fahren jetzt nach Simon's Town. Dort hat ein Bekannter von Herrn Markmeier ein Hotel. Er wird dort eine Weile bleiben. Derzeit kann er Südafrika nicht verlassen. Das waren die Auflagen bei der Freilassung. Ich gebe Ihnen meine Karte und wenn Ihre Angestellte bei der Polizei - am besten fahren Sie mit ihr auf das Revier in Clanwilliam - war, dann sagen Sie uns bitte umgehend Bescheid. Für Gernot ist das sehr wichtig." Nun nickte Gernot eifrig.

Man bedankte sich gegenseitig für Hilfe und Verständnis, Joseph versicherte den beiden, alles zu tun, um Deborah zu einer Aussage zu bewegen. „Sie braucht mich und den Job auf Blarefontein. Wenn ich sie hier feuere ist sie obdachlos. Das ist ein unschönes Druckmittel, aber eines, das ich womöglich einsetzen muss. Schließlich wollen Yvonne und ich hier eigentlich nur rechtschaffene Leute haben."

Venter öffnete die Türe des Wagens und ließ Gernot einsteigen. Sie winkten und setzten ihre Fahrt in Richtung Süden fort.

„War eine gute und wichtige Begegnung", sagte der Anwalt. „Der Farmer war verständnisvoll und wird uns helfen."

Je näher sie der Küste kamen, umso holländischer wirkten Landschaft und Häuser, die wie schwarze Tupfen in sie gesetzt worden waren. Gernot schlief durch das monotone Geräusch des Wagens ein und bekam von weiten Teilen der wildromantischen Strecke kaum etwas mit.

23

Sanfte Sonnenstrahlen bahnten sich vorsichtig einen Weg durch zarte Gardinen. Gernot blinzelte. Weiße Bettwäsche, ein weiches Bett und diese herrliche Sonne. Es war, als erwachte da soeben ein anderer Mensch als der, der am Vorabend müde und abgekämpft ins Bett gefallen war.

Mühevoll kratzte er seine Erinnerungen an den Vortag zusammen. Es war spätabends gewesen, als Venter den Wagen vor einem hell erleuchteten Hotel geparkt hatte. „Das Hotel der Familie Oosthuizen", hatte er gesagt. Wie in Trance war Gernot ausgestiegen. Das Gepäck musste ihm der Anwalt nachgetragen haben. Er hatte vergessen, überhaupt Habseligkeiten bei sich gehabt zu haben.

In der Lobby empfing ein dickerer, gemütlicher Südafrikaner die beiden ungleichen Anwälte. „Gerhard!", rief er aus. „Da seid ihr ja endlich." Und im Hintergrund erkannte Gernot die junge Frau, die ihm in Oranjemund die Visitenkarte mit ihrer Nummer gegeben hatte. Seine Retterin Belinda. Er schwankte mehr als er ging, streckte den beiden Gastgebern die Hand hin und bedankte sich „für alles und Ihre Gastfreundschaft." Oosthuizen setzte zu einem breiten

Grinsen an. „Wir werden uns das schon Rand für Rand von dir bezahlen lassen, mein Freund. Hat dir Gerhard nicht erzählt, dass ich alle abkassiere?" Venter lachte verlegen, Oosthuizen dafür umso lauter. Belinda war das unangenehm, denn sie spürte in diesem Moment, dass der Fremde Angst hatte. Gernot fühlte sich auch nicht so richtig wohl. Das Hotel war zu vornehm für einen abgewrackten Kerl wie ihn, der sich schlecht fühlte, der tagelang in einem Kerker festsaß und danach im Knast eingesperrt auf eine Dusche gewartet hatte.

„Ich zeig' dir dein Zimmer, komm mit!", sagte Belinda und lotste den deutschen Gast von den beiden Männern fort. „Mein Dad redet viel, wenn der Tag lang ist, aber er ist der hilfsbereiteste Kerl, den du dir vorstellen kannst." Gernot hatte genickt, denn wer zahlt schon so uneigennützig die Kaution für einen völlig Fremden, den die Tochter gerade einmal eine halbe Stunde in einer Kneipe kennengelernt hatte.

„Ich muss dir ja fürchterlich leid getan haben, dass du dich so für mich eingesetzt hast", fügte Gernot an. Er wusste, dass es blöd klang, war aber zu müde, um eine andere, diplomatischere Formulierung zu wählen. „Ja, ein wenig schon und was deine Mona dir angetan hat, ist wirklich eine Schweinerei. Daher helfe ich gern." Dann knipste sie das Licht in Gernots Zimmer an und schob ihn sanft durch die Tür in den Raum. Er war zu müde, den Luxus zu genießen. Das würde er sich für später aufheben. Er fiel in Klamotten aufs Bett und schlief augenblicklich ein.

Nun an diesem Morgen hatte alles neues, helles Licht in sich. Die Wärme der Sonnenstrahlen traf Gernots Gesicht und machte ihn zum ersten mal seit einer langen Zeit wieder zufrieden. Er befand sich in relativer Sicherheit und im Hotel der Oosthuizens war er scheinbar ein gern gesehener Gast.

Nach einer ausführlichen Dusche öffnete er die Türe und trat auf den Flur. Roter Teppich in den Gängen. Diese Welt tat ihm gut. Sie war ein so brutaler Gegensatz zur Eisenstange und der einschneidenden Schnur um die Handgelenke. Das Rot des Teppichs war ein Willkommensgruß und auch ein Zeichen gegen die harte Pritsche im Polizeigewahrsam von Clanwilliam. Und doch verstand Gernot auch ein wenig die Menschen, die ihn dort mit so vielen bösen Blicken bedacht hatten. Er war in ihren Augen ein Vergewaltiger gewesen. Dass er dort nicht mit Gastfreundschaft begrüßt wurde, war ihm klar. Sogar Deborah konnte er ein wenig verstehen. Nur *seine* Mona, die verstand er nicht. Sein Herz füllte sich erneut mit bitterem Schmerz, dachte er an sie.

Es duftete nach frischem Kaffee und roch nach Brot. Gernot wurde im Restaurant ein Platz an der Fensterfront zugewiesen. Belinda kam herein und brachte ihm Kaffee und Saft. „Fühle dich einfach wie zu Hause, wir sehen dann zu, dass wir alles regeln können und du rasch wieder nach Hause kannst."

Gernot nickte und bedankte sich erneut. Gerade als er den ersten Bissen von seinem Toast genommen hatte, piepste sein Handy. Wie lange hatte er keine Nachricht mehr bekommen? Er war heilfroh, es überhaupt noch zu haben. Es hatte die ganze Zeit über in seinem Zimmer in Springbok gelegen. Und auf ihn gewartet, wie ein stummer, treuer Begleiter. Nun hatte es vibriert und gepiepst. Ein Lebenszeichen. Aber was für eines! Er las und ihm stockte der Atem. „Wir finden dich und dann wirst du kurz ‚Adieu Welt' sagen und wir werden dir eine Kugel in den Kopf jagen. Es tut mir fast leid, dass es so kommen wird. Mona und Viktor."

Gernot las den Text. Einmal. Zweimal. Dreimal. Er warf das Handy fast in den Kaffee. Der Appetit war fort. Das helle Licht durch die Fensterfront verblasste, es brannte die Sonne auf der Stirn. Alles um ihn herum wurde zu einer bedrohlichen Enge zusammengeschnürt. Der Rücken meldete sich wieder mit starken Schmerzen. Das Herz raste und die Lunge brannte.

Belinda kam in den Raum. Sie merkte, dass Gernot einfach nur still dasaß, aus dem Fenster starrte und regungslos nachzudenken schien. „Was ist, Gernot?", wollte sie wissen. Er hob nur schwach die Hand und gab ihr das Mobiltelefon. Nun las auch Belinda die Nachricht. „Das ist ja der pure Irrsinn", rief sie entsetzt aus. „Und ich habe von Anfang an das Gefühl gehabt, dass dieser Viktor ein schlimmer Kerl ist", fügte Gernot trocken an, als suchte er immer noch eine Möglichkeit, Mona zu verteidigen.

„Wir rufen Venter an, der soll früher kommen und wir überlegen mit ihm zusammen, ob es wirklich gefährlich für dich ist, hier zu sein."

Gegen halb elf stand der Anwalt in der hellen Lobby des Hotels und schüttelte Hände. Er wirkte an diesem Tag sehr ausgeruht und war ausgesprochen gut gelaunt. „Mein Freund, da würde ich mir keine Gedanken machen. Mona weiß scheinbar von Ihrer Freilassung, sonst würde sie nicht so reagieren. Sie muss also davon ausgehen, dass wir den Spieß umdrehen wollen. Und wenn sie klug ist, dann bewegt sie ihren süßen Hintern - entschuldigen Sie diese sexistische Äußerung - nicht über die namibisch-südafrikanische Grenze. Und auch ihr Freund Viktor sollte das nicht tun." Er grinste breit und zog dann einen Zettel aus seiner Aktenmappe. „Das Fax bekam ich schon heute Morgen aus Clanwilliam." Er überreichte es Gernot. Belinda beugte sich neugierig über Gernots Schulter. Dabei kam sie ihm einen kleinen Schritt zu nahe. Gernot spürte, dass er in dieser Sekunde nicht wusste, ob er ihre Nähe genießen sollte oder sie nicht ertragen konnte.

Er las den Brief. Es war ein Schreiben von der Polizei aus Clanwilliam. Es war eine Aussage Deborahs. Sie nahm ihre vorherige Anschuldigung zurück. Sie beschuldigte nun Mona. Und Viktor! Gab ihnen die Schuld am Versagen ihrer beiden Söhne. Sie sagte aus, dass sie selbst Gernot im Holzverschlag mit Wasser und Essen versorgt hatte. Weil sie ihre Söhne schützen wollte, so stand es da! Dann wollte sie Gernot zur Flucht aus seinem Verließ verhelfen. Alles war wahrheitsgemäß und richtig. Gernot spürte Dankbarkeit. „Danke, Gerhard", sagte er zu Venter; der aber schüttelte den Kopf. „Ich denke, Sie danken besser dem Farmer auf Blarefontein. Der dürfte ordentlich Druck auf seine Angestellte ausgeübt haben."

Genot las weiter. Er konnte das Land immer noch nicht verlassen. „Die Kaution wird zurückerstattet. Die Anklage wird vorerst aufgehoben. Gernot, Sie müssen sich aber als Zeuge weiterhin zur Verfügung stellen und dürfen noch nicht ausreisen."

Gernot durchfuhr ein schauriger Gedanke. „In München wird sie mich finden, wenn sie will", sagte er trocken und voller Angst. „Sie wird nicht mehr die Möglichkeit bekommen, Sie zu finden, denn davor werden wir sie finden."
„Sucht denn die Polizei nach Mona?", wollte Gernot wissen. „Ich gehe davon aus, dass Deborahs Aussage nicht ganz ohne Auswirkungen bleibt."

„Belinda, wenn du Zeit hast, nimm' Gernot mit, geht in Kapstadt spazieren, macht euch einen schönen Tag. Mona wird euch nicht finden und sie wird auch nicht vermuten, dass ihr in Kapstadt seid. Aber Gernot muss auf andere Gedanken kommen, ja?"

Belinda nickte, zückte ihr Mobiltelefon und rief den Vater an, der irgendwo im Hotel unterwegs war. Der gab grünes Licht und so stiegen ein verängstigter Gernot und Belinda in ein schickes Cabrio und brausten die Küste entlang Richtung Kapstadt.

Es war ein klarer und herrlicher Frühlingstag. Die Sonne strahlte Fröhlichkeit vom Himmel und die Luft roch nach salzigem Seewasser. Gernot ließ den Fahrtwind durch die Haare wehen und spürte, dass die goldenen Seiten des Lebens nicht völlig ausradiert waren. Belindas Nähe tat ihm in diesem Augenblick gut. Sie schien so sicher in diesem Leben, dass an ihrer Seite auch die Angst davor, von Mona und Viktor gefunden zu werden, schwand. Bis Kapstadt war es gut eine Stunde Fahrt und Belinda schlug vor, in der Nähe der *Waterfront* etwas zu essen. „Da gibt's eine Menge netter, kleiner Lokale und Cafés und direkt am Eingang zur Mall ist eine Bäckerei mit Sachen, die du aus Deutschland sicherlich kennst."

Nach einem kleinen Bummel an der *Waterfront* fanden sie ein nettes Café an der Straße, das beiden zusagte. Belinda hatte gemerkt, dass Gernot sich unwohl fühlte. Immer wieder hatte er verstohlen um sich geblickt. Entdeckte er irgendwo eine Frau, die Mona auch nur entfernt ähnelte, war er erschrocken, duckte sich oder ging eng an der Mauer der Häuser entlang.

Belinda bestellte einen Milchkaffee und einen Salat und forderte Gernot auf, sich auch etwas zu bestellen. „Du bist unser Gast, Gernot, wirklich!", machte sie ihm klar. „Und erzähle mir nun endlich mehr von dir. Wir kennen uns kaum. Alles, was ich von dir weiß ist, dass du Monas Ex bist, mit ihr einen Urlaub in Namibia und Südafrika verbringen wolltest und so vieles schief gelaufen ist. Aber wer bist du wirklich?"

Gernot spürte ernsthaftes Interesse an seiner Person und fühlte sich sicher, dass Belinda keine Hintergedanken haben würde, so wie es damals bei Mona der Fall gewesen schien. Er würde zu gerne wissen, ob Mona am Anfang auch erst echtes Interesse an ihm gehabt hatte. Damals in dem afrikanischen Lokal in München, als er sie zusammen mit ihrer Freundin kennengelernt hatte. Bei diesem Essen mit Ted. Es würde ihn so sehr interessieren, ob er schon damals nur ein potenzieller Kurier war, den sich Mona gefügig machen wollte durch Süßholzraspeln und Seidenstrümpfe. Er hasste sich für seine Gutgläubigkeit und er verabscheute seine Skepsis in genau diesem Moment. Belinda war viel zu jung, als dass sie für ihn eine Partnerin hätte werden können und sie hatte ihn in einer Situation kennengelernt, als er so unglaublich zerbrechlich war. Sie hätte ihn ausnutzen können, aber sie hatte geholfen. Von der ersten Sekunde an und es machte den Anschein, als sei es ein absolut uneigennütziges Helfen gewesen. Also vertraute er ihr.

Während des Essens erzählte er Belinda von sich. Gescheiterte Ehe. Verlorener Job in München. Neuanfang als Hausanwalt. Die neue Wohnung in der Innenstadt. Das Essen mit Ted bei diesem Afrikaner. Mona und ihre Freundin. Dieser Blitz, der ihn traf. Sommergefühle, so intensiv und belebend. Monas Vorschlag, gemeinsam Urlaub zu machen. In ihrer Heimat.

Ich zeig dir alles! Belinda nickte. Fügte zynisch, aber liebevoll an: „Die Schattenseiten Afrikas hat sie dir dann gleich noch obenauf präsentiert." Gernot nickte und machte weiter. Die Idee von einer Reise durch Namibia. Wundervolle Tage im Etosha Nationalpark. Fahrt bis in den Norden des Landes. Sonnenuntergänge am Okavango. Die Schwärmerei vom Blütenmeer des Namakwa-Landes. Der anstehende Besuch bei ihren Eltern am Rande des Sperrgebiets. „Und da sind wir uns ja dann begegnet." Belinda lächelte ihm freundlich ins Gesicht. Es war kein betörendes Lächeln, keines, das eine Frau einsetzte, um einen Mann zu gewinnen. Es war dieses lebensfrohe Strahlen, das man aufsetzte, wenn der Zufall mit Wohlwollen daherkam. „Und es war eine Schicksalsbegegnung, die dir ordentlich was geholfen hat, mein Lieber", scherzte sie um Gernot von seinen düsteren Gedanken abzulenken. Sie wusste ganz genau, dass er die ganze Zeit an den SMS-Spruch denken musste. *Wir finden dich und dann kannst du kurz „Adieu Welt' sagen... Finden dich! Finden dich! Finden dich!* Immer wieder hämmerte es durch seinen Kopf.

Als hätte Belinda genau den Gedanken erahnt, nahm sie Gernots Hand. Kurz. Nicht zärtlich, sondern freundschaftlich. „Hey, Gernot, sie sitzt sicherlich in Oranjemund und ärgert sich schwarz, dass sie dich haben laufen lassen. Und ich bin sicher, Venter hat Recht und sie ist weit, weit fort von hier."

Gernot nickte. „Möge es so sein und Venter sich nicht irren." Sie nickte ihm zu, ließ die Hand wieder los und schob ihren Teller beiseite.

„Wie soll es jetzt weitergehen?", wollte Gernot wissen, der keinen Plan für die nächsten Tage hatte. „Ich will eigentlich so schnell wie möglich nach Hause!", fügte er bestimmt an.

„In Deutschland wird sie dich aber finden, wenn sie dorthin zurückkehrt."
„Ich weiß, aber vielleicht verhaften sie sie ja auch bei der Ankunft, wenn ich sie dort anzeige."
„Könnte sein", meinte Belinda, wenngleich ihre Körpersprache größte Skepsis verriet.
„Vielleicht aber auch nicht. Du solltest hier bleiben, bis die Sache durch ist und sie Mona und ihren Kumpel gefasst haben."
„Sucht die Polizei denn nach ihnen?", zeigte sich Gernot nun ebenso skeptisch.
„Wenn ich ehrlich bin, gehe ich nicht davon aus", bestätigte Belinda seine Sichtweise.
„Ich darf nicht ausreisen, werde bedroht und die Polizei tut nichts, um Mona zu finden. Das sind Aussichten, die mich alles andere als glücklich stimmen."

Belinda nickte. „Aber solange du in Simon's Town bist, wird dir nichts passieren. Wir passen auf, dass sie das Hotel nicht betreten."

„Dein Wort in Gottes Ohr!" Gernot nickte.

„Wollen wir los?", fragte Belinda und Gernot nickte erneut. „Ich gehe noch schnell auf die Toilette, sage dem Kellner, dass wir zahlen wollen und bin gleich wieder da."

Sie stand auf und verließ die Terrasse, ging nach drinnen. Gernot sah ihr nach, sie sprach mit dem Kellner. Gernot betrachtete Belinda genauer und dachte bei sich: *eine hübsche Lebensretterin.* Dann stellte er fest, dass er nun der Einzige war, der noch auf der Terrasse saß. Gedankenverloren ließ er die Blicke über den Fußgängerweg vor dem Café schweifen. Passanten eilten vorbei. Andere hatten alle Zeit der Welt. Zwei Frauen, adrett gekleidete schwarze Geschäftsfrauen, lachten laut und freuten sich über irgendetwas. Eine der beiden warf sich nach vorne, so sehr musste sie lachen. Lebensfreude pur. Dann ein alter Mann. Ein Weißer. Armut, nicht nur bei der schwarzen Bevölkerung. Er schleppte zwei Taschen in jeder Hand. Verfilztes Haar, eine beige Kappe auf dem Kopf. Der Gang ein wenig schlurfend. Gernot sah zwei Touristen hinterher. Beide trugen einen Rucksack. Es waren Deutsche. Er erkannte den Singsang. Sie hielt einen Reiseführer vor der Brust und er trabte nebenher.

Dazwischen eine Gruppe Geschäftsleute. Alle in Anzug und Krawatte oder im Kostüm. Fein herausgeputzt und nach der Mittagspause auf dem Weg zurück in ein Bürogebäude. Kapstadt verband alles. Arm, Reich, Schwarz und Weiß, laut und leise. Kapstadt verlangte aufmerksames Beobachten, wollte man diese Stadt irgendwie verstehen. Gernot war nicht in der Lage, diese Stadt in diesem Moment zu verstehen. Es waren ja gerade einmal ein paar Stunden, die er hier war. Aber den Mischmasch erkannte er und er empfand ihn als wohltuend.

Hinter einem Inder lief ein Paar. Er hatte den Arm protzend um ihre Schultern gelegt. Sie schlenderten die *Waterfront* entlang. Die Frau... und dann stockte Gernot der Atem. Die Frau, die da Arm in Arm die *Waterfront* entlanglief, war Mona. Und auch beim zweiten Blick war sie es noch immer und beim dritten Hinsehen und Überprüfen erst recht. Und der Kerl neben ihr war dann wohl Viktor. Der hässliche Viktor. Gernot hatte ihn damals im Schuppen nicht gesehen, sondern nur gehört. Chuck und Buffalo hatten ihn *Anzugträger* und *Schlipsfuzzy* genannt. Und tatsächlich war Viktor ein schmieriger Schönling, der seine Hände von Mona nehmen sollte und zwar schnell. Aber Gernot wusste, dass es Ärger geben würde, wenn sie ihn fanden. Seine Angst war riesengroß. Die beiden waren gerade an dem Café vorbei. Keine fünf Meter von ihm entfernt. Und sie schienen ihn nicht gesehen zu haben. Er wollte aufatmen, aufstehen, nach drinnen rennen und Belinda suchen. Er musste ihr sofort erzählen, dass Venter sich geirrt hatte und Mona doch nicht in Namibia war. Sie war in Kapstadt. Hier. Nur ein paar Schritte weg. Gernot hätte sie am liebsten zur Rede gestellt. Aber er wusste, dass sie ihn vermutlich umbringen wollte.

„Shit, das ist er doch!", rief sie plötzlich laut auf, fuhr wild herum, sodass Viktor sie loslassen musste. Sie sprach deutsch in diesem Moment. Zeigte mit dem Finger auf den auf der Terrasse bibbernden Gernot, dem in diesem Moment klar war, dass er kaum eine Chance hatte, zu entkommen. Noch war Mona halb im Arm ihres kriminellen Kumpel. Gernot sprang nun doch auf, entfesselt von seiner Angst, riss er einen der Klappstühle hoch, nahm Schwung und warf ihn voller Kraft auf Mona und ihren Begleiter. Sie wurden am Schienbein und Oberkörper getroffen. Beide fluchten. Gernot rannte. Rannte durch eine Menschenmenge, die sich wie ein Schutzschild genau in diesem Moment verdichtete. Es knallte hinter ihm. Ein grässliches Geräusch, das so seine Ohren bislang nur in Filmen erreicht hatte. Er lief im Zickzack. Wieder hörte er einen Knall. Hinter ihm schrie eine Frauenstimme lauthals „Du Dreckskerl, du entkommst mir nicht!"

Gernots Adern pulsierten. Wo sollte er hin? Verfolgte ihn Viktor noch. Er hatte Flüche hinter sich wahrgenommen. Nachdem diese zwei Schüsse gefallen waren herrschte Ruhe. Aber die Menschen, die an dieser Stelle der *Waterfront* unterwegs waren, gerieten in Panik. Überall rannten Leute auf und davon. Es herrschte ein emsiges Durcheinander.

Gernot rannte eine Weile die Straße hinauf, weg vom Wasser in Richtung Innenstadt, dann quetschte er sich in einen kleinen Supermarkt, tat so als wäre er ein Kunde. Suchte Obst, Kekse und Tütensuppen. Von draußen kamen zwei Frauen in den Laden, abgekämpft. Ältere Damen, außer Atem. Sie sprachen den Ladenbesitzer an. „Dass Cape Town die Stadt mit den meisten Morden der Welt ist, ist ja nichts Neues, aber dass sie sich nun schon am hellichten Tag und bei uns direkt an der *Waterfront* die Kugeln um die Ohren jagen, das ist Wahnsinn!" Gernot atmete schnell. Er war vollkommen fertig.

Würde Mona es wieder schaffen, ihn als Täter darzustellen? Am Ende konnte sie die Polizei gar davon überzeugen, dass er sie angegriffen hatte und er würde ein großes Problem haben.

Der Kellner hatte von drinnen beobachtet, was geschehen war und beschrieb Belinda die Szene, als sie vollkommen erstaunt, was auf der Straße los war, von den Waschräumen zurückkam. Gernot war verschwunden und mitten auf dem Weg lag ein Klappstuhl.

„Er schien jemanden erkannt zu haben. Jedenfalls drehte sich das Pärchen auf dem Weg zu ihm um. Da riss er den Stuhl neben sich hoch und warf ihn voller Wucht auf die zwei. Dann rannte er wie von der Tarantel gestochen in diese Richtung davon. Die Frau fluchte hinter ihm her, folgte ihm aber nicht wirklich. Ihr Mann allerdings riss eine Waffe aus seiner Tasche und schoss. Dein Freund verschwand in der Menge und die Leute stoben wild auseinander als der erste Schuss knallte. Dann bin ich auch sofort rein ins Lokal", sagte er Kellner immer noch geschockt.

„Aber der Schuss hat niemanden verletzt, oder?", wollte Belinda wissen. „Es hat noch einmal geknallt. Zweimal kurz hintereinander war das. Aber nein, der Kerl hat in die Luft oder auf den Boden geschossen. Keiner liegt am Boden oder so. Alle am Leben. Das ist doch Wahnsinn, was hier passiert! Es ist früher Nachmittag und wir sind hier an der *Waterfront*. Da laufen Millionen Touristen aus aller Welt rum. Und die ballern hier rum. Das vertreibt uns die Kunden. Dass in Kapstadt gemordet wird, ist nichts Ungewöhnliches. Aber doch bitte in den *Townships* und den dunklen Gassen bei Nacht." Der Kellner schüttelte den Kopf, stellte den Klappstuhl wieder auf und rückte ihn an den Tisch heran. „Meinen Sie nicht, die Polizei könnte interessieren, wo der lag?", mischte sich Belinda ein. „Vergiss es, die kommen ohnehin nicht. Denen ist es doch egal, ob wir uns die Köpfe einhauen." Belinda zuckte mit den Schultern. „Gibt solche und solche bei der Polizei."

Sie sah sich um. Von Gernot weit und breit keine Spur. In dem Moment wurde ihr klar, dass er vielleicht doch in großer Gefahr war. Was, wenn Mona und Viktor ihn verfolgten? Sie konnten ihn wieder verschleppen. In einem düsteren Hauseingang würde keiner sehen, wenn man ihm etwas antat. Sie erinnerte sich an die SMS vom Morgen.

„Haben Sie eine Ahnung, wo mein Bekannter hin ist?" Der Kellner schüttelte energisch den Kopf. „Der war ja der Auslöser. Den Stuhl hat er ja auf die beiden Passanten geschleudert. Wenn du mich fragst, ein komischer Kerl, den du da im Schlepptau hast."

Belinda hatte keine Zeit für Erklärungen. Sie zeigte mit dem Finger in beide Richtungen der Straße. „Da entlang oder da entlang?", fauchte sie ungehalten.

„Von der *Waterfront* weg", gab der Kellner zurück, „die Straße hoch. Vielleicht in Richtung Parkhaus."

Belinda rannte los. Vorbei am *Cape Wheel*, dem Riesenrad an der *Waterfront*, hinauf zur Dock Road. Dort irgendwo würde Gernot doch sein. Keine Polizei in Sichtweite. Keine Sirenen. Es war ruhig. Hatte denn wirklich niemand die Polizei angerufen nach den zwei Schüssen? Galt es nicht Spuren zu sichern, Projektile zu suchen? Und verdammt nochmal, wo um alles in der Welt steckte Gernot?

Belinda kam an einem der größeren Hotels vorbei. Das *Commodore* in der Portswood Road hatte einen guten Ruf. Sie kannte den Manager. Es war ein Bekannter ihres Vaters. Aber das tat ja im Augenblick nichts zur Sache. Angestrengt blickte sie sich um. Jede Ecke nahm sie hetzend unter die Lupe. Wo war Gernot? Wo war dieser getriebene Deutsche hin? Sie rannte weiter, ein ganzes langes Stück. Ihr Herz schlug schnell und sie fühlte sich schlecht. Sie war auf die Toilette gegangen und genau in diesem Moment war es vor dem Café zu einer Schießerei gekommen. Dass man in Südafrika schoss, war nicht zu selten, aber es war in ihren Kreisen doch nichts Alltägliches. Belinda lebte in einem Wattebauschen. Sie hatte nichts mit all dieser Kriminalität zu tun und wenn, dann waren es kleine Gaunereien. Eine gestohlene Handtasche aus dem Auto, ein gefälschter Scheck. Aber geschossen hatte in ihrem Umfeld noch niemand. Nun musste sie davon ausgehen, dass man Gernot ernsthaft bedrohte.

Als sie den Helen Suzman Boulevard erreichte, machte sie Halt und nahm ihr Handy zur Hand. Sie rief Venter an. Der sonst so besonnene Anwalt ließ sich zu einem Kraftausdruck hinreißen, fasste sich aber sofort wieder. „Ruf ihn an, sieh zu, dass du ihn findest. Dann fahrt ihr ins Hotel. Dort ist er erst einmal in Sicherheit. Ich komme dann auch dorthin und wir sehen weiter. Hauptsache ist, dass du ihn jetzt findest. Und passt auf, ob euch jemand folgt."

Sie drückte das Gespräch weg und wählte Gernots Nummer - zum zweiten oder dritten Mal. Es klingelte. Es dauerte. Er ging wieder nicht dran. Wo um alles in der Welt steckte er? Konnte er nicht sprechen? Waren die beiden ihm doch noch auf den Fersen? Belindas Herz pochte.

*

Gernot verließ den Supermarkt. In der Hosentasche vibrierte sein Handy. Er merkte es erst, als er vor der Türe stand. Erst in diesem Moment wurde ihm auch bewusst, wie verschwitzt er war. Die panische Flucht vor Mona und Viktor hatte viel Kraft gekostet. Der nahm das Handy aus der Hosentasche. Eine fremde Nummer mit südafrikanischer Vorwahl. „Ja", rief er außer Atem ins Handy. „Gott sei Dank!", tönte es erleichtert auf der anderen Seite der Leitung. „Belinda?", fragte er nach, da die Stimme durch den Straßenlärm nur schwer zu verstehen war. „Ja, verdammt! Wo steckst du denn? Was ist passiert?", wollte sie wissen.

Ja, wo war er genau? „Pass auf, ich weiß nicht genau, wo ich gelandet bin. Ich gehe zu einer Straßenecke und hoffe, dass da ein Schild steht." Belinda forderte ihn auf, sich zu beeilen. „Ah", entfuhr es ihm, „hier steht ein Schild. Ich stehe direkt vor dem Aquarium." Belinda hielt inne. „OK, das ist die andere Seite des Areals. Ich brauche vielleicht zehn Minuten, wenn ich mich beeile." Er nickte. „Sieh zu, dass du nirgendwo auffällst", mahnte sie Gernot zur Vorsicht. „Gernot, hörst du, sei bitte vorsichtig!", wiederholte Belinda noch einmal.

Gernot stellte sich neben den runden Hauptbau des Aquariums unter eine Art Vordach. Es war blau gestrichen und sollte einen Zugang in den Ozean symbolisieren. Dahinter war es duster und man fiel nicht auf. Dann wartete er. Verschwitzt. Verängstigt. Und immer noch etwas außer Atem.

Es dauerte eine Ewigkeit oder am Ende doch nur gute zehn Minuten, bis Belinda bei ihm war. Sie riss ihn an sich und umarmte ihn. „Mensch, was war das denn?" Dennoch gab sie Gernot keine Zeit für eine Antwort, zog ihn unter dem Vorbau fort und lief strammen Schrittes zurück in Richtung Parkhaus. Dabei blickte sie immer wieder über die Schulter, versuchte Verdächtiges von Unverdächtigem zu trennen. Sie sprachen nicht. Gernot hätte so gern sofort alles erzählt. Er war furchtbar aufgewühlt.

Als die Autotür in der dunklen Garage hallte und die beiden Schwarzen, die den Wagen gewaschen und ihre zwanzig Rand freundlich lachend in der Tasche verstaut hatten, wieder verschwunden waren, legte er los.

„Ich habe es erst gar nicht kapiert. Das Pärchen, das da am Café vorbei gelaufen kam, es waren Mona und dieser Viktor. Mona hat mich erkannt. Ich wusste, dass es gefährlich wird. Sie war so aggressiv. In ihren Augen habe ich blanken Hass gesehen. Als hätte ich ihr etwas getan. Sie hat mich benutzt. Nicht ich sie."

„Das ist ihr doch egal, Gernot, du musst endlich kapieren, dass es hier nicht mehr um Liebe und Gefühle geht. Die Frau ist eine Kriminelle, der du das sichere Geschäft erschwert hast. Sie muss damit rechnen, dass sie Probleme bekommt, wenn sie in Zukunft ihre Diamanten schmuggelt. Sie wird sie nicht mehr in

Blarefontein zwischenlagern können. Die Farm ist für sie nun ihr persönliches Sperrgebiet geworden. Und überhaupt kann es gut sein, dass die Polizei ihr doch ein paar unangenehme Fragen stellt. Wenn sie nicht will, dass das alles auffliegt, muss sie eigentlich für eine Weile aufhören mit dem Dealen."

„Ich weiß ja", fügte Gernot wie ein kleines Kind an, dem die Mutter gerade beigebracht hatte, was der Ernst des Lebens denn so alles bedeute.

„Als ich bemerkte, dass sie sich auf mich zubewegten, habe ich einfach den Stuhl genommen und auf sie geworfen. Danach weiß ich nichts mehr. Bin einfach nur gerannt. Wie ein Irrer durch die Menschenmenge gestolpert. Hinter mir hat jemand geschossen." Er stockte.

„Richtig. Der Kellner hat mir die Situation genauso beschrieben. Es war wohl dieser Viktor, der geschossen hat. Zweimal. Aber nur in die Luft. Es gab jedenfalls keine Verletzten. Alle sind wohl wie wild durcheinander gerannt. Die Menschen, die auf dem Weg waren, hatten jede Menge Angst. Und genau in diesem Trubel und Chaos sind die beiden verschwunden."

„Und nun?", wollte Gernot wissen.

„Fahren wir ins Hotel und sehen weiter, was Venter meint."

24

Geschlafen hatte Gernot diese Nacht über kaum. Die Tür war abgesperrt und die kleine Sicherheitskette hatte er auch noch davor gehängt. Dennoch hatte er Angst. Jeder noch so kleine Laut hatte ihn hochschrecken lassen. Waren sie das? War es nun vorbei? Das Herz raste.

Im Frühstücksraum saß er da wie ein alter Mann, hager und müde. Auch Belinda wirkte angespannt und müde. Nur Venter und Belindas Vater erweckten den Eindruck, als sei das alles nur halb so wild.

„Ich habe gestern noch einige Telefonate geführt", sagte der Anwalt. „Die Polizei ist ja nicht immer so ganz zuverlässig in unserem Land, aber es gibt keinen Weg vorbei", gab er sich sarkastisch.

„Was heißt das?", wollte Belinda von ihm wissen.

„Das heißt, du musst mit Gernot hin. Wieder nach Cape Town. Ihr müsst dort Anzeige erstatten, denen genau beschreiben, was vorgefallen ist. Nur, wenn es uns gelingt, der Polizei den Zusammenhang von Diamantenschmuggel und Schießerei in der Innenstadt von Kapstadt ganz klar und deutlich zu beweisen, werden sie diese Mona und ihren Freund auch zur Fahndung ausschreiben." Belinda nickte. Gernot war schlecht. Ihm gefiel der Gedanke nicht, wieder nach Kapstadt fahren zu müssen. Zurück in die Stadt, in der er am Vortag erst beinahe in ihre Hände gefallen wäre.

Drei Stunden saßen sie bei der Polizei. Belinda sprach mal Afrikaans, mal Englisch, mal leise, mal deutlicher. Sie beteuerte, sie beschwor, sie beschwichtigte. Es war aussichtslos. „Sind Sie sicher, dass die Frau und der Mann Mona und Viktor waren?" Immer und wieder dieselbe Frage. Und immer wieder musste Gernot eingestehen, dass er diesen Viktor ja nie selbst gesehen hatte. Woher er denn dann wisse, dass er es war? Woher er wisse, dass dieser Viktor geschossen habe, wo er sich doch durch die Menge verdrückt habe. Fragen über Fragen und immer wieder bekam Gernot das Gefühl, dass die Polizei eigentlich ihn noch immer als Täter sah. Er habe doch eben zugegeben, mit dem Stuhl nach den Passanten geworfen zu haben. Das wäre ja versuchte Körperverletzung gewesen. „Aber das macht man doch nicht einfach mal so um Leute zu ärgern, die man gar nicht kennt?", raunzte Belinda den Beamten an. „Und wer sind Sie denn nun genau?", fragte der genervt zurück.

Es war weit nach Mittag als sie die Wache verließen. „Lass den Kopf nicht hängen", sagte Belinda.

„Du hast Anzeige erstattet, du hast getan, was du tun konntest."

„Aber die Polizei wird nichts gegen Mona unternehmen", sagte Gernot ein wenig resigniert.

„Ich weiß es nicht, vielleicht ja doch."

„So gern würde ich deinen Optimismus teilen."

Belinda schlug vor, schnell einen Kaffee zu trinken. Auch wenn Gernot noch immer voller Angst war, dass man ihn entdecken könnte und er am Ende doch in die Hände von Mona fallen würde, willigte er ein. „Dass sie dich finden, ist so wahrscheinlich wie ein Sechser im Lotto", meinte Belinda. „Das war es gestern aber auch", konterte Gernot.

Sie nahmen in einem kleinen Café in einer Seitenstraße Platz. Es war eng dort. Die Wände mit sandfarbenen Tapeten versehen, rot schimmernde Bilder zeigten afrikanische Landschaften. Die Atmosphäre in dem kleinen Lokal war ansteckend gemütlich und ein schlurfender Kellner nahm die Bestellung auf. „Ich will einen *Malva* Pudding", sagte Belinda und bestand darauf, dass Gernot auch etwas aß. „Ich weiß, du hast keinen Appetit, aber es muss sein und dieses Zeug macht süchtig."

„Das stimmt", bekräftigte der Kellner auf makellosem Deutsch und weil er die verdutzten Blicke der beiden Gäste erkannte, fügte er sofort fast entschuldigend an: „Bin eigentlich aus Nigeria, hab mit meinen Eltern bis ich zu studieren angefangen hab in Deutschland gelebt und jetzt hat es mich nach Kapstadt verschlagen."

Belinda nickte. „Meine Mom kommt aus Bonn und mein Freund hier ist aus München."

Der Kellner brachte einen zuckersüßen Kuchen, den man also *Malva* Pudding nannte und der tatsächlich verführerisch schmeckte. Gernot bemühte sich, den Pudding zu genießen, was ihm nicht ganz gelang. Immer wieder musste er an Monas Machenschaften denken und war sich sicher, sie würde noch immer nach ihm suchen.

„Da!", schrie er plötzlich auf und fuhr herum. „Das ist doch wie im schlechten Kinofilm!" Er fuchtelte mit dem Finger nach draußen, deutete auf den Weg vor dem Café. „Das waren sie wieder", kreischte er mehr als er sprechen konnte. Gernot duckte sich und der Kellner sah fast ein wenig belustigt vom Tresen herüber. „Alles OK bei euch, Folks?", wollte er wissen. „Mal sehen", meinte Belinda. „Bist du sicher, Gernot?", fragte sie sofort nach. „So gut wie", gab Gernot geschockt zurück. „Bleib sitzen, ich geh ihnen nach, mich kennen sie nicht."

Belinda nahm ihre Handtasche und stand auf. Eilig verließ sie das Lokal. Gernot blieb sitzen und stocherte lustlos in seinem Nachtisch herum. „Ist wirklich alles im grünen Bereich bei euch?", hakte der Kellner noch einmal nach. „Naja, nicht so ganz. Ich werde quasi von meiner Ex-Freundin verfolgt."

„Oh, na dann, da ist es sicherlich prima, wenn die neue Flamme die Verfolgung aufnimmt."

„Ach Quatsch, Belinda ist nicht meine neue Flamme, die könnte fast meine Tochter sein. Belinda hat mich aus dem Knast geholt, in den mich meine Ex hat stecken lassen."

„Jetzt wird's aber spannend", wollte der Kellner mehr aus Gernot entlocken, der aber hatte keine große Lust, die ganze Story noch einmal auszupacken.

„Nur so viel, sie hat es nicht klug genug angestellt und nun will sie mich ausschalten."

„Das wiederum klingt krass bedrohlich."

„Ist es." Gernot schwieg und auch der Kellner trottete wieder in Richtung Tresen um Gläser zu spülen. Ein paarmal schüttelte er noch den Kopf. „Geschichten gibt's", sagte er dann in Gernots Richtung.

25

Es dauerte ein paar hektische Schritte, bis Belinda dem Pärchen auf die Spur kam, das da vor der Fensterfront des Cafés gelaufen war. Sie schlenderten gemütlich die Straße entlang. „Geschmack hat er ja", dachte sich Belinda beim Anblick der jungen Frau. Schlank wirkte sie in ihrem Sommerkleid. Ihre Hüften bewegten sich anmutig. Der Mann neben ihr wirkte ebenfalls wie ein Edelmann. Nicht so wie Belinda sich diesen Viktor aus Erzählungen vorgestellt hatte. In ihrer Vorstellung hatte der nämlich ein vernarbtes Gesicht, war etwas dumpf und pickelig. Mona hatte sich bei ihm eingehakt. Hier lief ein sichtlich zufriedenes Paar durch die Straßen Kapstadts und nur sie, Belinda, hatte eine Ahnung, dass es ein Gangsterpaar war. Sie hatte aber keine Idee, wie sie sie stellen würde. Sie wusste, dass sie sehr vorsichtig sein musste. Vermutlich trugen sie eine Waffe bei sich. Mona hatte eine rote Lederhandtasche über die Schulter gehängt. Die Farbe der Tasche passte perfekt zur ihren Nägeln. Das sind die Dinge, die einer Frau auffielen. Belinda musste schmunzeln, als sie den beiden so unauffällig wie nur irgendwie möglich folgte. Das Klappern von Monas Schuhen machte es leichter, selbst unauffällig zu bleiben.

Das Paar bog auf einmal unvermittelt von der Hauptstraße ab. Sie waren nun abseits der Touristenroute in einer Seitengasse angelangt. Hier war es duster und eng. Belinda konnte ihnen hier nicht folgen, ohne dabei aufzufallen. In diese enge Gasse würden sich kaum zwei Menschen zeitgleich verirren. Was sollte Belinda hier schon wollen? Sie musste Halt machen. So blieb sie stehen und wartete. Weder Mona noch Viktor machten Anstalten, sich umzudrehen. Blieben auch nicht stehen. Liefen einfach weiter.

Belinda nahm ihr Handy heraus. Sie wollte Gernot anrufen und ihm sagen, wo sich die beiden befanden. Da plötzlich waren die beiden verschwunden. Sie mussten innerhalb einer Sekunde entweder wieder abgebogen oder aber in eines der Häuser gegangen sein. Nun konnte Belinda doch folgen.

Langsam, eng an den Hausmauern entlang, ging sie vorwärts.

Ein Juwelier. Das war das einzige Geschäft, das es hier weit und breit gab. Es gab eine Eingangstür, die aber alles andere als einladend aussah. Hier kam keiner vorbei, der mal eben Schmuck für eine Hochzeit kaufen wollte. Ein handschriftliches Schild an der Tür: *We buy all your gold and silver jewels*. Wer Gold und Silber kaufte, kaufte vielleicht auch illegal erworbene Diamanten auf.

Es gab nur ein winziges Fenster. Belinda musste sich strecken und auf Zehenspitzen stellen, bis sie ins Innere des Ladens spähen konnte. „Der hat nur Schrott", hörte sie eine krächzende Stimme sagen und fuhr zusammen. Eine alte Frau war hinter ihr die Gasse entlang gekommen und schüttelte den Kopf. „Verstehe nicht, wie der Laden sich halten kann, hier kauft doch keiner was", fügte sie an. Dann schlurfte sie müde vorwärts.

Belinda blickte nochmals angestrengt ins Innere. Ein kleiner Verkaufsraum. Drei Vitrinen. Schwerer, dunkler Holzboden. Dunkle Möbel. Eine Tür in einen weiteren Raum. Vermutlich eine Art Hinterzimmer. Sie war halb geschlossen. Aber durch einen kleinen Spalt erkannte sie Monas gepunktetes Sommerkleid. Sie saßen entweder an einem Tisch oder vor einem Tresen. Das konnte Belinda nicht erkennen.

Was musste jetzt geschehen? Es musste schnell gehen. Venter konnte Leute bei der Polizei aktivieren, die er kannte. Aber würden die auch wirklich rasch kommen? Laurent fiel ihr ein.

Laurent war ein Freund ihrer Schwester. Ein Polizist, der in der Innenstadt auf dem Motorrad Dienst tat und sehr gut wusste, dass bei der Polizei immer wieder Dinge geschahen, die so nie geschehen dürften. Er wollte für seinen Staat etwas tun und daher war er Polizist geworden. Manchmal schien Laurent an der Trägheit des Apparats aber auch zu verzweifeln. Sie suchte in ihrem Handy nach seiner Nummer.

Es dauerte eine gefühlte Ewigkeit, bis er ranging. „Laurent? Bist du das?", vergewisserte sie sich. „Belinda, hi! Na klar, was ist los? Ich bin im Dienst", gab er zurück. „Umso besser. Pass auf, es muss schnell gehen. Wir haben nicht viel Zeit."

„Schieß los."

„Ich bin hier in der Nähe der Orphan Lane, du weißt schon. Da ist eine kleine Seitengasse, in der es nur ein oder zwei Geschäfte gibt. Da ist ein Juwelier. Weiß du, wo das ist?" Der Polizist schien kurz zu überlegen.

„Denke, ja."

„Bist du weit entfernt?"

„Nein, drei Straßenecken."

„Gut, beeile dich. Hier werden vermutlich gerade illegal erworbene Diamanten aus dem namibischen Sperrgebiet vertickert. Ein deutscher Freund von mir wurde von den Kriminellen als Kurier missbraucht."

„Schon unterwegs. Und dann erklärst du mir alles. Wie viele Kerle sind es?"

„Ein Typ und eine Frau. Sie ist der Boss."

„Gut, ich bring noch zwei Kollegen im Wagen mit. Gib mir drei Minuten."

Belinda öffnete die Eingangstür zum Juwelierladen. Es klingelte als sie mit dem Holzrahmen ein kleines Glöckchen berührte. Aus dem Nebenraum rief eine tiefe Männerstimme. „Einen Moment bitte, ich komme gleich."

„Keine Eile, ich sehe mich ein wenig um", tat Belinda so unschuldig wie nur irgend möglich.

Aus dem Nebenraum Gelächter.

Eine Frauenstimme sagte: „Und dann hat der Kerl uns am Ende fast die ganze Tour vermasselt."

Die tiefe Stimme: „Aber nun seid ihr zwei Hübschen ja da."

Die weibliche Stimme, die zweifelsohne Mona gehören musste, fügte an: „Na dann wollen wir mal, denn du hast Kundschaft draußen."

Belinda hatte sich so platziert, dass sie durch das spiegelnde Glas einer Vitrine genau den Spalt der Tür zu dem Hinterzimmer im Blick hatte. Sie sah wie die hübsche Mona aus ihrer Handtasche eine schwarze Bluse holte. Sie legte die Bluse auf den Tresen. „In der Brusttasche", sagte sie. Dann machte Belinda ein Bild mit dem Handy.

In diesem Moment riss jemand von außen die Türe auf. Laurent stand in der Mitte des Raumes, nickte Belinda zu. Leise sagte er zu ihr. „Wehe, das

Ganze ist am Ende ein Irrtum." Dann stapfte er laut in Richtung Nebenraum auf den Belinda eifrig deutete.

„So, meine Herrschaften, langsam die Hände nach oben und aufstehen", forderte er die verdutzte Versammlung auf. „Was wollen Sie von mir", fragte der Juwelier, ein gemütlicher, rundlicher Schwarzer mit einem besonderen Geschmack für gediegene, altmodische Anzüge. Fehlte nur der Zylinder und eine Taschenuhr. „Das sollte ich Ihnen nicht erklären müssen!", bluffte Laurent.

„Und wer sind Sie?", wollte Viktor nun abfällig von Belinda wissen. „Ach wissen Sie, das tut nichts zur Sache. Viktor nehme ich an?", gab sie zurück. Mona zuckte zusammen. „Dann sind Sie wohl die hübsche Mona, die Gernot in München den Kopf verdreht hat?"

„Halt die Klappe, Kleines", fauchte Mona.

„Ach, hinter der Fassade des hübschen Sommerkleids steckt also eine falsche Schlange."

Mona funkelte mit den Augen.

In diesem Moment zwängte sich ein Polizeiwagen durch die enge Gasse. Blau und rot blitzte das Licht zwischen den Häusern. Zwei Beamte sprangen heraus. Auch sie betraten nun den Juwelierladen.

„Laurent, wenn dieser Alleingang…", brüllte ein bulliger Beamter in Richtung Belindas Bekannten.

„Nein, das passt schon", sagte Laurent. „Hier sollten gerade ein paar Steinchen aus Namibia den Besitzer wechseln."

Belinda ging vor die Türe. Sie rief Venter an und bat ihn, in die Wege zu leiten, dass man Mona und Viktor gebührend empfangen würde, wenn sie auf einem Polizeirevier ankamen. „Großartig", gab der Anwalt zurück und gratulierte der Tochter seines Freundes.

„Aber wie habt ihr das geschafft?"

„Es war wie gestern ein Sechser im Lotto, denn die beiden sind tatsächlich noch einmal an uns vorbeigelaufen."

Nach dem kurzen Gespräch mit Venter rief sie sofort Gernot an und beschrieb ihm den Weg zum Juwelier. Dann ging sie wieder nach drinnen und sah wie die beiden Beamten Mona und Viktor nach Waffen durchsuchten. Tatsächlich fanden sie bei Viktor eine handliche Pistole. Belinda stand etwas abseits, beäugte das Geschehen erfreut und meinte etwas schnippisch: „Na, ist das die Pistole, mit der Sie gestern Gernot erschießen wollten?"

„Der Typ hat uns angegriffen mit einem Stuhl", fauchte Viktor.

„Du bist doch ein Volltrottel", herrschte Mona ihren Komplizen an.

Sie schien nicht nur auf Blarefontein an zwei minderbemittelte Helfer geraten zu sein, auch ihr Vertrauter war nicht sonderlich clever, dachte sich Belinda.

„Schaut euch mal die Bluse an, die die Frau auf den Tresen gelegt hat", forderte Belinda die Beamten auf.

Laurent griff nach der Bluse. „Scheiße", sagte Mona. „Dreckskerl", fügte sie an und „verflucht in alle Ewigkeiten, ich hab es dir gesagt, du nichtsnutziger Idiot. Wir hätten warten etwas sollen!"

Laurent lachte. In der Brusttasche fand er acht wunderschön funkelnde Diamanten. „Die fass' ich mal lieber nicht an", sagte er.

In der Zwischenzeit waren noch zwei weitere Polizeiautos in die kleine Gasse gekommen. Es war eng. Die alte Frau, die zuvor an Belinda vorbeikam, war aus einem Hauseingang zurück auf die Straße gekommen. Leise sagte sie: „Ich hab es mir gleich gedacht, dass der Kerl Dreck am Stecken hat."

Zwei Beamte in Zivil gingen in den Laden um sich nun auch ein Bild von der Lage zu machen.

Als Gernot um die Ecke bog war die ganze Gasse in Aufruhr. Überall bestaunten Menschen die Polizeiautos, Kinder liefen herum und erfreuten sich an den blinkenden Lichtern. Gernot wich erschrocken zurück. „Belinda?", rief er verängstigt. Hoffentlich war ihr nichts passiert!

In diesem Augenblick kam Belinda aus dem Juwelierladen. „Gernot, da bist du ja endlich. Ich denke, wir haben sie." Gernot spürte eine unglaubliche Erleichterung, seine Knie zitterten. „Ist sie noch da drin?", wollte er von Belinda wissen, nachdem er sie fest umarmt hatte.

Sie nickte schweigend.

Ein Beamter öffnete die Tür. Es war Laurent. „Danke, Belinda, der Hinweis war Gold wert", sagte er und wandte sich dann an Gernot. „Ich glaube, wir werden Sie dann auch noch befragen. Sie sind der *Kurier*, nehme ich an." Gernot nickte schweigend. In diesem Moment führten die beiden anderen Beamten Mona, Viktor und den Juwelier ab. Der Zivilbeamte meinte kurz zu Laurent, dass es wohl ein ganzes Netzwerk sei, das man da gerade ausgehoben habe und er doch wirklich ausgezeichnete Arbeit geleistet habe. Der junge Mann strahlte über das ganze Gesicht. Gernot hingegen hasste diesen Moment. Er sah Mona.

Zum ersten Mal blickte er ihr wieder in die Augen. Da waren all die Erinnerungen. Auf der Terrasse seiner Münchner Wohnung. Der erste Kuss. Die innige Umarmung. Das sanfte Lächeln, als sie zu spät am Münchner Flughafen erschien. Diese herrlichen Gespräche. Und alles zog nun wie in einem Zeitraffer an ihm vorbei, verflogen und so unendlich falsch.

„Sag mir nur eines, Mona", sagte er verbittert mit belegter Stimme, „war da wirklich nie etwas?"

Mona schwieg, wich seinem Blick aus und senkte den Kopf.

Epilog

Der Briefkasten quoll über. Diese Wochenblätter verstopften ihn von Tag zu Tag mehr. „Müsste eigentlich bald zurückkommen", sagte Eder zu der Alten. Die nickte. „Ein sonderbarer Kerl, hab ich doch von Anfang an gesagt", gab sie zurück und verschwand in ihrer Wohnung.

Eder zupfte ein paar Zeitungen aus Gernots Briefkasten und legte sie in die Wohnung. „Wenn der nicht bald wiederkommt, dann gehen alle Blumen kaputt", fluchte der Eder.

Dann stapfte er zurück in seine Wohnung, setzte sich auf den Balkon und schlug die Zeitung auf. Frisch war es schon geworden. Der erste Herbstanflug eben.
Münchner wird in Namibia und Südafrika Opfer von Schmugglern und hilft, Diamanten-Netzwerk auszuheben. „Ah, da schau her", wisperte Eder und las weiter: *Der Münchner Anwalt wurde von seiner eigenen Lebensgefährtin, die er erst vor kurzem kennengelernt hatte, unwissend als Diamantenschmuggler missbraucht. Kriminelle hatten ihn auf einer Farm festgehalten, ehe ihm die Flucht gelang. Zuerst gelang es seiner Lebensgefährtin, ihn als Vergewaltiger darzustellen. Der Münchner Gernot M. wurde daraufhin*

verhaftet und in der Nähe von Kapstadt inhaftiert. Im Laufe der weiteren Ermittlungen aber stellte sich heraus, dass M. Opfer einer Intrige geworden war und selbst vom Diamantenschmuggel nichts wusste. Seine Lebensgefährtin und ihr Kompagnon konnten dann per Zufall in Kapstadt auf frischer Tat festgenommen werden, als sie die Diamanten an einen Juwelier verkaufen wollten. Der Münchner Anwalt trug am Ende dazu bei, dass ein größeres Netzwerk aufflog, das im großen Stil Diamanten aus dem Sperrgebiet Namibias nach Südafrika schmuggelte. Die Chefin der Bande hatte zeitweise auch in München gelebt. Interpol geht davon aus, dass sie bereits mehrfach Männer benutzt habe um Diamanten über die Grenze nach Südafrika zu schmuggeln.

„Das ist er doch", entfuhr es Eder, packte die Zeitung und eilte die Stiege im Treppenhaus hinauf. Er klingelte bei der Alten. „Da, lesen Sie, das ist der Markmeier, das ist er!"

Nadine Morgenbrink

LANDREFORM
Roman

Die junge Irin Dana hat ein Faible für Afrika.
Ein Besuch bei ihrer Freundin Enya in Namibia wird für sie zum Schicksal, das sie schlussendlich ins Nachbarland Simbabwe führt.
Dort lcrnt sic Farmer Erik kennen und erlebt nicht nur einen wunderbaren Sommer, sondern auch die dramatischen Folgen der Landreform.

572 Seiten, 16,99 Euro
oder als e-Book 9,99 Euro

ISBN: 978-3738-621884

Nadine Morgenbrink

Kakerlakenkind
Roman

Kagabo kehrt zurück nach Ruanda. Der Genozid liegt über zwanzig Jahre zurück. Heute ist er Arzt und es geht ihm gut. Er wird geliebt und hat einen kleinen Sohn. Die Vergangenheit hat er komplett verdrängt. Aber die Kiste mit den Erinnerung bahnt sich doch ihren Weg an die Oberfläche.

268 Seiten, 9,99 Euro
oder als e-Book 7,49 Euro

ISBN: 978-3833491795